異世界ウォーキング④
〜エーファ魔導国家・攻略編〜
セリス
魔法学園のミステリアスな司書。
ソラにダンジョン四〇階の
攻略を依頼する。
現在クリスは変化の魔法を解いている。
銀色に輝く瞳に、その瞳の色と同じ
銀色の髪をツインテールにした彼女は、
窓から射し込む光を受けて
より一層輝いて見える。
けど何よりも目を惹くのは、
やはりその尖った耳だろう。
彼女は人種ではなく、エルフなのだ。
クリス
ルリカと旅する魔法使い。
エルフであることを隠している。

シエル
ソラの旅についてくる精霊。
ソラ
異世界召喚された高校生。
この世界を見て回っている。
セラ
高い戦闘力を持つ
ルリカ、クリスの親友。
ルリカ
クリスと旅する冒険者。
ヒカリ
エレージア王国の元間者《スパイ》。

ミア
フリーレン聖王国の
元聖女。
新しい魔物、食材、景色——
ダンジョン攻略は
見どころいっぱい!!

「シャドーウルフの魔石」を素材に
「創造」して出来たのは――!?

4
異世界ウォーキング
〜エーファ魔導国家・攻略編〜
あるくひと
[illust.]
ゆーにっと
Walking in another world

口絵・本文イラスト
ゆーにっと

装丁
AFTERGLOW

CONTENTS

Walking in another world

プロローグ

俺とクリスの二人がセリスに案内されてやってきたのは、初めてマギアス魔法学園を訪れた時に気になっていたあの塔のような建物だ。想像した通りその最上階から見える景色は絶景で、魔法学園内だけでなく、マジョリカの町の多くを見渡すことが出来た。

何故俺とクリスがここにいるかというと、セリスに力を貸してほしいと頼まれたからだ。その相手は俺ではなくクリスで、クリスの持つ精霊の力を借りたいと言われた。

「それではお願いしますね～」

セリスの言葉に、マギアス魔法学園の制服に身を包んだクリスが頷《うなず》いだ。

現在クリスは変化《へんげ》の魔法を解いている。

銀色に輝く瞳に、その瞳の色と同じ銀色の髪をツインテールにした彼女は、窓から射し込む光を受けてより一層輝いて見える。けど何よりも目を惹《ひ》くのは、やはりその尖《とが》った耳だろう。彼女は人《ひと》種《しゅ》ではなく、エルフなのだ。

クリスはセリスと向き合って両手を合わせると、目を閉じて集中している。

セリスが何事か呪文のようなものを唱えると、クリスが纏《まと》っていた魔力が強まった。

そして最後の言葉をセリスが紡ぐと、セリスとクリスの魔力が混ざり合ってそれが大きく広がっていくのが、魔力察知のスキルを発動していた俺には分かった。

セリスの説明によると、この魔法はモンスターパレードの発生を抑えるためのもので、元々はセリスが自分の精霊の力を使って結界を張っていたそうだ。

ただここ最近ダンジョンが活性化してきて抑えがきかなくなってきたため、ちょうどこの町を訪れていたクリスに助けを求めたのだ。クリスの精霊の力を借りて、結界を強化するために。

「ありがと～。これでひとまず時間稼ぎにはなると思うの～」

セリスが礼を言うと、クリスは一つ大きく息を吐いて魔法を唱えた。

すると瞬く間に銀色だった瞳と髪の毛は金色に変わり、尖っていた耳も人種と同じ丸みを帯びた形に変化した。

それを見て再会したあの日、クリスがエルフだと告白してきた時のことを思い出した。

「何でエルフであることを隠していたんだ？」

俺の問い掛けに、クリスはその理由を話してくれた。

クリスの話によると、お婆さん……モリガンからエルフであるということを特に町の外の人に知られてはいけないと強く言われたそうだ。危険だから、と。

最初は半信半疑だったけど、その理由は旅をしていて、エルフの噂《うわさ》を聞くにつれて理解していったそうだ。特に帝国で聞いた昔話は、耳を塞ぎたくなるほどのものが多かったようだ。

エリスとセラを探しに行くとモリガンに伝えた時も、人種《ひとしゅ》に変身出来る魔法を覚えるという条件を出されたみたいで、当時のことを思い出したのか苦労したとため息を吐《つ》いていた。

また幼い頃は、エリスもクリスも耳が尖っていなかったということも教えてくれた。何でも大人になるにつれて、魔力が強くなるのに比例してクリスの耳は尖ってきたとのことだ。

だから、クリスが変化の魔法を解いた時に高まった魔力にセリスの精霊が反応し、クリスの存在に気付いたそうだ。何でも精霊同士は話すことが可能なようで、セリスは精霊からクリスのことを聞いたと言っていた。またクリスも同じように、精霊を通じてセリスがエルフだと知ったから彼女にも正体を明かしたのだと教えてくれた。

「それでこの後はどうするの〜？」

「ルリカとセラと合流して、今日は家に戻りますよ」

セリスの問い掛けに答えた俺は、クリスと一緒に部屋を出て長い階段を下っていく。

塔のような建物を出て向かうのは、学園内にある闘技場だ。

「あ、ソラにクリス。用事はもう済んだの？」

闘技場に入ったところで声を掛けてきたのは、クリスの旅の相棒にして幼馴染《おさななじみ》のルリカだ。彼女もマギアス魔法学園の制服を着ている。

肩口で切り揃《そろ》えられた金髪が首の動きに合わせて流れ、髪と同じ色をした瞳で俺とクリスのことを見てきた。

「それよりルリカちゃん、あれは？」

クリスの視線を追えば、そこには闘技場の舞台の上に立つセラがいた。

彼女は猫の獣人で、頭の上の猫耳がピコピコ動き、お尻の上の辺りから伸びた尻尾《しっぽ》がゆらゆらと揺れている。

そんな彼女の目の前には、魔法学園の生徒たちが死屍累々《ししるいるい》と横たわっている。いや、死んではいないか。その中には見知った顔もある。

「今日セラを呼び出した相手の子たちよ。何度倒れても向かってくる姿には感心したかな？　私も相手してもらったしね」

うん、ルリカの顔は満足そうで、肌がツヤツヤしているような気がする。

「セラ、ソラたちが来たから帰ろう！」

ルリカの声に振り返ったセラの髪の毛は赤茶色で、金色の目には険しさがあったが、俺たちを見た瞬間にそれが取れた。ま、正確にはルリカとクリスの二人の姿を見てなんだろうけど。

セラたちの故郷であるエルド共和国は、今から七年前……そろそろ八年ぐらいになるのか？　ボースハイル帝国に侵攻された歴史がある。

その時の戦争でセラは帝国の兵士に捕まり奴隷となり、ルリカとクリスはセラともう一人、その時行方《ゆくえ》不明になったクリスの姉であるエリスを探しに旅に出たという経緯がある。

不謹慎かもしれないが、そのお陰で俺はルリカたちと出会うことが出来たわけだが……。

だからなのか、セラの二人を見る目は優しい。心底嬉《うれ》しいというのが全身から伝わってくる。それはルリカとクリスも同じだ。

「いいのかあれは？」

「大丈夫さ、主様。ただ単に疲れて動けないだけさ」

セラは事もなげに言うが、かなりハードな鍛錬が行われたようだ。

俺がセラから主様と呼ばれているのは、奴隷だったセラを俺が買い取って現在奴隷主となっているからだ。彼女の首には、奴隷の証《あかし》である黒い首輪がある。

彼女が相手にしていた学園の生徒たちは、俺たちが魔法学園に特例で臨時入学をする時に因縁《いんねん》をつけてきた生徒たちだ。

もっとも今は険悪な関係ではなく、時々セラに稽古《けいこ》を頼むような間柄になっていたりする。

「セラの姐《あね》さん、今日はありがとうございました！」

俺たちが闘技場から出る間際、そんな声が背後から聞こえてきた。

振り返ると先ほどまで横たわっていた生徒たちが立ち上がり、こちらに頭を下げている。その中には一人で立てないのか、肩を借りている者もいた。

姐さん呼びされたセラは顔を顰《しか》め、ルリカとクリスは可笑《おか》しそうに笑っていた。


魔法学園を後にした俺たちは、現在借りている家には真《ま》っ直《す》ぐ帰らないで、家の近くにある、屋敷のような大きな一軒家に立ち寄った。

「あ、主！」

敷地に入ると、俺に気付いた一人の少女が駆け寄ってきた。

勢いよく俺に抱き着いてきたのはヒカリ。俺と同じく黒髪黒目のその少女は、かつてエレージア王国の間者《スパイ》として活動していた。紆余《うよ》曲折《きょくせつ》あり、現在俺の特殊奴隷として一緒に旅をしている。

奴隷だから黒い首輪をしているが、そこには特殊奴隷の証である銀色の三本の線が入っている。

「ヒカリちゃん、突然どうしたのって……ソラたちか。もう用事は済んだの？」

ヒカリの後を追って姿を現したのはミアだ。

彼女はフリーレン聖王国の元聖女だが、魔人に命を狙われてたこともあって、聖王国の枢機卿《すうききょう》ダンのおっさんと相談し、ミアの意志を確認した結果、俺の旅についてくることになった。

そんな彼女は背格好も髪や瞳の色もルリカとよく似ている。彼女の首にも奴隷の証である首輪があるが、聖王国の聖都から脱出するために必要だったからだ。その後も奴隷のままなのは、とある事情による。

「って、クリスどうしたの？」

ミアの言葉にクリスがクスクスと笑ったため、ミアが首を傾《かし》げた。

「ううん、さっきルリカちゃんにも同じこと言われたから……」

あ～、確かにルリカも同じように用事が済んだかって聞いてた。

どうやらそれがクリスにとっては可笑しく感じたようだ。

そんな俺たちのもとに、フラフラと白い物体が空を飛んで近付いてきた。

そのアンゴラウサギに似た白い子は、精霊のシエルだ。

シエルはミアの肩に乗ると、眠いのか器用に耳を使って目を擦《こす》っている。

ミアが優しくシエルを撫《な》でれば、気持ち良さそうに目尻を下げている。

「ねえ、本当にそこに精霊がいるの？」

その様子を見たルリカが疑問を口にする。

本来精霊とは、人の目では見ることが出来ないらしい。

精霊との親和性の高いエルフや、精霊魔法のスキルを持つ一部の者だけが見ることが可能だということだが……何故《なぜ》か俺はシエルの姿を見ることが出来た。

またそれは俺だけでなく、俺と奴隷契約をしたヒカリ、セラ、ミアの三人もシエルを見ることが出来るようになった。

そのためルリカからすると、ミアは何もない場所を不自然に撫でているように見えるわけだ。

一度どんな姿かルリカに尋ねられて、俺たち五人がシエルの姿を絵に描いたことがあったが、それを見たルリカは首を傾げ、シエルはへそを曲げてしまった。そんなに酷《ひど》いとは思わなかったんだけどな……。

そういう事情……もしかしたら奴隷契約を解除したらシエルが見えなくなるかもしれないということで、ミアは現在も奴隷のままなのだ。シエルのモフモフは、癖になるからな。

ちなみにだが俺が見ることが出来る精霊はシエルだけで、クリスが契約している精霊の姿を見ることは出来ない。魔力の動きから何かがいることは感じるが、それだけだ。

「それよりこっちの様子はどうなんだ？」

「うん、予定通り終わりそうかな。ここ数日バタバタしていたけど、これで少しはゆっくり出来ると思うよ」

今日ヒカリとミアの二人が魔法学園に来なかったのは、マジョリカに来て出会ったノーマンたちの引っ越しの手伝いをしていたからだ。

孤児である彼らは、その中の一人の亡き祖父が経営していた元宿屋で三〇人近くが身を寄せ合って生活していた。その建物は、手入れをする余裕もなくボロボロになっていた。

さらにはダンジョンの荷物運びとして日銭を稼いでいたが、冒険者たちが稼ぎの良い狩り場へと移ったため、雇ってくれる人がいなくなってしまった。

そんな時彼らは俺たちと出会い、ヒカリのお願いもあって魔物の解体の仕事を請け負うことになった。

　また宿屋の状態が酷いこともあって、彼らが住める家を買ったのだ。

「エルザとアルトの二人も手伝ってくれた」

　まるでその言葉を待っていたようなタイミングで、メイド服を着た二人組が家から出てきた。

　彼女たちも孤児で、俺たちが保護して現在借家の管理を任せている。

「あ、お兄ちゃんたちも戻っていたんですね。今からノーマン君たちとご飯ですが、どうしますか？」

　エルザの言葉にせっかくだからと一緒に食べることにした。

　実際そう答えたら、エルザは嬉しそうに頷き、家の中に戻っていった。

　それを追って中に入れば、エルザがノーマンたちに俺たちもお昼に同席することを伝える声が聞こえてきた。


　その日の夜。ベッドの中に入ると改めてステータスの確認をすることにした。

　ダンジョン五階でシャドーウルフとの死闘を繰り広げてから既に一週間が過ぎていた。

　色々あったが、セリスからモンスターパレードを防ぐために四〇階のボスを倒すことを頼まれているし、ダンジョン内で手に入る「エリアナの瞳」の素材集めのためにも、そろそろダンジョン攻略を再開する必要がある。

「ステータスオープン」

名前「藤宮そら」　職業「スカウト」　種族「異世界人」　レベルなし
ＨＰ450／450　ＭＰ450／450　ＳＰ450／450（＋100）
筋力…440（＋０）　体力…440（＋０）　素早…440（＋100）
魔力…440（＋０）　器用…440（＋０）　幸運…440（＋100）

スキル「ウォーキングＬｖ44」
効果「どんなに歩いても疲れない（一歩歩くごとに経験値１取得）」
経験値カウンター　７９００３９／８１００００
スキルポイント　２

習得スキル
【鑑定ＬｖＭＡＸ】【鑑定阻害Ｌｖ４】【身体強化Ｌｖ９】【魔力操作ＬｖＭＡＸ】【生活魔法Ｌｖ
ＭＡＸ】【気配察知ＬｖＭＡＸ】【剣術ＬｖＭＡＸ】【空間魔法ＬｖＭＡＸ】【並列思考Ｌｖ９】
【自然回復向上ＬｖＭＡＸ】【気配遮断ＬｖＭＡＸ】【錬金術ＬｖＭＡＸ】【料理ＬｖＭＡＸ】
【投擲《とうてき》・射撃Ｌｖ７】【火魔法ＬｖＭＡＸ】【水魔法Ｌｖ７】【念話Ｌｖ９】【暗視ＬｖＭＡＸ】
【剣技Ｌｖ５】【状態異常耐性Ｌｖ６】【土魔法Ｌｖ９】【風魔法Ｌｖ７】【偽装Ｌｖ７】【土木・
建築Ｌｖ８】【盾術Ｌｖ５】【挑発Ｌｖ６】【罠《わな》Ｌｖ３】

上位スキル

【人物鑑定Lv9】【魔力察知Lv8】【付与術Lv8】【創造Lv4】

契約スキル

【神聖魔法Lv4】

称号

【精霊と契約を交わせし者】

ウォーキングのレベルは上がってないが、引っ越しの準備や買い出しで色々と歩き回ったから、もう少しでレベルが上がりそうなほど経験値が貯《た》まっている。

あとは無駄に気配遮断のスキルを家の中でも使い続けていたからついにレベルがMAXになった。

一応上位スキルで隠密が出てきたが……覚えるとスキルポイントがなくなるから一旦保留だ。

まだ誰も到達したことのないダンジョンの四〇階を目指すわけだから、強い魔物が出てくる可能性が高い。それを考えるなら攻撃系のスキルを覚えたいところだ。

あとはシャドーウルフの魔石とミスリルの使い道か。特にミスリルは武器にすれば単純に戦力の底上げを可能にするが、創造で創れる物の中に気になるものがあって、ミスリルが必要材料となっているんだよな。

とりあえず学園の図書館で、しばらく色々と調べる必要があるかな?

閑話・1

体を起こしたら頭に激しい痛みを覚えた。

「サイフォン、やっと起きたか」

呆《あき》れたような声に反応して頭を振れば、さらに痛みが増した。

「ジンか……」

そこにはパーティーメンバーの一人、ジンがいた。

「それでどうだったんだい？　そんなになるまで飲んだんだ。何も分からなかったじゃ、さすがに僕も庇《かば》うことは出来ないよ？」

「詳しいことは分からなかったんだが……いや、口が堅くてよう。ただ全く収穫がなかったわけじゃないんだ」

俺は一息吐《つ》き、ジンが差し出してきた水を一気に飲み干して話を続けた。あー、体に染み渡る。

「誰かまでは分からなかったんだが、エレージア王国からかなりの大物が派遣されたみたいだ。俺たちが今回ダンジョンの入場を断られたのも、それが原因のようだな」

思い出すのは、ここプレケスを目指して歩いていた道中で、俺たちを追い越していった馬車の集団だ。あれは確かヘリアから首都マヒアに向かう途中のことだった。

一見すると地味な馬車が移動していると素人《しろうと》目には映っただろうが、俺たちにはそれがただの馬車でないことが分かった。そう、まるで大事な宝物を運んでいる護送車のようだった。

もしかしたら今回のダンジョンの入場を断られたのと関係があるかもしれない。

そういえばあの時、チラリと馬車の中が一瞬見えたが、中には黒髪の少女らしき者の姿があった。

首都マヒアでルリカとクリスの嬢ちゃんたちと会った時、ふとソラの話をしたのはそのことを思い出したからかもしれない。

ソラの死を聞いた二人は、動揺し、かなりショックを受けていたと思う。

そんな姿を見せられて、しまったと思ったが、遅かれ早かれいずれ知ることになったはずだ。なら早い方がいいだろうと前向きに思うことにした。

あとでユーノの奴《やつ》には怒られたけど。

「それじゃダンジョンは諦めるしかないかな？」

ジンの言葉に回想へと飛んでいた意識を戻した。

「ああ、元々利用してた奴らにも制限がかかってるみたいだしな。俺たちみたいな新規は、登録はおろか入場も許可されないだろうよ。仕方ないが、依頼を受けながら別の町に行くしかないんだろうな」

かといって王国に戻るのもな。

二人で顔を見合わせて考えていたら、不意にドアが開いてガイツが中に入ってきた。

緊張しているのか、その表情はいつもよりも硬く見えた。

「ガイツ、どうかしたのかい？」

「ああ、こんなものが届いた」

ジンの言葉にガイツが差し出してきたのは一通の封書だ。

何の変哲もない封書だが、それを知る者が見ると別だ。

ジンの顔色が変わり、俺も思わず手に取るのを躊躇《ためら》った。

もっとも躊躇ったところで、それを受け取り中を見ないという選択肢はない。

俺は慎重に封を切り、中を確認した。ゆっくり確かめるように、一度、二度と読み返した。

「どうだい？」

ジンの問い掛けに黙って手紙を渡した。

手紙の内容は、新たな任務の指令だった。

理由は分からないが、国の偉い人は彼女たちの、特にある少女の安全に神経を尖《とが》らせているようだ。でなければ、こんな指令は出さないはずだ。

「ははは、まあ、どうするか迷っていたわけだし、行き先が決まったと思えばいいんじゃないかい？」

「前向きだな、ジンは」

「ジンの言う通り、悩んでも仕方がない」

俺の言葉に、手紙を読んだガイツがもっともな意見を述べた。

「前の指令もそうだったが、一体何があるんだろうな」

俺の呟《つぶや》きに答える者はいない。

ただ一つ分かっていることは、マジョリカに向かうための旅の支度をする必要があるということだけだ。

第1章

「主、行ってくる！」

「ああ、俺も後から行くからな」

「ヒカリ姉ちゃん、気を付けてな」

「うん、お土産《みやげ》たくさん持ってくる」

出発を見送りにきたノーマンに、ヒカリが力強く宣言している。

今からヒカリたちは、ダンジョンの五階を目指して、一階から進むことになっている。既に五階までの登録が終わっている俺たちと違い、ルリカとクリスは未登録だからだ。

そのため俺を除く五人――ヒカリ、ミア、セラの三人に、ルリカとクリスの二人を加えた五人で五階まで行き、後日五階に直接飛ぶ俺と合流してそのまま六階を目指すことになっている。

もちろん五人の疲労具合を見て、六階には向かわず引き返すかどうかを決める予定だ。

「それでクリス。何でいつもの冒険者服なんだ？」

ここまで来る間も気になっていたことをクリスに尋ねた。

現在クリスの服装は、俺たちが今着ているマギアス魔法学園の制服ではなく、出会った時と同じ冒険者の服装だった。

「ダンジョンは何が起こるか分からないですから。万が一変身が解けても困りますし……だからフード付きのローブの冒険者の服にしたんです」

「そうそう、それにさ。制服って肩回りが動かしにくいんだよね。だからいつもの服にしたわけ」

クリスと話をしていたらルリカも会話に入ってきた。

確かにルリカの冒険者服は肩回りがスッキリしている。右肩に肩当てはあるけど、それは使い慣れたものみたいだしな。

けど学園で戦うところを見た限りでは制服でも違和感なく動けていたし、可愛《かわい》いなんて言って結構気に入っているように見えた。

「ルリカちゃんが冒険者服にしたのは私のためなんです。一人だけ冒険者服だと目立つからって言って」

ルリカが離れたところで、クリスが内緒で教えてくれた。

本人は否定するだろうけど、ルリカはクリス第一主義なところが少しあるよな。


ダンジョン入り口でパーティー登録を済ませ、俺は五人がダンジョンに入っていくのを見送った。

今回俺が同行しないのは、ヒカリとミアからお願いされたからだ。

前回のシャドーウルフとの戦闘で離れ離れに行動することになって、その時色々と感じることがあったそうだ。あとは単純に親睦《しんぼく》を深めるため、女性だけで行きたいと言われたのもある。もちろん学園には報告済みだ。

「ルリカ姉たちから料理を学ぶ！」

ルリカやクリスから冒険者として行った先々の話を聞いたヒカリは、旅の途中で食べた料理の話を聞いてすっかり虜《とりこ》になっていた。目を輝かせていた。

そして今回のダンジョン探索で、二人から料理を習うそうだ。

家でもミアと一緒に料理の手伝いをすることが増えてきたが、家と外とではまた勝手が違うからね。昨夜も入念な準備を皆でしていた。

俺はノーマンと途中で別れて、魔法学園に足を向けた。

そういえば近頃ノーマンたちに解体の仕方や護身術のようなものを教えに来てくれていたフレッドたちも、新しく組むパーティーメンバーが見つかったとかで、ダンジョンに行くと二日前に言ってきた。フレッドはダンジョンの五階で一緒にシャドーウルフと戦った冒険者の一人で、今も交流が続いていた。

「どういう経緯で組むことになったんだ？」

と聞いたところ、酒の席で意気投合したんだと言っていた。

結構、いや、かなり誰と組むとか大事だと思うんだが、それでいいのか？


「あら～、今日は一人なのね～」

図書館に到着して、セリスから掛けられた第一声がこれだった。

元々一人で図書館に来ることが多かったが、クリスが学園に通うようになったらよく二人で来ていたからだろう。

「皆は今日からダンジョンですよ」

「あ～、そういえばそんなことを言っていたわね～。ソラ君は後から合流するみたいだけど、何があるのか分からないのがダンジョンですから～、気を付けるんですよ～」

俺は前回の探索のことを思い出して頷《うなず》いた。

とはいえ上位種が出なければ大丈夫だと思うし、一人でいる時の主な目的は薬草採取と食材集めだ。魔物との戦闘は出来るだけ回避する予定でいる。

俺は読むのが日課となっているゴーレム関係の本を手に取ると、椅子に座って読み始めた。

シエルはそれを見て、日当たりの良い、いつもの定位置へ移動して早速昼寝を始めている。

思えば一人でこんなにゆっくり過ごすのは久しぶりだ。

俺はふとルリカたちと再会した日のこと、そして翌日から始まった忙しい日々のことを思い出した。

◇◇◇

ルリカたちとの再会は、セラだけでなく俺も嬉《うれ》しかった。

出会った当初は二人に秘密にしていたことを、伝えることが出来たのも大きかった。二人もちょっと怪しいと思っていたようだけど、それを敢えて聞いてこなかったのは優しさだろう。

それに王国での別れ際、クリスから魔法に関するアレコレが書かれた用紙を渡された本当の理由も教えてもらった。

ちょっと回りくどいが、俺とシエルが契約出来るようにヒントを書いてくれていたそうだ。

実際にそのお陰で契約出来たわけだからあれは役に立ったと思う。直接言えなかったのは、クリスがエルフであることを秘密にする必要があったからのようだ。

そしてダンジョンのことも含め、これからのことを本格的に話そうと思っていたその翌日。早朝から借家を訪れる者がいた。

それは何とマギアス魔法学園の副学長だった。家を訪れた彼は、酷《ひど》く疲弊しているように見えた。

「それでどうしたんですか？」

俺が尋ねたら、こちらにいる二人の少女――ルリカとクリスを俺たちと同じように、学園に臨時で入学させたいと突然言ってきた。

俺がマジョリカに到着した昨日の今日で二人の名前が出てきたことを訝《いぶか》しがっていると、拒否されると思ったのかかなり必死に頭を下げてきた。

そこには魔法学園で初めて会った時の強気な姿勢は何処《どこ》にもなかった。

「……とりあえず二人を呼ぶので、副学長から事情を説明してもらってもいいですか？」

そう言うと安堵《あんど》の表情を浮かべ、二人が一度学園に行くことを約束すると凄《すご》く救われたような顔をして帰っていった。

後日分かったことだが、この件はクリスの魔力を感じ取ったセリスの命令で、副学長は動いていたそうだ。

そういえば塔でセリスと一緒に副学長と会った時、彼がセリスに対して凄く低姿勢だったのを今でも覚えている。

これがまず一つ目で、二つ目がノーマンたちの引っ越しだ。

彼らの住む家の資金は、シャドーウルフ討伐で得た報酬から出ている。俺の分はミスリルを購入してなくなってしまったのだが、ヒカリたち三人が稼いだ分から出してくれた。

言っておくが、別に俺が奴隷主であるのをいいことに勝手に使ったわけではない。

これを最初に言い出したのはヒカリで、ミアとセラもそれに賛成していた。

特にセラはあと少しで自らを奴隷から解放出来るだけのお金が貯《た》まったはずなのに、今回家の購入のためにそれが遠のいてしまった。

「お金なんて、また稼げばいいのさ」

いいのか尋ねたら、セラは照れ臭そうに答えていた。

その後は荷物を運んだり、必要な日用品を買ったりと忙しく動き、そうこうするうちにフレッドたちが俺の家を訪ねてきた。

ヒカリがシャドーウルフ討伐後に、何やらフレッドと話していたのは見掛けていたが、どうやらその時にノーマンたちの面倒をお願いしていたそうだ。たぶんその気遣いは、ミアの影響なんだろうな。出会った当初の感情表現の乏しかった頃を知る分、その変化には目を見張るものがあった。

そんなこともあり、ここのところはとても忙しかったのだ。

ちなみにフレッドが無償でそれを受けてくれたのは、一緒にシャドーウルフと戦った仲というのもあるが、ダンジョン内で料理を振る舞ってくれた恩を返したいという思いもあったようだ。

そんなことを思い出しながら本を読んでいたら、シエルが起きてフラフラと飛んできた。そろそろお昼の時間か。

俺が昼食の準備をしていると、セリスもやってきて二人と一匹で食事を開始した。

食欲旺盛《おうせい》なシエルの姿を、セリスが優しそうな目で見ている。

セリスを見ていたら、視線に気付いたのかふと顔を上げたセリスと目が合った。

「何ですか～？」

俺が慌てた様子で目を逸《そ》らすと、悪戯《いたずら》っ子のような悪い笑みを浮かべるのが視界の片隅で見えた。

実のところ、俺がセリスの視線から逃げるように目を逸らしたのは、別に恥ずかしかったからではない。本当だよ？

セリスを見ていたのは、クリスのことを考えていたからだ。

あの日、クリスを鑑定した時からずっと気になっていることがある。


【名前「クリス」 職業「冒険者」 Lv「22」 種族「ハイエルフ」 状態「緊張」】


種族「ハイエルフ」の文字。エルフとどう違うのか……このことがどうしても聞けなかった。

そんな俺の事情を知らないセリスからは、揶揄《からか》う気満々の雰囲気を感じた。面倒臭いなと思いながらどう対処しようかと考えていると、扉の向こう側から気配を感じた。

それはレイラであり、この時ばかりは救いの女神に見えた。

「ソラ、どうしたんですの？」

助かったと思っていたらそんなことを言われてしまった。

「いや、何でもない。それよりも久しぶりだな」

実はレイラとは、シャドーウルフの一件以来会うのはこれが初めてだったりする。

お互い忙しかったこともあって、会う機会がなかったのだ。レイラは人気者だしね。

「ちょっとした息抜きですの。あ、それとソラに頼みたいことがあったのですわ」

「頼みごと？」

レイラは俺たちが座る席まで来てセリスと挨拶を交わすと、早速本題に入った。

「ソラが五階に行くという話を聞きましたの。それで……出来ればソラに薬草をたくさん採ってきてもらいたくて。あと、それを学園に売ってほしいのですわ」

近頃ダンジョンの下の階層への挑戦者が増えたため、ポーションの需要が増えている。

そのため冒険者だけでなく学園の生徒たちも入手が難しくなっているそうだ。学園で栽培している薬草でポーションを作っているが、それだけでは足りないみたいだ。

この稼ぎ時で、学園の生徒たちもダンジョンに行く人が増えているというのは聞いていた。

「一人じゃどれだけ採れるか分からないが、一応覚えておくよ」

何でもレイラはヒカリから、俺が薬草採取の名人だという話を聞いたのを思い出して、わざわざ頼みに来たようだ。

俺から満足いく返事を聞けたからなのか、レイラは安堵して出ていった。

どうやら次のダンジョン探索の話し合いが、この後あるそうだ。

「レイラちゃんは忙しそうですね～」

その言葉には同意だ。

「それでソラ君の方は～、どんな感じなのですか～？　近頃ゴーレムの本ばかり読んでいますけど～」

「ルリカとクリスが合流して人数は増えたんですが、下層を進むには心許《こころもと》ないかな、とも思ってい

るんですよ。それでゴーレムを戦力に出来たら、なんて考えたんです。見張りとかに使えたら、その分休む時間を増やすことが出来るかもですし」
実際一一階以降だと、一〇人以上で行動しているパーティーが多いという話を聞く。
創造のスキルでもゴーレム自体を作ることは出来ないみたいだが、ゴーレムを召喚するのに必要な素材を作れることは分かった。

【ゴーレムコア】ゴーレムを動かすのに必要なもの。魔力を籠めると動き出す!?

相変わらず誰が考えているんだといった感じの説明文が出てくる。
ちなみにゴーレムコアを作るのに必要な材料は、

【ゴーレムコア】
必要素材——ゴーレムの魔石。鉱石①。鉱石②。魔物の魔石①。魔石。

となっている。図書館の本を読んでいたら必要素材欄が全て埋まったのだ。
鉱石の後ろについている①②の数字は何かと思ったら、それぞれの項目を選択すると、さらに説明文が出てきた。

鉱石①……ゴーレムコアの強度を決める。任意の鉱石を使用可能。

鉱石②……ゴーレムの体の強度を決める。任意の鉱石を使用可能。

魔物の魔石①……ゴーレムの姿形を決める。任意の魔石を使用可能。


といった感じらしい。

だからコアの強度を上げるために、ミスリルをこちらに使うか悩んでいる。

ちなみに魔物の姿形を決めるというのは、ウルフの魔石を使えばウルフのように四足歩行に、オークの魔石を使えばオークのような人型になるみたいだ。さらには使った魔石によって、稀《まれ》にだがその魔石の元となった魔物の特性なども引き継げるらしい。

強い魔物ほど強いゴーレムが出来るわけだが、その分ゴーレムを維持するための魔力も必要になってくるみたいだ。

他の特徴としては、ゴーレムはコアが破壊されない限り、魔力があれば体の部位が破壊されても再生する。大きな破損は回復に大量の魔力が消費されるから、体がもろいとすぐに魔力不足になってしまう。

とはいえ、ゴーレムコアが無事なら魔力を籠めれば何度でもゴーレムを召喚することが出来るから、やはりコアの強度を上げることを優先すべきだろう。

「けどゴーレムの魔石か……手に入れるなら冒険者ギルドか商業ギルドを通じて買取依頼を出した方がいいのかな？」

これはゴーレムの魔石だけでなく、鉱石にも言えることだ。

「ゴーレムの魔石ね～。そういえば昔～、ダンジョン内でゴーレムを見たとかいう噂《うわさ》がたったことがあったわね～」

「！　それはマジョリカのダンジョンで、ですか？」

「え、ええ～そうよ～。確か一五階だった気がするけど～、結局調査しても見つからなかったとかで～、その冒険者たちは嘘《うそ》つき呼ばわりされて町を去っていってしまったような～？」

もうかなり昔のことだけどね～、とセリスは言った。

一五階か……また一つダンジョンに行く目的が増えた。

ゴーレムに関してはダンジョン以外でも、それこそこれからの俺たちの旅でも色々役立ってくれるに違いないから。

◇◇◇

ヒカリたちが出発して三日後。俺もダンジョンの中に入った。

ダンジョンに行く前に、ノーマンのところに寄って解体用の魔物もしっかり置いてきた。

現在、借家の庭に建てた魔物の解体用の家はなくなっている。ノーマンたちの家の一室を、解体が出来るように改装したからだ。

俺は五階に入場すると、ＭＡＰを呼び出して気配察知を使用した。

一階から五階までは、運が良ければ三日もかからずに踏破することが出来る。

その場合は一度借家まで戻ってくることになっていたが、それがなかった以上まだ五階までは到達していないということになる。

実際、ＭＡＰには人の反応が全くない。

元々この町の冒険者たちの間では、五階、一五階の特殊フィールドは不人気ＭＡＰだから、人がいないことに驚きはない。だけど薬草が不足している今なら、誰かしらいてもよさそうなのにとは思った。取り放題の環境だから、俺的には嬉《うれ》しいけど。

マジョリカのダンジョンは基本、壁と天井で閉ざされた迷宮になっているが、五階、一五階、二五階、三五階は特殊フィールド……そこがダンジョン内であることを忘れさせるような様々な自然に囲まれたＭＡＰになっている。ボス部屋と呼ばれる一〇階、二〇階、三〇階も同様だ。

冒険者コースにあった資料によると、現在俺がいる五階は、森と草原のフィールドになる。前回歩いて分かったことは、普通に薬草採取も出来れば、採れる木の実や果実も食べることが出来る。むしろ町では見たことのない種類のものもあったと思う。その辺りはシャドーウルフに追われながら見たから、はっきりとした確認は出来ていない。ただ魔物以外の生物、虫とかはいない。

それ以降の階層についても、資料で確認している。

一五階は鉱山フィールド。イメージとしては渓谷の谷の部分が道となっていて、そこを歩いて進んで行くそうだ。天井のない坑道なんて呼ぶ人がいるが、そこでは岩壁から鉱石や水晶を採ることが出来るからだ。

ただしここで採掘をする人はいない。採掘をする時の音で魔物を引き寄せてしまうのもあるが、それに見合うだけの貴重な鉱石を発見出来なかったからだ。国が本腰を入れて調査をすれば発見出来るかもと思ったが、それは既にプレケスのダンジョンで行われているというのを、セリスが教えてくれた。

二五階は森と湖のフィールド。ＭＡＰ中央に広がる湖の周りが森に囲まれたＭＡＰで、眠れぬ湖と呼ばれている。その呼び名がついたのは、ここのＭＡＰの特殊性にある。

昼と夜で出る魔物が切り替わり、その都度倒した魔物が復活するため常に魔物と戦うことになるからだ。昼間はオークが、夜になるとアンデッドが出現するとある。

そしてもう一つ。ここは他の階と違い、入り口と出口の階段の位置が変わらないＭＡＰとしても有名だ。他にも何のためにあるのか分からない美しい石像があるとも記載されていた。実は密《ひそ》かな人気ＭＡＰであるため、五階や一五階と違って狩り場にする人は多いみたいだ。

三五階は悪夢の森と資料には記載されている。これは一見すると普通の木と見分けがつかないトレントがいるからそう名付けられたみたいだ。まだ資料を作成途中らしく、詳細な情報は書かれていなかった。呼び名のあとにも（仮）って付いていたし。

ボス部屋に関しては、一〇階は草原。二〇階は荒野。三〇階は湿原になっているそうだ。

俺はＭＡＰから目を離し、改めて五階に広がる風景を眺めた。

やっぱりこうした自然の中というのは気持ちいい。風も感じるし、日の温《ぬく》もりもある。何より開放感が違う。ここがダンジョンの中だということを忘れそうだ。

心なしかシエルも嬉しそうだが……あ、木の実や果実を探すことを話したからか。

一五階の鉱山フィールドは岩壁に囲まれた迫力のある光景が見られるなんてことが書いてあったし、それも楽しみだな。昔ゴーレムを見たという不確かな噂があったって言うが、火のないところに煙は立たないと言うし。もしいるならゴーレムの魔石を手に入れることが出来るかもしれない。

あー、ちょっとミアたちと合流するのが待ち遠しい。早く一五階に行きたいという気持ちが、セリスの話を聞いてから日に日に強くなっているのが自分でも分かる。

二五階は魔物との戦闘が少し大変そうだけど、噂の石像が気になる。なんか湖に浮かぶ島に立つ美しい石像なんて、ちょっと神秘的だと思いません？

しかし……前回来た時よりも、右側に森が広がっているように見える。

あれから日も経《た》っているし、もしかしたら変遷が起こったのかもしれない。

変遷が起こるとダンジョン内の構造が変化する。一番はっきり分かるのは階段の場所が変わることだろうけど、特殊フィールドだと森や草原の位置や規模が変わったりする。

それもあってダンジョン内だと、薬草の採れる場所もころころ変わる。

もしかしたらダンジョンに薬草を採りに来ないのは、探すのが大変だからという理由もあるのかもしれない。

町の外の薬草群生地なら、何処《どこ》に何があるか記録が残っているからその場所に採取に行けばいいし。納品記録を調べれば、何処で誰が採取をしたかの記録も残っている……かもしれないし。

「とりあえず最初はあっちの草原を目指そうか」

俺が歩き出すと、シエルは楽しそうに草原の上を飛んでいった。

町中だと建物などの障害物も多いし、こんな気持ちよく飛べないからな。

瞬く間に小さくなっていくシエルを見ながら、俺は風景を楽しみながら歩く。

道らしい道がないため、足首のあたりまで伸びた草の中を歩けば、草の擦れる音が静かに鳴る。

鑑定を使いながら進めば、中には食べられるものもあるようだ。

目的は薬草採取だが、それを採らないという選択肢は俺にはない。

お陰で遅々として進まず、気付いた時にはシエルがこちらに戻ってきていた。

「どうしたんだ、シエル？」

俺が問い掛けると、耳を忙《せわ》しなく動かしてある地点を指す。

どうやらそこに行こうということを伝えたいようだ。

シエルに従い草原の中を進むと、植物の色が薄い黄緑色から濃い緑色に変わった。

その色の違う境界線を越えて鑑定を使えば、そこは薬草類の宝庫になっていた。

「わざわざ探してくれたのか？」

俺が尋ねたら、その通りといった感じで大きく頷《うなず》いた。

俺が感謝の気持ちで頭を撫《な》でれば気持ち良さそうにされるがままになっていたが、少ししてクワッと目を開いて何かを訴えてきた。

何だかんだとシエルとは長い付き合いだ。その視線だけで何を言いたいか分かる。

「分かった。しっかりご馳走《ちそう》を用意するよ」

その答えに満足したのか、シエルは小躍りするように宙を舞っている。

俺はＭＡＰで魔物の今いる位置を確認すると、鑑定を連続使用しながら薬草採取に取り掛かる。

現在スキルは空間魔法のＭＡＰと、鑑定と気配察知を同時に使用している。

ＭＡＰは魔法だから関係ないが、鑑定と気配察知はＳＰを消費して発動するスキルだ。

それを同時に使えば歩いていてもＳＰが本来なら減っていくが、自然回復向上のスキルのお陰でその減りも少ない。ただＳＰの残量には注意して、残り半分を切ったらスキルを使うのをやめて歩くことにしている。

しばらく採取、歩く、採取、歩くを繰り返していたら、緑色の領域内にぽっかりと空いた空間が出来上がっていた。まあ、俺が薬草を採取した結果だけど。

薬草類は採りながら、それぞれ品質ごとに仕分けてアイテムボックスに収納していった。

高品質なものは俺たちが使う用のポーションに、それ以外のものは学園に売る分だ。多いと言われたら、冒険者ギルドか商業ギルドに売ればいいからね。

『それじゃご飯にするか？』

遠く離れたところにいたシエルに念話を飛ばすと、物凄《ものすご》い速度でこっちにやってきた。

「そんなに急がなくてもいいんだぞ。今から料理するんだから」

俺は魔法で地面を均《なら》し、そのまま調理場を作った。

やはり普通の階と違って、五階の特殊フィールドでは外と同じようなことが出来る。それは地面が土だからだろう。

今夜あたり魔法で家が建てられるかも試してみるかな？

俺はウルフ肉を焼きつつ、薬草採取のついでに採った野草を使って天ぷらを作る。油の弾《はじ》ける音に最初シエルは驚いたようだったが、初めて見る料理に興味津々といった感じだ。

そして完成が近付けば、我慢の限界が近いのか口から涎《よだれ》が垂れている。

「ほら、完成したぞ。熱いから気を付けろよ」

俺がお皿に盛って差し出せば、ダイブするような勢いでシエルは飛び付いた。

毎度のことながら熱々なものでもお構いなしに食べるけど、大丈夫なのかと心配になる。シエルがというよりも、ヒカリが競うように食べるからだ。

俺はシエルの食べっぷりを見ながら料理を続ける。皿が空《から》になればそのタイミングで追加し、自身は作りながら料理をつまみお腹《なか》を満たす。天ぷらは衣もサクサクだし、今度ヒカリたちにも作ってあげよう。驚くに違いない。

五回ほどお代わりすると、やっと満足したのかシエルはコロンと寝転がる。相変わらず凄い食欲だ。これには食べられる時にしっかり食べる精神が培われたからだろう。他の人がいると、食事がお預けになることが近頃多いから。

俺は調理器具を片付けながら、アイテムボックスの中身を確認する。

採取した薬草はかなりの量だ。少なくとも自分たちで使うポーションは一〇〇本単位で作製可能だ。学園に売る分はそれ以上ある。

「シエル、次は森の中に入るけどいいか？　どんな木の実や果実があるか確認したいから」

俺の問い掛けに、ゆっくりと目を開けたシエルが頷いた。

草原地帯から真《ま》っ直《す》ぐ森の中に入っていった。

前回来た時はゆっくり見る余裕がなかったが、改めて見ると木と木の間隔が狭く、上に広がる枝葉が多く重なっていて、昼間だというのに日の光があまり射し込んでこない。そのため森の中はちょっと薄暗い。

ただ木と木の間が狭いから、魔物によっては行動が制限されそうだ。

もしかしたらシャドーウルフから逃げることが出来たのは、それもあったからかもしれない。

俺は根元から伸びた根っこに注意しながら森の中を進み、森で採れる素材を採取する。なかには見たことがない木の実や果実もあって、その中の一つの皮をむき食べてみれば、柑橘《かんきつ》系の香りと一緒に甘みが口の中に広がり思わず頬《ほお》が緩んだ。

甘味が物凄く好きというわけではないが、甘すぎずしつこすぎないからこれなら何個でもいけるかもしれないと思ったほどだ。

俺の反応を見たシエルが、自分も自分もといった感じでせがんできたから皮をむいて差し出せば、パクリと一口で果実を頬張り、幸せそうな表情を浮かべていた。

これは……皆の分も持ち帰らないと駄目だな。

そう、今までだったら誤魔化しもきいたが、クリスはどうやらシエルと話すことが出来るみたいだ。だからクリスにはこの果実のことが伝わるかもしれない。

クリスも女の子だ。話には聞かないがスイーツが好きな可能性は高い。それにクリスは責めたりしないだろうが、それを知った他の面々からは追及を受けるかもしれない。

そのことを想像すると思わず体が震えた。背筋に冷たいものを感じたよ。

「我慢な。これは後でヒカリたちと食べような」

お代わりを要求してきたシエルを説得し、件《くだん》の果実を採っていく。

ちなみにこの実を鑑定すると、

【ノブルの実】甘くて美味《おい》しい。煮込むとさらに甘みが増す。毒なし。

こんな結果が出てきた。

俺がノブルの実を採取していると、一度は説得に応じたシエルだったが、我慢出来なかったようで、少し離れた場所に実っていた果実に齧《かぶ》り付き……ゆっくりと墜落《ついらく》していった。

「おい、大丈夫か?」

慌てて近寄り拾い上げると、シエルは痙攣《けいれん》して口から泡を吹いていた。うん、人には見せられない姿だな、ちょっと。

シエルが齧《かじ》ったと思われる実を鑑定すると、

【ドロスの実】苦い。人が食べてはいけないもの。毒はないが食べると後悔する。


と出た。

……時々思うのだが、誰がこの鑑定の文言を決めているのだろうか?

しかしどちらの果実も大きさや形がほぼ同じだから、パッと見判断出来ない感じだ。

ただよく調べると、ノブルの実は無臭で、ドロスの実からは少し甘い香りがすることが分かった。

「ほら、口直しにこれを食べな」

俺が皮をむいたノブルの実を差し出したが、警戒して食べようとしない。形が似ているから、先ほど食べた激マズのドロスの実だと思っているのかもしれない。

まったく俺はそんな悪戯《いたずら》はしないというのに……と思ったが、俺には前科があったな。けどあの時は、俺も保存食が不味《まず》いなんて知らなかったんだよ。

仕方がないから少しカットしたものを俺が食べてみせたら、シエルも大丈夫だと判断したのかペロリと一口で食べていた。

「この二つの実は似てるからな。一応香りで違いが判断出来るけど、不用意に食べないようにな？」

俺が注意すると神妙に頷いていた。

シエルがあんな状態になるのだから、余程の味だったのだろう。

それ以降は勝手に木の実や果実を食べることなく、シエルは黙ってついてきた。余程ドロスの実がこたえたようだ。

ただ俺が採取する新しいものには興味があるようで、その都度シエルが食べられそうなものだけ与えた。時々罠《わな》用にドロスの実を採取したから、その時は信じられないものを見る目を向けられたけど。

「今日はここまでかな？」

結局その日は森の中で休むことになった。

採取をしないで寝ずに歩けば森を抜けることは可能だが、森を抜けると魔物の領域になるから無理に進む必要はない。

それと入り口側の階段から離れすぎるとヒカリたちが到着した時に合流するのが大変になるから、あまり奥に進まない方がいいだろう。

俺は一つ試したいことがあったので家が建てられそうなスペースを探すため森の中を歩いた。

ちょうど良さそうな場所を見つけたら、そこには薬草が生えていたから得した気分になった。

薬草を全て採取し終わったら、早速魔法で家を建てた。

それはダンジョンの外で建てた家と変わらぬ強度があるみたいだ。鈍器で殴って確認したから間違いない。家を建てるのに必要な魔力量も、外で作るのと変わらないな。

「オークの襲撃くらいなら防げるか？」

壁の強度はテンス村で建てた防壁以上だから、持ち堪《こた》えられるとは思うが、可能なら何処かで確認をしたいな。

「それじゃご飯にするか」

俺の言葉に木の上で休んでいたシエルは降りてきて、一緒に家の中に入った。

昼は天ぷらがあったとはいえ肉中心だったから、夜は主に野菜を使った料理を作る。その傍ら、ウルフ肉でベーコンを作るのも忘れない。あ、ベーコンを作る用の木材もせっかくだからこの際探してみるか。

最後にノブルの実をすり潰して鍋で煮込んだ。

最初ノブルの実を取り出した時にシエルは警戒した素振りを見せたが、さすがの俺もドロスの実を食べようとは思わない。

しばらくコトコト煮込んでいると、鍋から甘い香りが漂ってきた。

しかしシエルは尚《なお》も警戒している。ああ、ちょっとドロスの実に匂いが似ているか。

料理スキルに導かれるまま火から鍋をおろして冷ましたら、それをスープ用の皿に注《つ》いでシエルの前に差し出した。

シエルは俺の方を一度見て、皿を見たまま動きを止めた。

先ほどと同じように俺が最初に飲んでみせたら、恐る恐るといった感じでスープを舐《な》めたが、瞬間大きく目を見開いて一気に飲んだ。

そして耳をパンパンと打ちつけてお代わりを要求してきた。それはもう、物凄い速さで耳を振っている。

「一杯だけだからな」

不満そうな顔をしたが、これはヒカリたちにも飲ませてあげたいから、これ以上はあげられないという意味を込めて鍋をアイテムボックスにしまった。

それを見たシエルは、今度は一気に飲むことはしないで、チビチビと大事そうにスープを舐めていた。

◇◇◇

『ソラ、到着したよ！』

森の散策をしていたら、突然ミアの声が聞こえてきた。

ダンジョンカードの通信機能が使えるようになったということは……慌ててＭＡＰの範囲を広げて確認したら、五階入り口に人の表示があった。

『今到着したのか？』

俺が五階に来てから三日目の昼過ぎのことだった。

『……ソラ、何かに夢中になっていて忘れていたなんてことないよね？』

すみません。森の中で高品質の薬草の多い群生地を見つけて夢中になっていました。

心の中で謝罪をしながら、話題を変えようと気になることを尋ねた。

『五階に来るまで結構な時間がかかったが、何かあったのか？』

よくよくＭＡＰを見ると、表示される人数が多い。

『……実は途中でフレッドさんたちと会って、それで皆でここまで来たの』

その時のミアの声が疲れているようだったから、

『疲れているなら一度戻るか？』

と尋ねたが、大丈夫との答えが返ってきた。

『とりあえず今からそっちに向かうが……』

ふと横を見ると、シエルが任せてと耳を振っている。

『俺も向かうが、シエルも行ってくれるみたいだから、シエルの案内に従ってくれ』

『うん、分かったよ。皆にはそう伝えるね。ソラは無理しなくていいからね』

『大丈夫だよ。距離的に合流は明日になるかもだから、ミアたちの方こそ無理しないで来てくれな』

俺としてはここで待つという選択肢はない。

普通の人なら面倒だと思うかもしれないが、俺にとっては経験値を稼ぐチャンスだからだ。

「それじゃシエル、頼んだぞ。ミアたちに合流したら俺がいる方に連れてきてくれ」

俺の言葉にシエルはコクリと頷《うなず》き飛び立ったので、俺もそれを追うように歩き出した。

しかし気になるのはＭＡＰに表示された人数だ。フレッドたちがいるとのことだが、さすがに三

○人は多過ぎる。
もしかしてフレッドたち以外のパーティーもいたりするのか？

仲良く来ているようだから、ミアたちが害されるような心配はないが、それでも出来るだけ早く合流した方がいいのかもしれない。何かちょっと疲れているようだったし。


ミアから通信が来た翌日。俺は森を抜けることが出来た。

ヒカリたちとの合流に備えて、あまり奥に行かなかったのが良かったようだ。

夜にはミアだけでなく、ルリカやクリスとも通信をした。シエルも無事合流出来たらしく、誤魔化しながら俺がいる方へと皆で向かうとのことだった。

というか、一緒に行動している全員がそのまま六階への階段を目指すという話になっているようだ。

……一体どんな面子《メンツ》で移動しているのかが凄《すご》く気になるな。

それとミアたちは現在森から結構離れた場所にいるようだ。

野営をするのに、見晴らしの悪い森の中をわざわざ選ぶ者は少ないか、普通なら。

あと夜の見張りは、他の人たちがしてくれるから早く眠れると、ヒカリに聞いた。その代わり料理をしたとも言っていた。

「あそこにいるのがそうだな」

反応のある方に歩いていくと、人が集まっているのが見えた。

さらに近付くと、その集団から抜け出す者がいた。一人と一匹だ。

まずはシエルが俺のもとまでやってきて、くるくると俺の周りを飛び回った。遅れて黒髪の少女が勢いそのまま抱き着いてきた。

「久しぶりだな、ヒカリ」

「うん、主寂しかった」

グリグリと頭を擦《こす》り付けてくるヒカリの頭を撫《な》でながら、真剣な瞳を向けてくるシエルにはアイテムボックスから取り出した一本の肉串《にくぐし》を差し出した。

それを見たシエルは嬉《うれ》しそうに肉串に齧り付いた。予想通り、ヒカリたちと合流してからは食事をしていなかったようだ。

その後歩いてミアたちのもとに向かえば、ミアたちもこちらに向かって歩いてきていたから程なくして合流することが出来た。

「本当に一人でいるとは思わなかったな……」

合流して最初にフレッドから言われた言葉がこれだった。

その言葉に、フレッドの周りにいる何人かも頷いている。

俺は改めて集団を見回すと、結構というか、殆《ほとん》どが顔見知りで驚いた。

ミアの近くにいる人たちは、ミア様呼びしていた人たちだし、セラの近くにいるのは、セラのことを姐《あね》さんと呼んでいた人たちで、共にシャドーウルフと一緒に戦った冒険者たちだ。

「なんていうか、ダンジョンで偶然会ってな。それで皆で来たわけさ。あ、それと俺たちの新しいパーティーメンバーを紹介するわ。おい、サイフォン。こっちだ！」

その名前を聞いてドキリとした。

思わずルリカとクリスの方を見ると、コクンと頷いた。

二人からはサイフォンたちはプレケスに行ったと聞いていたから、まさかここで出会うとは思わなかった。

人垣を掻《か》き分《わ》けて姿を現したのは、俺の知るサイフォンその人だった。その後ろにはゴブリンの嘆きの面々もしっかりいる。

変わっていない。その姿を見て懐かしさを覚える反面、罪悪感が胸を締め付けた。

俺は動揺を抑えながら、真正面からサイフォンを見た。

ルリカたちからエーファ魔導国家の首都マヒアで会ったとは聞いていたが、まさかここで再会するとは俺は思っていなかった。

サイフォンは俺のことを一目見て眉を顰《ひそ》めた。きっと仮面をしているからだと思うが……。

「おう、サイフォン。こっちがヒカリ嬢ちゃんたちが話してたパーティーメンバーのソラだ。変な仮面をしてるが怪しい奴《やつ》じゃねえぞ。それと行商人なんて言ってるが、戦うとめちゃくちゃ強いからな」

フレッドは豪快に笑いながら俺を紹介するが、ソラという名前を聞いた時にサイフォンの眉がピクリと動いたのを俺は見逃さなかった。

「……初めまして、行商人のソラと言います。あちらにいる三人の奴隷主でもあります。よろしくお願いします」

俺はチラリとヒカリたちの方を見て言った。

「あ、ああ……ゴブリンの嘆きのリーダーのサイフォンだ」

そう言ってサイフォンは順々にユーノたちメンバーを紹介し始めたが、何処《どこ》か俺の反応を確かめているようにも見えたが気のせいかな。

「また凄いパーティー名ですね。皆さんで相談してそれに決めたんですか？」

俺がそう尋ねるとサイフォンは顔を顰《しか》めた。

「ははは、それは後で俺が教えてやるよ。それよりソラ、六階への階段を見つけたって？」

「見つけたよ。それで皆一緒に行くってことでいいのか？」

正確にはMAP上で確認しただけだけど。

「ああ、サイフォンたちもそうだが、他にも六階へ行ったことのない奴が何人かいるからな」

フレッドの言うまだ行ったことがない人というのは、多分真新しい装備に身を包んだ人たちのことだろう。緊張した面持ちで周囲を忙《せわ》しなく見回している。

「ソラの兄貴！　どっちに行けばいいんですか？　俺たちが先行しますよ‼」

フレッドとの会話が途切れた時に、そう声を掛けてくる人たちがいた。

ああ、セラのことを姐さんと呼んでいた人たちだ。

だからといってソラの兄貴はないと思うんだけど。

「兄貴呼びは結構かな？　それと階段は向こうだよ」

「へイ、兄貴！」

いや、だからそれが無用なんだけど。

新人らしき人たちも気合の入った様子でついていくし。しかも俺の顔を見て一礼していくし。一体何があったんだ？　というか俺について何を話したんだ？

「なあ、何だってこんなことになってるんだ？」

その後ろについていきながら、俺は事の経緯をミアたちに尋ねた。

説明によると、ダンジョン三階でここにいる人たち全員が集まったとのことだ。

最初に会ったのが前を歩くチームセラ（勝手にそう呼ぶことにした）。最初はセラたちのことを侮っていた新人も、セラが戦う姿を見て態度を改めたようだ。あのセラが諦めたような表情を浮かべ、ルリカは面白そうにしていた。きっと色々あったんだろう。詳しくは聞くまい。

その後一緒に三階を進んだが、迷いに迷って階段が見つからず、その途中でフレッドたちやミア親衛隊とも合流したそうだ。迷った主な原因は、先導したチームセラがことごとくハズレのルートを引き当てて進んだかららしい。

ちなみにそれぞれのパーティーが一階から移動していたのは、新たなメンバーを加入させたからのようだ。なかには既にダンジョン経験者もいたが、初めて組むということもあって、力量を確認する意味もあって一階から攻略していたらしい。

その新人たちだが、見るとヒカリと同じぐらいの年の子もいた。

何でもチームセラとミア親衛隊は、俺たちが孤児を保護（多分ノーマンたちのことだと思うが）したことを知り、同じような境遇な子を新人として迎え入れたとのことだ。

遅くなったのは、そんな新人たちの教育をしながら進んで来たというのもあったそうだ。戦い方とか、それはもう丁寧に教えていたそうだ。

ヒカリたちからしたら俺が待っていることを知っていたから先を急ぎたかったが、新人たちが負傷をするからミアが気にしてしまって抜け出すことが出来なかったようだ。

「ソラ、大丈夫？」

歩いているとクリスが心配そうに聞いてきた。

「？　大丈夫だけどどうかしたのか？」

「……うん。サイフォンさんたちを見た時、なんか苦しそうに見えたよ」

そうなのか？　確かに動揺したけど、仮面をしているし顔は見えないと思うんだけど……。

「ほら、また。ちょっと今のソラはいつもと違うと思う」

俺は周囲を見回し、ここで話すことではないと判断しクリスに言った。

「……詳しいことは戻ってから話すよ。ここだとその、皆に聞かれるかもしれないから。その時さ、相談に乗ってもらっていいかな？」

安心させるために笑いながら言ったけど、上手《うま》く笑えていたかは自分では分からなかった。


その後は日が暮れるまで歩き、森の中で野営することになった。

森はかなりの面積を誇っているため、どうしても一日は森の中で過ごすことになる。

また階段へ辿《たど》り着《つ》くにはどうしても森の中を通る必要がある。これは今のルートだけでなく、他の方向から向かっても変わらない。階段が森に囲まれた中にあるからだ。

「主、主の料理が食べたい」

ヒカリのその一言で俺が料理をすることになった。

残念がっている人たち……主にミア親衛隊は、きっとミアの手料理を期待したのだろう。

俺は魔法で地面を均《なら》して調理場を作ると、俺を中心に料理を開始した。人数が多いからな、ミアやルリカたちも手伝ってくれた。それを見たミア親衛隊には笑顔とやる気が戻ったようだった。

フレッドたちは料理をしない代わりに、交代で見張りをしてくれるみたいだ。

「相変わらずソラの料理は美味《うま》いな」

順番が回ってきたフレッドが肉の塊を頬張《ほおば》り絶賛したら、何故《なぜ》か周囲の一部から殺気が飛んできた。

「いや、あれだ。がっつり肉を食えたしさ。やっぱこう、男くさい豪快な料理が好みなんだよ俺は」

そして何故か周囲を見回し慌てた様子で言い訳じみたことを言い始めた。

何故このようなことが起こったかというと、それは道中の食事事情が関係していたようだ。

基本ダンジョンに潜る人たちの食事は保存食になる。

しかしヒカリたちはしっかり料理をするから、それを見た人の中には料理を欲しい人たちが現れる。特にミアが作った料理となれば、ミア親衛隊が黙っていない。ちなみにセラはあまり料理をしない。

けどヒカリたちが持っていった食材は、それほど多くはない。余裕をみてたくさん持っていってはいたが、あくまで五人分だ。アイテム袋は持たせてあるが、俺みたいに際限なく持てるわけではないからだ。狩った魔物も入れないといけないから、皆に行き渡るほどの余裕がなかった。

だから食べる人はくじ引きで選ばれて、フレッドも運良くそれに当たったことがあった。

ただその時のフレッドは、ここまで料理を褒めることがなかったため、それを耳にした人……特にミア親衛隊が怒ったみたいだ。

まあ、食事の恨みは恐ろしいからなって、ちょっと違うか。

「……ソラは料理も出来るのか」

「凄いだろこいつ。それに前に話しただろう？　この階がボス部屋化したって話。その時囮《おとり》になって一人でシャドーウルフを引き付けてくれたのもソラなんだよ。魔法も使えるしよう、俺らの中じゃ、絶対行商人じゃねえって話してるんだぜ」

料理の味に驚いたサイフォンに、フレッドが以前の五階での出来事を話せば、それを聞いていた何人かが同意するように頷《うなず》いている。

「まあ、行商人をやってると魔物と遭遇することもあるからな。一人で旅していた時の名残で、今も逃亡用のアイテムは持ち歩いているんだよ。アイテム袋もあるしな」

本来ならアイテム袋を持っていることは公言しない方がいいのかもしれないが、ここにいる人たちは既に知っているからな。

「それはそうとフレッドとサイフォンさんたちはどうやって出会ったんだ？」

あまり詳しいことを聞かれるとボロが出ると思い、話題を変えるために尋ねた。

フレッドからは酒の席でとは聞いていたが、ちょっと詳しく知りたいと思ったからだ。特にサイフォンたちがここにいる理由とか。

「ああ、俺のことはサイフォンでいい。俺らみたいのは、さん付けされると調子が狂うからな。それと普段の話し方もフレッドと話す時のようにしてくれて構わない」

その言葉に懐かしさを覚えたが、表情を変えずに頷いた。

それはサイフォンに言われたわけじゃなかったが、冒険者時代に誰かに言われた覚えがある。

「前にも話した通り、飲んでいたら馬が合ってよ。話してみたら元々はプレケスのダンジョンに挑戦する予定だったのが、向こうで登録出来なかったからこっちに来たらしいんだよ」

「へ～、ダンジョンへの登録が断られるってことがあるのか」

「俺は聞いたことないけどな。まあ、向こうは気難しい貴族様が管理してるって話だし、何かあるのかもしれないな」

冒険者ギルドがダンジョンの管理をしているとばかり思っていたが、よく考えればダンジョンは資源の宝庫だ。国が管理を主張してもおかしくないか？

その辺りは結局俺たちには直接関係ないから、どういった仕組みになっているかは知らないんだよな。

「まあな。それで一度は王国に帰ろうかとは思ったんだが、せっかくだからマジョリカに来たわけだ。王国に帰るための金も稼がないとだしな」

そういう事情があったのか。

またサイフォンたちと同じような理由で、結構な数の冒険者がプレケスからマジョリカに流れてきているらしい。

「ま、というわけだからよ。しばらくはノーマンたちの面倒は見られそうもないんだ。そのことはヒカリ嬢ちゃんにも伝えてある」

その後俺たちは料理をしたということで見張りを免除され、翌朝食事を済ませてから六階への階段を目指した。

六階への道が分かっているためその足取りは軽く、数の暴力もあったかもしれないが、遭遇した魔物を難なく倒していく。

その戦いぶりを見て、普通にミア親衛隊もチームセラも強いと思った。フレッドたちもだ。

やはりシャドーウルフという、相性の悪い魔物と戦っていたのと、蓄積された疲労のため、あの時は本来の力が発揮出来ていなかっただけのようだ。レベルだってヒカリたちよりも高いわけだし。

そんな中サイフォンたちも、安定して魔物を倒していく。

盾士のガイツが魔物の注意を引き、攻撃を受け止めている間に他の四人が息の合った連携で次々と倒していく。そこには一切無駄がなく、洗練された動きがあった。

フレッドたちだけでなく、他の冒険者たちもその動きには感心していた。

俺たちも守られているだけでなく、魔物と戦った。魔物を倒せば、基本的に経験値のようなものが溜《た》まっていくみたいだし、そこは譲れない。

ただ俺たちが戦うと、何故か声援が飛ぶ。まあ、誰とは言わないが。それと声を出すと他の魔物を呼び出すことになるから、それは控えるべきだと思う。たとえ近くに魔物がいなくてもだ。

もしかしたらそれが分かっていて、声援を送っているのかもしれないけど。

そんなことがあり、俺たちは合流してから一日半後。無事六階への階段に到着することが出来た。

時間がかかったのは魔物との戦闘が多かったのと、新しく加入した人たちの動きが悪くなり休憩を多めに取ったからだ。

一階から六階を目指しているから体力的に辛《つら》くなったのかと思ったが、どうも慣れない森の中を歩いて精神的に疲れたのが影響したようだ。

「まあ、誰もが通る道だ」

とフレッドは言っていた。サイフォンが首を捻《ひね》っていたのは、たぶんマジョリカの人たちが、この特殊フィールドが苦手だということを知らないからだろう。

ダンジョンから出たらその足で冒険者ギルドの買取カウンターに並び、精算を済ませた。

狩った魔物に関してはダンジョン内で分けていたのもあって、スムーズに完了した。

「あら、貴方《あなた》たちは……」

冒険者ギルドを出ようとした時、見知った顔に会った。ギルドマスターのレーゼだ。

俺たちを見たレーゼは驚いた表情を浮かべたが、すぐに笑顔で話し掛けてきた。

「もしかしてパーティーを組んで、一緒にダンジョンに行っていたのですか？」

微笑《ほほえ》むその姿に、何人かの冒険者が頬を赤らめていた。

大人の色香のようなものを感じるが、俺は不動の心で耐え凌《しの》いだ。同じ轍《てつ》を踏むわけにはいかない。今回はミアだけでなく、他の子たちもいるのだから。

チラリと横を見ると、サイフォンの無表情が目に入った。

一瞬俺と目が合い、その瞬間通じるものが確かにあったと思う。ユーノさん、怒ると怖いもんな。

「いや、たまたまダンジョン内で会いましてね。それで今回は途中から一緒に探索したわけですよ」

フレッドがいつもの調子で対応し、

「新しい子もいるようですし、あまり無理はしないようにね」

とレーゼは言葉を残し、その場を去っていった。

「それじゃ今日は解散だ。ま、またダンジョンで会うようならよろしく頼むな！」

フレッドの言葉に元気な返事が飛ぶ。

ミア親衛隊とチームセラの面々が別れの挨拶に来て、それが終わったら俺たちも家に戻ることにした。

家に帰った俺たちは、その日の夜にダンジョンで過ごした日々のことを話した。

ヒカリが料理に挑戦したことや、セラの豪快な戦い方にルリカやクリスが驚いたこと。話題はなかなか尽きず、疲れているはずなのに、いつもならベッドに入る時間を過ぎても話は続いた。

そこにエルザやアルトも交ざり、皆が話しているのを夢中で聞いていた。

ちなみに一番盛り上がりを見せたのは、俺がノブルの実の皮をむいて皆に提供した時だ。一口食べた時、皆の目の色が変わったのが分かった。

ヒカリが上目遣いでお代わりを要求してきたが、

「残りは商業ギルドと、ノーマンたちと一緒に食べる用だから我慢な」

と言って今回は我慢してもらった。

商業ギルドが興味を示せば、五階で採取する人が増えて、普通にノブルの実が流通して手に入りやすくなるかもしれないという言葉が効いたのだろう。

こうして俺たちの四度目のダンジョン挑戦は、目標であった六階到達を成功させて幕を閉じたのだった。

しかし……俺には気になることが一つだけあった。

去り際に鑑定したサイフォンたちのことだ。

【名前「サイフォン」　職業「冒険者」　Lv「53」　種族「人間」　状態「――」】


確かサイフォンたちの冒険者ランクは初めて会った時はCだったはず。

フリーレン聖王国で会ったBランク冒険者のロックたちやレイラたちと比べてもそのレベルは高い。

もちろん冒険者個人の強さが、そのままランクに反映しないことだってある。依頼の受け方でそれは変わるわけだから。それに会った当初は鑑定を覚えていなかったから、別れてから魔物を狩りまくってレベルが上がったという可能性もあるかもしれない。

そう頭では分かっているが、違和感を覚えずにはいられなかった。

だって50レベルを超えている人なんて、片手で数えるほどしかいなかった。

俺だって会う人全てを鑑定しているわけじゃないから、たまたま高レベルの人を鑑定してないだけだったかもしれないけど。

目を閉じれば、王国でお世話になった色々なことを思い出すことが出来る。人に親身に寄りそうその姿勢からは、パーティーメンバーだけでなく、同じ冒険者たちを大切していることが伝わってきた。

それでも不信感を覚えたのは、皆にその実力を隠していることが、隠し事をしている自分と重なったからかもしれない。

俺がそのことをルリカに相談したら、

「ランクと強さが合わない冒険者なんて結構いるよ？　特にランクを上げると面倒な依頼をされる

ことあるし、わざとランクを上げるのを断る人だっているんだから。逆にお金を稼ぎたい人や貴族とかの身分の高い人との繋《つな》がりを作りたいって人は、是が非でもランクを上げたいって人が多い気がするかな」

という答えが返ってきた。

確かにそれならランクを上げていないのも分かる気がする。

俺も冒険者を続けていたら、自由気ままに冒険出来なくなる可能性があると知ったら間違いなくランクを上げるのをやめるだろうから。

お金は大事だけど、やっぱ自由が一番だからね。

第2章

三日間の休養を経て、再びダンジョンに行くことになった。

ミアたちは一〇日近くダンジョンで過ごしていたから疲れていないか心配になったが、大人数で余裕を持って過ごしていたから体調は万全のようだ。

五階を一人で探索していた俺はというと、ウォーキングのスキルのお陰で全然疲れていない。

ちなみにその三日間で一番忙しかったのは、まあ、俺だ。

ノーマンたちが解体したものを回収し、代わりに新しく解体する魔物を渡した。

この時にヒカリやエルザたちを連れて、食事会を開いてそこでノブルの実を食べた。

その足で商業ギルドにノブルの実とドロスの実を持っていき、ダンジョンの五階で採れることを話した。他にも珍しい木の実や果実を渡したが、やはり目玉はノブルの実になった。

とりあえず交渉の末、ノブルの実一つを銀貨一〇枚で買い取ってくれた。試食で一つを消費したが、一〇個売って金貨一枚ならなかなかの……いや、かなりの稼ぎだと思う。

ただし間違いやすいドロスの実があるから、そのこともしっかり伝えた。

その後は学園に行ってノブルの実をセリスやレイラに渡し、ついでに薬草を学園で買い取ってもらい、減った食材を買いに町の中を歩いたりした。この時はヒカリたちも一緒だった。

後は時々模擬戦をして体を動かしたり、気分転換に町中を歩いたり、錬金術を使ってのポーション作製に追われた。その甲斐《かい》あってか、ポーションの在庫をかなり増やすことが出来たが、アイテムボックスの中にはまだまだ多くの薬草たちが残っていた。

それからこの時、サイフォンたちについての相談も皆にしてみた。

首都マヒアでルリカたちがサイフォンたちと再会した時、俺のことを悲しんでくれていたことも聞いた。ルリカたちには気にするなと言ったみたいだけど、本当に気にしていない人は悲しんだりしないいし、ダンジョンで俺の名を聞いた時に、戸惑ったような反応もしないはずだ。

無事を知らせたい。それが俺の想《おも》いである一方、王国から遠く離れた地にいるとはいえ、話して大丈夫かという不安もある。秘密は知る人が多いほど、誰かに漏れるリスクが増えるのだから。

「ソラはどうしたいの？」

ミアに聞かれて、俺は迷った。

だけど黙っていては何も始まらないことを知っているから、今の素直な想いを吐露した。

ヒカリの件からも俺の生存がバレたらまた付け狙われるかもしれないという恐怖。その場合俺と一緒にいるヒカリにも危険が及ぶかもしれないこと。心配してくれたサイフォンたちに無事を伝えたいが、嘘《うそ》をついていたことを非難されないかという不安、等々。

「私は、サイフォンさんたちなら大丈夫だと思う」

そんな俺にクリスは安心させるためなのか微笑んだ。

「主様。ボクはそのサイフォンって人たちのことはあまり知らないけどさ。クリスたちが大丈夫だって言うなら信じていいと思うさ。ボクもダンジョンで一緒した限り、悪い人たちには見えなかったさ。それに……言える時に言っておいた方が、きっと後悔しないさ」

セラは少し寂しそうな表情を浮かべながらそう言った。

そのセラの態度と言葉に、俺は覚悟を決めた。

「それじゃルリカ。ギルドでサイフォンたちへの伝言を頼んでもらっていいか？」

俺の頼みを、

「任せて」

とルリカは快く引き受けてくれた。


「それじゃ行ってくるな。留守番と、ノーマンたちのことを頼んだぞ」

「はい、お兄ちゃんたちも気を付けて行ってきてください」

「いってらっしゃい」

エルザとアルトに見送られて、俺たちは家を出た。

エルザたちは、近頃家のことだけでなくノーマンたちのところに行っては、子供たちに色々と教えたり、一緒にイロハに教わったりしている。

当初の仕事以上のことをしているイロハは忙しいと思うが、何故《なぜ》かいつも元気だ。孤児たちのために新たにメイド服を用意して着せたりしている。

「それでソラ、今回は何処《どこ》まで行く予定なの？」

歩きながら聞いてきたルリカに、

「そうだな……一〇階まで進んで、ボスに挑戦するかはその時次第だな」

と答えた。

「確か八階はウルフの集団が、九階は色々なゴブリンが出るんですよね？」

「またお土産《みやげ》がたくさん。それに七階はブラッドスネイクが出る！」

クリスの言葉に、ヒカリが反応する。

確かにウルフは良いお土産になるけど、ノーマンたちがそろそろ悲鳴を上げないか心配だ。もう何百体と解体しているし……本人たちは決して辛《つら》いとは言わないと思うけど。

「そうだな。ウルフ肉もたくさんあるし、戻ったら皆で肉祭りもいいかもな」

その言葉にシエルが嬉《うれ》しそうに舞い、ヒカリも目を輝かせた。

それを見たミアとセラは可笑《おか》しそうに笑った。


冒険者ギルドで伝言を頼んでからダンジョンの入り口に向かうと、そこはいつも以上の長蛇の列が出来ていた。

「そういえばプレケスから冒険者が多く流れてきてるって割には、前回の探索で他の冒険者たちには会わなかったな」

その列を見て改めて思ったことを口にしたら、

「ソラはずっと五階にいたから分からなかったんだろうが、四階までは結構人がいたんだぞ」

と背後から声がした。

振り返ればフレッドがこちらに歩いてきていた。その背後にはサイフォンたちの姿もある。

まさかこんなにすぐに会うとは思わなかった。

サイフォンは伝言を受け取ったみたいで、ルリカに話し掛けている。

「ダンジョンから出たら少し時間を作ってほしいんだ」

というルリカの声が聞こえてきた。

「ソラたちもダンジョンか。前回からまだ三日しか経《た》ってないってのに、元気だな」

「そういうフレッドたちもダンジョンなんだろ？　人のこと言えないと思うぞ」

「馬鹿野郎。俺たちは冒険者だぜ？　体が資本なんだからこのぐらい普通なんだよ。それにそっちは、ソラは別として、嬢ちゃんたちが多いんだからよ……大丈夫なのか？」

「ん、お肉が待ってる」

ヒカリよ、別にお肉は待ってないからな。さっきの肉祭り発言が頭に残っているのかもしれない。

フレッドもヒカリの肉好きは嫌というほど理解しているから苦笑している。

「それでソラたちも今日は六階からか？」

声を小さくして聞いてきたフレッドに俺は頷《うなず》いた。

「ならどうだ、一緒にパーティーを組んで行ってみないか？　どうやら行き先は同じようだしよ」

フレッドたちも今回は一〇階を目指すそうだ。一気に行けるか分からないが、大量の保存食も用意してきたらしい。

俺はその提案に乗るか悩んだ。

さすがにダンジョン内で正体を伝えるのはフレッドたちもいるから無理だけど、一緒に行くのは俺たちにも利点はある。

ある程度経験を積むために魔物と戦おうとは思っているが、可能なら早く下の階に進みたいと思っている。人が多いと見張りをする回数が減り、休める時間が増えるため体力を温存することが出来る。

最終的にはモンスターパレードのことを考慮して、一緒に行くことを了承した。今優先すべきは如何《いか》に早く下の階に行くかだと思ったからだ。

順番が回ってきたら、入り口でパーティー登録をして六階に飛んだ。

学園の生徒と冒険者がパーティーを組むのが珍しいのか、入り口にいたギルド職員にはちょっと驚かれた。

そしてダンジョン六階に降り立った俺たちは、一日かけて六階を踏破した。普通に考えたら、十分早い部類に入る。

理由は簡単で、出る魔物がキラービーだと分かっているため、出来るだけ戦闘を避け、尚且《なおか》つ階段まで一直線に進んだからだ。それでも一日も時間がかかったのは、七階への階段の位置が悪かったからだ。

ちなみに一直線に進めたのは、この階では先頭をヒカリたちに歩いてもらい、MAPを見た俺がどの道を進むかを念話で指示したからだ。フレッドたちには訓練のためと誤魔化して。

「なんか呆気《あっけ》なく階段まで来られたな。魔物にもあまり遭遇しなかったし、運が良かったかもな」

七階への階段近くで野営をした時に、フレッドはそんなことを言っていた。

七階の探索は、今度はフレッドたちが前を歩くことになった。ゴブリンの嘆きのパーティーメンバーのガイツと斥候を主に担当していたオルガを先頭に進む。

結局八階への階段を見つけるのに二日かかり、ブラッドスネイクを一七体討伐した。

「次はいよいよ八階かぁ。ウルフが集団で襲い掛かってくるんだっけ？」

「ルリカちゃん、そうですよ」

ルリカとクリスの会話を聞きながら、俺はミアとヒカリに手伝ってもらいながら料理をした。

そして料理をしながら、ふと資料室で読んだ内容を思い出していた。

一〇階までの階層で、五階を除くと冒険者が本格的に苦労するのが八階からだということ。

例えばウルフなら最低五体以上が群れで行動し、時には一〇体以上で襲ってくると資料には書かれていた。その中には稀《まれ》に変異種も交ざることがあるともあった。

その夜も交代で見張りをして、翌朝食事を済ませて八階への階段を下りた。


八階は再び俺たちのパーティーが最初に先頭を歩くことになった。

MAPを見るとそれなりの人の反応がある。どうも三〇人近い集団もいるようだけど、彼らの進む方は残念ながら階段とは逆方向だ。

俺は念話でヒカリに進む方向を指示するが、この階では魔物との遭遇率は高かった。戦闘の度に俺たちは色々な戦い方を試した。

一度目は接近するのを待って俺が挑発でウルフを引き付けて、注意が俺の方に逸《そ》れた隙にヒカリ、セラ、ルリカの三人が瞬く間に一三体のウルフを倒していた。

二度目は逆に遠距離攻撃主体で戦い、俺とミア、クリスがそれぞれ魔法を使って倒した。数が多く範囲魔法を使ったため、魔石以外の素材を回収することが出来なかったけど。

「魔法は便利だけど、素材回収には向かないよね」

「お肉が消えた……」

ルリカの言葉に、ヒカリが悲しそうに答えていた。

結局その日はあまり進めずに、探索は終了した。やはり魔物の数が多く、進んでは戦闘、進んでは戦闘を何度も繰り返したからだ。

「けど凄《すご》いな。魔法学園の生徒ってのは……」

「サイフォン、こいつらを基準に考えるのはやめた方がいいぞ。まあ、なかには俺らよりも下の階層で戦うような奴《やつ》らもいるけどよ。そんなのは一握りだ」

夕食時、サイフォンとフレッドのそんな話し声が聞こえてきた。


九階はゴブリンファイター、ゴブリンアーチャー、ゴブリンメイジ、ゴブリンチャンピオンの魔物が出たが、俺たちの敵ではなかった。

むしろ素材を気にする必要がないため、容赦なく魔法が放たれることになった。

もちろん魔法戦だけでなく、連携して戦うこともあった。その際サイフォンたちからのアドバイスを何度も受けることになった。

「しかしソラたちと進むとダンジョン攻略が早いよな。俺たちが以前一〇階を目指した時と比べると雲泥《うんでい》の差だ。これも全てヒカリ嬢ちゃんのお陰だな」

フレッドのその言葉を受けて、何故かシエルがヒカリの傍らで得意そうに頷いている。

ちなみに褒められたヒカリは平常運転だ。ただ無視するのは悪いと思ったのか小さく頷いていた。

一〇階への階段前で登録を済ませた俺たちは、そのまま階段を下りた。

ボス部屋の前には魔物が出ない待機所みたいな部屋があるため、そこで食事を摂ることにした。

ボスは倒すと宝箱を落とすことがあり、その宝箱からはレアなアイテムが出やすいため、それを狙ってゲームでいう周回をする人も多いそうだ。実際今もいくつかのパーティーが待機しているようだった。

ボス部屋は一組が中に入ると、ボスを倒すまで扉が開くことはない。唯一例外として、中に入った者たちが全滅すると扉が開く仕様になっている。

「結構人がいるけど一度戻って出直した方がいいのか?」

「いや、ここで待った方がいいだろう。時間はかかるかもしれないが、このぐらいなら少ない方だ」

このごちゃごちゃした状態でどうやって順番が分かるのか聞いたら、フレッドが色々と教えてくれた。待っている人たちに話し掛けてボス部屋に挑戦することを伝えれば、周りが覚えておいてくれるらしい。フレッドにとって顔馴染《かおなじ》みが何人もいたようだ。フレッドはフレッドで顔が広いよな。

「それじゃいい時間だしとりあえず食事にするか」

俺の言葉にヒカリが力強く頷いた。そろそろ昼時だしな。

俺たちは空いたスペースで早速料理を開始することにした。

試しに火を焚《た》いて煙がどうなるか確認したが、天井に吸い込まれて消える仕様なのはここでも変わりないようだ。

「ヒカリも手伝ってくれるのか?」

「うん、ミア姉たちに教えてもらった成果を見せる」

料理をしていると、フレッドが他の冒険者に呼ばれていた。

程なくして戻ってきたフレッドは背後を指して、

「金を払うから料理を分けてくれないかと言われた。どうも昨日から順番を待っている奴らが多いらしくてよ」

どうも何時間も戦っているパーティーがいたらしく、かなり待たされているみたいだ。これでも減った方と言うから驚きだ。

「ソラ、私たちも手伝うから分けてあげられないかな？」

ミアもその話を聞いてどうにかならないか言ってきたから彼らの分の料理も作ることにした。

相手に恩を売っとくと、あとで何かで返ってくるかもしれないからな。それに仲良くなっておいて損はない。

「ヒカリ、あとは調味料を入れて仕上げるだけだから任せていいか？」

俺の言葉にヒカリが「任せる」と力強く言ったから、俺は調理用具と材料を出してミアたちに渡すと、別の料理を作ることにした。

料理が出来上がると配膳《はいぜん》が始まった。

冒険者たちは喧嘩《けんか》することなく思い思いの列に並んで料理を待っている。手に持つのは自作の木の器だ。さすがに人数分の器は用意出来ないから、木材を渡して自分たちで作ってもらった。意外と言ってはなんだが、器用な人が多かった。無駄に凝ったものを作って自慢している人もいるぐらいだ。

並ぶに至って喧嘩はなかったけど、目での牽制《けんせい》はあったようだ。一番人気があったのはミアの料理で、次いでヒカリとクリスとルリカの列が埋まった。あぶれた人は俺の前に並んだ感じだ。サイフォンたちは俺の料理を手にすることになった。

「ありがとう、ヒカリちゃん」「嬢ちゃん、ありがとな」「大切に飲みます！」「ミア様ありがとう」

等々、肉串《にくぐし》とスープを笑顔で受け取ってお礼を言って立ち去っていく。

名前を知っているのは、俺たちの会話から名前を知ったからのようだ。

「配り終わったのか？」

「うん、全部なくなった。けど主の分は残ってる」

俺が尋ねたら、笑顔のヒカリが満足げに空《から》の鍋を見せた。俺の分は先に器によそってよけておいたそうだ。

「あれが青春か……俺も魔法学園に通えば良かった」「許せねえ、ヒカリちゃんから笑顔を向けられるなんて」「ああ、可愛《かわい》い」「憎しみで人が殺せるなら」「このスープ、一生の思い出にするんだ……」

なんか物騒な言葉が背後から聞こえる。そしてスープは温かいうちに飲め。他にも、

「俺、戻ったら料理出来る女性冒険者の募集をかけるよ」「華があるだけで頑張れるよな、うん」「温かい料理が身に染みる……ぜ」「俺も魔法学園に入学しようかな」「フレッドの奴も女冒険者を仲間にしたみたいだぞ？」「けどあれはあっちの冒険者の奥さんらしいぞ」「……間違いない。奴は俺たち男（独身）の敵だ」

なんて話し声も聞こえてきた。

俺はヒカリの料理を受け取り早速食べようとした。

その時だった。楽しく食事をしていたなかで呻《うめ》き声が複数聞こえてきたのだ。

声に反応して身構える者もいるなか、視線が音の発信源に注がれる。

俺もそちらを見たが、そこには前かがみに倒れそうな何人かの冒険者がいた。よくよく見れば先

ほどヒカリからスープを受け取っていた者たちだ。

自分たちが注目されていることが分かったのか、冒険者たちは何でもないと笑顔で言っているが、その顔は引き攣《つ》っているし、心なしか器を持つ手が震えている。正直苦しそうに見える。お腹を押さえている者さえいる。

そんな冒険者たちを、ジッと見る子がいた。ヒカリだ。その横顔は眉が下がっていて少し悲しそうに見えた。

そのことには冒険者たちも気付いたようで、なんか頷き合い、一気にスープを飲み干し、空の器をこちらに見せてきた。

それを見たヒカリはちょっと嬉《うれ》しそうで、はにかんでいた。

きっと自分が作った料理を完食してくれたから嬉しいんだろうな。

俺だって、やっぱり残さず綺麗《きれい》に食べてくれると嬉しいし、料理をした甲斐《かい》があったと思う。

だけどそれが限界だったようだ。完食した人たちが次々と倒れていく。

場が騒然となって、それを見ていたミアが慌てて駆け寄っていった。

そして容態を確認して、何を思ったのかリカバリーを唱えた。

リカバリーは確か風邪とかの病気関係を治す効果はなかったはず……と思った目の前で、リカバリーを受けた冒険者は起き上がった。それは見ている俺たちが驚くほどの勢いで。

ミアはホッと息を吐《つ》くと、苦しむ冒険者たちに次々とリカバリーをかけていく。

俺はふと疑問に思い、倒れている一人を鑑定して思わず二度見した。仮面がなかったら、きっと目を擦《こす》っていたに違いない。

驚く俺の前で全ての冒険者の治療が終わると、今度は皆の視線が俺へと注がれた。正確には俺の手の中にある器に、だけど。

皆も倒れた冒険者たちの共通点に気付いたのだろう。

俺は視線だけを向けてヒカリを見ると、不安そうにこちらを見上げていた。

俺はゴクリと唾《つば》を飲み込み、スープを口にした。視界の片隅でミアの慌てた姿が見えたが、もう遅い。きっと止めようと思ったんだろう。

味に関しては……特に不味《まず》いという感じはしない。ちょっと苦みを感じるけど、むしろ味なら保存食の方が酷《ひど》い。

ゴクゴクと俺がスープを完食すると、驚きの声が上がった。

治療された冒険者たちは、平然としている俺を見て、信じられないという顔をしている。

「だ、大丈夫なの？」

「ああ、特に問題ないよ。ちょっと苦かったけど」

駆け付けたミアに俺は頷《うなず》いた。

その言葉を聞いた冒険者たちは、結局倒れた冒険者たちが大袈裟《おおげさ》にしただけだという結論に至ったようで食事を再開した。

「ねえ、ソラ。もしかしてあのスープ、ヒカリちゃんが一人で作ったの？」

「ん？　最後の味付けぐらいだけどな。最初は一緒に作ってたんだけど、フレッドに呼ばれて途中からはヒカリが作ったんだ」

ルリカが耳打ちしてきたからそう答えたら、

「えっと、ね。ヒカリちゃんは料理を教えると素直に聞いてくれて、呑《の》み込みも早いの。けどね、何と言えばいいのかな……創作が好きなのかな？　目を離すと色々なことに挑戦しちゃうみたいなの」

要約すると、調味料を色々混ぜてオリジナル料理を作ってしまうとのことだ。

なるほどと思う一方、俺は疑問を覚えた。俺が用意した調味料は独自に調合したものはあるけど、その材料は全てお店で買ったものだ。決してこれを複数混ぜたからといって、状態異常・毒を引き起こす要素はないはずだ。

そう、先ほど鑑定した冒険者たちは、状態が「毒・軽微」となっていたのだ。向こうの世界でも混ぜるな危険なんて言葉はあったけどさ、それは食べ物の話ではなかったはずだ。

ちなみに俺が無事だったのは、状態異常耐性のお陰だと思う。

「だからね、ヒカリちゃんに一人で料理はさせない方がいいと思うの。もしする時は、か・な・ら・ず、セラ以外と一緒にするように言い聞かせてほしいんだ」

ルリカが強調して言ってきたのは、セラが奴隷として過酷な生活をしていたことが関係しているみたいだ。

特に帝国にいた時は、食事もまともに与えられなかったため、とにかく食べられれば幸せという環境だった。

ハウラ奴隷商会にいた時も、味よりも栄養優先という食事だったため、味に対して無頓着《むとんちゃく》になった。もちろん美味《おい》しいものは美味しいと感じる感性はある。

ただそれでもハウラ奴隷商会での待遇は、他の奴隷商会と比べても良い方みたいだ。

実際俺が回った奴隷商会の中には碌《ろく》な食事を与えてもらえないのか、痩《や》せ細《ほそ》った奴隷も多く見たことがあったが、ハウラ奴隷商会の奴隷たちはそんなことがなかった。その方が見栄えもいいし、買い取ってもらえるという打算があったんだとは思うけど。

確かにルリカが心配するように、俺もヒカリに一人で料理させるのは危険だと思った。毒物を生み出した可能性もあるかもしれないからだ。

「ヒカリ、料理をする時は俺か……ミアかルリカかクリスに声を掛けるんだぞ。きっと色々な料理を皆教えてくれるから」

「……ベーコンとかカレーの作り方も？」

「ああ、もちろんだとも」

「うん、分かった」

ベーコンは難易度的に難しくないが、カレーは大丈夫だろうか？　ルーみたいに入れるだけのものを用意出来れば簡単に作れるか？　とにかく俺もこれからはヒカリと料理する時は注意して何が原因であんなことが起こったのかを調べることにしよう。

それ以降は特に大きな問題は起きることもなく、色々話しながら順番が回ってくるのを待った。

食事を提供したからか、冒険者たちの皆とも仲良くなれた気がする。三人が俺の奴隷だと知ると、羨ましがられたり、尊敬の目を向けられたけど。

俺は寝る前にステータスの確認をすることにした。

名前「藤宮そら」　職業「スカウト」　種族「異世界人」　レベルなし

ＨＰ460／460　ＭＰ460／460　ＳＰ460／460（＋100）
筋力…450（＋０）　体力…450（＋０）　素早…450（＋100）
魔力…450（＋０）　器用…450（＋０）　幸運…450（＋100）

スキル「ウォーキングＬｖ45」
効果「どんなに歩いても疲れない（一歩歩くごとに経験値１取得）」
経験値カウンター　２０４８３０／８５００００
スキルポイント　３

習得スキル
【鑑定ＬｖＭＡＸ】【鑑定阻害Ｌｖ４】【身体強化ＬｖＭＡＸ】【魔力操作ＬｖＭＡＸ】【生活魔法ＬｖＭＡＸ】【気配察知ＬｖＭＡＸ】【剣術ＬｖＭＡＸ】【空間魔法ＬｖＭＡＸ】【並列思考Ｌｖ９】【自然回復向上ＬｖＭＡＸ】【気配遮断ＬｖＭＡＸ】【錬金術ＬｖＭＡＸ】【料理ＬｖＭＡＸ】【投擲《とうてき》・射撃Ｌｖ８】【火魔法ＬｖＭＡＸ】【水魔法Ｌｖ８】【念話Ｌｖ９】【暗視ＬｖＭＡＸ】【剣技Ｌｖ５】【状態異常耐性Ｌｖ６】【土魔法ＬｖＭＡＸ】【風魔法Ｌｖ８】【偽装Ｌｖ７】【土木・建築Ｌｖ８】【盾術Ｌｖ６】【挑発Ｌｖ７】【罠《わな》Ｌｖ３】

上位スキル
【人物鑑定Ｌｖ９】【魔力察知Ｌｖ８】【付与術Ｌｖ８】【創造Ｌｖ４】

契約スキル
【神聖魔法Lv5】
称号
【精霊と契約を交わせし者】

ボス戦に備えて職業を戦闘に適したものに変えようか迷ったが、一一階からは罠もあるからスカウトのままにすることにした。

あとはウォーキングのレベルが1上がり、習得スキルの中にはレベルが上限まで達したものもあった。一番嬉しかったのは、神聖魔法のレベルが1上がったことか。神聖魔法は相変わらずヒールしか使えないみたいだけど、これはシエルと契約して覚えたからなのだろうか？

ちなみに今回の食事の一件で、ミアには新たな親衛隊員が増え、俺には「鉄の胃を持つ男」「悪食仮面」という不名誉な呼び名が付けられることになった、らしい。

◇◇◇

「ソラたちはダンジョンの下層を目指しているんだよな？　なら今回のボス、お前たちだけで戦ってみるか？　良い経験になると思うんだが」

「おい、サイフォンそれは……」

朝食を済ませて準備運動のようなものをしていたら、ダンジョンの探索中、あまり会話がなかったサイフォンが話し掛けてきた。

フレッドが慌てて止めに入ったが、サイフォンはそれを手で制して俺の方を真《ま》っ直《す》ぐ見てきた。

俺はその言葉を受けてしっかり考えることにした。

確かに今後のことを考えると、一〇階のボス部屋を俺たちだけで攻略出来たら自信に繋《つな》がるかもしれない。

また下に行けば行くほど出てくる魔物は強くなる。それなのに、ボスとはいえ上層で手古《てこ》摺《ず》っていては、話にならない。

「もちろん何かあったらすぐ俺たちが援護に入る。どうだ？」

「……分かった。少し皆で戦い方についての話し合いをしてもいいかな？」

サイフォンの言葉に、俺は決心を固めて言った。

その後皆で作戦を練り、それをフレッドたちに伝えていよいよボス部屋の前まで移動した。昨日までボスの順番を待っていた冒険者の姿は既になくなっている。

扉は大きく、高さは優に五メートルあって幅も一〇人以上が並んでも余りある広さがある。

確か扉の中央にある突起物にパーティーの誰かが触れると反応し、五分間だけ扉が開く仕様になっていて同じパーティーメンバーだけが入れるという話だった。その判断はどうもダンジョンカードが関係しているみたいだが、詳しいことはまだ解明されてないようだ。

俺は突起物に触れないように注意しながら、扉を軽く叩《たた》いた。

材質は金属だと思うが、鑑定してもダンジョンの壁とかと同じように不明としか表示されない。

「ソラ、それじゃそろそろ中に入るか」

俺はフレッドに促されて突起物に触れようとしたところで、ふと突起物の上にあるレリーフのようなものが目に入った。

扉は縁にあたる場所は彫刻が施されているが、突起物の中央あたりはすっきりしている。そのため目に入ったのだが、鑑定を使用中だったためそのレリーフを見た瞬間文字が表示された。

【☆ゴブリンキング　1・ゴブリンチャンピオン　3・ゴブリンメイジ　5・ゴブリンアーチャー　5・ゴブリンファイター　20】

それは魔物の名前と、数字だった。

「ソラ、どうかしたの？」

突然動きを止めた俺を、クリスが心配そうに見てきた。

「いや、何でもない。それじゃ行くか」

もしこれが今現在ボス部屋の中にいる魔物とその数を表しているなら……。

いや、まずは確認してからだ。不確かな情報を与えるのは危険だ。それに出る魔物に関しては既に分かっているから、戦い方も話し合っている。まあ、実にシンプルで、作戦と言えるかは分からないけど。

俺が突起物に触れると、扉がゆっくりと内側に開いてく。

扉のあった場所は曇りガラスのように先が見えなくなっているため、中の様子を確認することが出来ない。階と階の境界線と同じだ。一歩踏み込んで境界線を越えると見えるようになる。

ただしボス部屋が違うところは、一歩中に入ればボス……ここの場合はゴブリンキングを倒すまでは外に出られないということ。

俺は警戒しながら中に入り、周囲の確認をする。資料の記述通り魔物の姿は近くにない。

「まずはこの領域内の何処《どこ》かにいるボスを探すところから始める必要がある」

フレッドの言葉を聞きながら、俺はＭＡＰを表示させて気配察知を使って魔物が何処にいるのかを確認をする。

ＭＡＰ自体は範囲を広げなくても全てが映っているようで、隅から隅まで直線距離で三キロほどといったところか？

だけどどういうわけか、ＭＡＰにはパーティーメンバーは表示されるが魔物が表示されない。魔力察知を使ってもそれは変わらなかった。

ボス部屋では表示機能が働かないのかと思い周囲を見渡すが、草原が広がるだけで魔物は見えない。風が吹いて草花が揺れる音が聞こえるだけだ。

見晴らしが良いといっても、起伏はあるだろうし全てを見通せるわけじゃないのかもしれない。

ＭＡＰ機能で魔物の位置が把握出来ないのなら、目視で確認するしかないか。現在位置から目視で確認出来ないということは、ここから遠く離れた場所にいるのかもしれない。

「まずは魔物が何処にいるか探すか」

俺たちが周囲の安全を確認して動き出そうとしたその時、突然気配察知に引っ掛かる新たな反応があった。と同時に、MAP上にも新たな表示が生まれていった。

「主、あっちから何か感じた」

ヒカリの指し示す先には、確かに魔物の反応がある。

一連のことから考えられるのは、ボス部屋の魔物は俺たちが入場してからしばらく経《た》つと湧くということか？

その後は魔物のいる方に歩いていき、およそ一〇分後にはその姿を確認することが出来た。

見ればこちらに走ってくるゴブリンの集団が見えた。数は全部で、三四体。

「向かってくるなら、こちらは待って迎撃しよう」

ヒカリとルリカが左右に広がり、中央に俺とセラが立つ。クリスとミアがその後ろだ。

俺は盾を構えながら魔法の準備をし、ヒカリたちも投擲用のナイフや手斧《ちような》を用意した。それらは魔法が付与された品々だ。

そして走ってくるゴブリンの集団を見据え、俺たちの射程距離に入るのを静かに待った。

「行きます」

魔法の準備をしていたクリスが杖《つえ》を掲げ、ゴブリンの集団に向かって振り下ろした。

杖の先から炎が放たれ、それが戦闘開始の合図となった。

◇サイフォン視点・1

ボス部屋に入り、しばらく経ってからソラたちは動き出した。

俺がチラリとパーティーメンバーのオルガの方を確認すると、頷《うなず》きが返ってきた。それはソラたちが、正確に魔物のいる方に向かっているという合図だった。

俺は一度背後を振り返ったが、そこには入る時に通ってきたはずの扉は存在しなかった。ただ壁がそこにあるだけだ。

嬢ちゃんたちの魔物の索敵能力に関しては、今までのダンジョン探索で高いことは既に分かっていた。ヒカリという少女と、ルリカの嬢ちゃんの力量に疑う余地はない。何せ俺たちの斥候担当のオルガが認めるほどなのだから。

問題はここのボスとの戦い方だ。出るのはゴブリンキングだということは調べてある。

八階、九階での集団戦は見事だと思ったが、やはり上位種は別格だ。フレッドからシャドーウルフと戦った時の活躍は聞いていたが、俺はまだ完全には信じていなかった。得てして話とは、尾ひれがついて広がるものだからだ。

だが目の前で繰り広げられるゴブリンキングとの戦いを目にして、その疑いは完全に消えた。

戦いはクリスの嬢ちゃんの魔法ファイアーストームから始まった。

集団の先頭を走るゴブリンファイターの頭上で炸裂《さくれつ》し、瞬く間に炎が広がりゴブリンたちを呑《の》み込んでいった。その威力はユーノよりも上だと分かったし、効果範囲も広い。

魔法の発動場所から離れていたゴブリンは逃れることが出来たが、続いて爆発音とゴブリンたちの悲鳴が続いた。

見ればソラも同じようにファイアーストームを放ち、ヒカリ、ルリカ、セラの嬢ちゃんの三人が次々とナイフや手斧を投擲していた。驚いたのは、その投擲された武器が爆発していたからだ。

戦闘開始から僅《わず》か数分で、ゴブリンの集団はゴブリンキングを残して全滅していた。

俺が思わずジンたちを見たら、あいつらも同じように驚いているようだった。って、いや驚くだろ普通。ナイフや手斧が爆発してるんだぜ？　あんなの投げられたら俺たちだって防ぐのは難しい。

残されたゴブリンキングは、ソラが引き付けて、前衛に立つ三人が攻撃を仕掛け、残りの二人は攻撃魔法で注意を逸《そ》らしたり、補助的な魔法で援護していた。あれは多分神聖魔法だ。聞いた話だとミアの嬢ちゃんは戦いには慣れていないという話だったが、神聖魔法の力量は俺が知る中でも上位に入ると思った。

ただその中で一番目を見張ったのは、やはりソラの動きだ。ゴブリンキングの一撃を盾で防いでいたが、ゴブリン種とはいえ上位種。その一撃は決して軽いものじゃない。それなのに吹き飛ばされることなく、完全に攻撃を受け止めていた。その後ろ姿が、ちょっとガイツに重なって見えたほど頼もしく感じた。

あとはルリカ嬢ちゃんの動き。王国の時に何度か手合わせをしたことがあるが、あの時とは動きが全く違う。一撃一撃の鋭さが増して、動きにも切れがある。双剣を巧みに操り、ゴブリンキングの死角に回り込んで常に攻撃をしている。

ソラが注意を引いているとはいえ、あそこまで正確に攻撃出来るのは腕を上げた証拠だ。武器の性能で致命傷を与えることは出来ないようだが、それこそミスリルの剣など手に入れたら、一人でもゴブリンキングの討伐が出来るんじゃないかと思ったほどだ。

戦いは結局、危なげなくソラたちの勝利で終わった。

最後動きが悪くなったゴブリンキングを、セラの嬢ちゃんが止《とど》めを刺して終わらせていた。獣人だけあって力強く、その一撃は傍《はた》から見ていても素晴らしいものだった。

万が一に備えていたが、それも必要なかった。

俺はゴブリンキングを倒した六人が集まり、楽しそうに話す姿を見ながら、これからどうするのが良いかを考えるのだった。

◇◇◇

「あ、もしかしてあれが宝箱ってやつ？」

戦闘が終わり、一息吐《つ》いたところでルリカが尋ねてきた。

ルリカの指差す先には確かに宝箱がある。

「とりあえず倒した魔物から魔石と……討伐証明の部位が回収出来るものはしておくか」

討伐記録はダンジョンカードにも登録されるから必要ないが、これも練習かな？　殆《ほとん》どのゴブリンは跡形もなく焼かれたり爆死したりして、魔石も回収出来ない状態だけど。

ゴブリンキング他数体の魔石を回収したら、いよいよお楽しみのお宝確認の時間だ。

鑑定して罠《わな》のないことは確認した。

ヒカリは宝箱を開けるのを楽しみにしていたが、今回はルリカに譲ったようだ。ルリカもヒカリが興奮気味に宝箱の話をした時に、興味ありそうに話を聞いていたからな。ルリカは本当に自分が開けて良いのか不安だったらしく、開ける前に何度もヒカリに「いいの？」と確認していた。

皆の視線を一身に受けて、ルリカが宝箱の蓋を開けた。注目する中にはフレッドやサイフォンの姿もあったし、シエルも興味があるのか、ルリカの肩近くから宝箱の中を覗《のぞ》いていた。

中に入っていたのは、宝箱の大きさからしたら小さい袋のアイテムが二つ。いわゆる俺がアイテム袋とよく呼んでいるものだ。

世間一般ではマジック袋とアイテム袋はアイテムを収納する機能は同じで、あとは入れたものの劣化を防ぐ効果があるかないかで、呼び方が変わる。ちなみに劣化を防ぐ機能があるのがマジック袋になる。

「これがマジック袋やアイテム袋だったら当たりだが……とりあえずギルドに性能を確認してもらうのがいいだろうな。確認するための魔道具があると思うし」

俺は既に答えを知っていたが黙っていることにした。俺が鑑定を使えることを知っているミアはこちらを見てきたが、口に人差し指を当てて黙っていてポーズを返しておいた。

それからフレッドとサイフォンが、

「今回俺たちは見てただけだしな。その宝はソラたちのものだな」

と言ってきたから、

「いや、そこは公平に分配しよう。俺たちも六人だけで戦えて良かったし、十分ボスと戦えることが分かって自信がついたしさ」

と俺は答えた。

フレッドたちがボスと戦うだけの力量がなかったなら別だが、ゴブリンキングと戦える力量は十分あるし、今回は俺たちに経験を積ませるためにわざわざ譲ってくれたわけだしね。

「それでボスを倒したはいいが、何処から出るんだ？」

サイフォンがフレッドに尋ねたその時、まるで待っていたかのようにそれは出現した。

宙に枠の線が浮かび上がり、徐々に形作られていく。最終的にそれは一枚の板になり、俺たちから見た正面側に突起物のようなものがあった。

「あの突起物に触れると、中央が割れて扉みたいに開くんだ。ボスを倒すまでこれは出現しない」

フレッドが突起物に触れると、説明した通り中央で板が割れて開いていく。

俺たちがそこを通った先は小部屋になっていて、階段前にやはり登録台があった。

「とりあえずここで登録を済ませたら一度地上に戻ろうぜ。さすがに疲れただろ?」

フレッドの言葉に従い俺たちはダンジョンから出る選択をした。

ダンジョン入り口のある小島からギルドに戻ったら冒険者組は受付に向かい討伐記録を更新し、次に皆で揃《そろ》って買取カウンターに移動した。

そこでフレッドが職員と話すと、個室に通されてそこで二つの袋の鑑定を依頼し、また倉庫に案内されて魔物の納品を行った。魔石や素材だけなら買取カウンターで済ますことが可能だが、俺たちは解体しないままの魔物を持っているからな。

最初は信じてもらえなかったが、俺がアイテム袋から何体かのウルフを出したら、やっと分かってもらえた。

「それじゃ皆が待っている部屋に戻ろうぜ。そろそろアイテムの鑑定が済んでいるはずだ」

俺がフレッドと連れ立って戻ると、フレッドの仲間のエデルとサイフォンがちょっと興奮していた。

理由は鑑定されたアイテムがマジック袋とアイテム袋だと分かったからだ。

これらをどうするかは議論が紛糾したが、最終的にマジック袋はオークションにかけることになり、アイテム袋はフレッドたちが買い取ることになった。

どちらもそこまで高性能ではないため高額ではないみたいだが、それでもマジック袋の方は希少価値からオークションは白金貨一〇枚からスタートすると言っていた。

俺としては白金貨一〇枚なら十分高額商品だと思ったが、マジック袋にしては安い部類に入るそうだ。

「それじゃソラ、明日は昼にノーマンたちの家に行けばいいのか？」

「ああ、肉祭りをする予定だからな。暇なら来てくれよ」

俺がフレッドに明日の肉祭りに誘う傍ら、

「それじゃサイフォンさん。明日は昼前に時間とってもらっていいかな？」

とルリカがサイフォンに話し掛けている。

これは俺がサイフォンたちに生きていることを告げるための、お膳立てをルリカがしてくれているのだ。

こうして明日、サイフォンたちと会うことが決まり、否が応でも緊張感が高まってきた。

ふと、クリスがエルフだということを俺に話しに来た時は、こんなんだったのかもしれないなと思った。

◇◇◇

「ソラ、もうちょっと落ち着いた方がいいよ？」

現在俺は非常に緊張している。訳もなく部屋の中をうろうろして、何度も深呼吸を繰り返している。

現在家の中には、俺とミアとヒカリの三人しかいない。

イロハとエルザたちは、肉祭りの準備のためノーマンたちのところに向かい、ルリカたちはサイフォンを迎えに行っている。

俺はミアに言われて腰を下ろすと、喉の渇きを覚えたので果実水をアイテムボックスから出して飲んだ。よく冷えた果実水が、熱を持った体によく染みる。

飲んだ後で、これがノブルの実を使って作った果実水であることに気付いた。口の中に広がる甘みや風味、美味《おい》しかったわけだ。

フウ、と一息吐いたところで、クイクイと袖が引っ張られた。

「主だけ狡《ずる》い。欲しい」

そのいつも通りのヒカリの反応に、苦笑が漏れた。

けどそのお陰で落ち着いていくのが自分でも分かった。あ、ミアもですね。

話して待っていたら、シエルが家の中に飛び込んできた。

それを見てまた心臓の鼓動が速くなるのが分かったが、先ほどよりは落ち着けている。

待っているとサイフォンたちを連れたルリカたちが入ってきた。

挨拶を交わして皆が席に座るとミアがすかさず飲み物を配っている。

お礼を言うサイフォンたちを見ながら、小さく息を吐いた。

「大丈夫？」

とクリスが小声で聞いてきたから、俺は頷いた。もう覚悟は決まっていたから。

「それでルリカの嬢ちゃんに呼ばれて来たわけだけど、今日は何の用だ？」

「サイフォンたちに話したいことがあって、俺がルリカに頼んだんだ。まずは……ごめん」

俺の突然の謝罪にサイフォンたちは困惑していた。無理もない。

続いて俺は震える手を仮面に伸ばした。覚悟が決まったはずなのに、やはり緊張はする。

だけどここで手を止めたらきっとグダグダになるから仮面を掴《つか》むと、そのまま勢いに任せてそれを取った。

息を呑む音が対面のサイフォンたちの方から聞こえて、椅子の倒れる音がした。

次の瞬間視界が塞がれて、温かく柔らかいものに顔が包まれていた。

「な、何をしているんです⁉」

慌てたようなクリスの声が耳に届き、俺はクリスの手によって解放された。解放されたと言っても苦しくはなかったわけだけど。

柔らかいものの正体を知って頬《ほお》が緩みそうになったが、必死にポーカーフェイスを保つ。保てているだろうか？

「ごめんなさいね……生きていたとは思わなくて」

見ればユーノの目には涙が光っていた。

クリスもそれを受けて、顔を真っ赤にして席に戻っていった。

「まったく……しかし本当にソラなのか？」

「はい」

「そうか。無事だったんだな。しかし今までどうしてたんだ？　俺たちはギルドから死んだと聞いてたんだが……」

俺はあらかじめ考えていた話、異世界人というのを隠しながら、王国から逃げるために死を偽装したことを話した。真実と若干の作り話を織り交ぜながら。

「何でまた王国の奴《やつ》らに付け狙われてたんだ？」

その言葉からは、少し棘《とげ》のようなものを感じた。

「……スキルのせいだと思う。例えばこれなんだけど……」

俺は虚空からアイテムや料理を次々と出していった。

「！　それは空間魔法⁉」

「他にも鑑定とか錬金術とか……いくつかのスキルを使えるんだ。それで色々なところから誘いを受けたりしてたんだけど、それが段々酷《ひど》くなっていって身の危険を感じて。実際何度か危険な目に遭ったことがあったんだ」

「なるほどな。あそこの奴らならそれもありえるな」

この時のサイフォンの言葉からは、王国に対する嫌悪感のようなものを感じた。

もしかしてサイフォンたちも同じような目に遭ったことがあるのだろうか？

「それでルリカたちにサイフォンさんたちとマヒアで会った時のことを聞いて……謝ろうと思って」

「そうか。ま、生きていることが分かって良かった。嬢ちゃんたちにソラの死を話した時は凄《すご》く悲しんでたからよ。俺なんてあとでユーノに怒られたんだぜ？　もっと考えて話しなさいってよ」

俺の不安そうな言葉を受けてなのか、それを吹き飛ばす勢いでサイフォンが豪快に笑いながら言った。

その気遣いが凄く嬉《うれ》しかった。ああ、この人は、この人たちは変わらないな。サイフォンだけでなく、ガイツやユーノたちのその表情を見て思った。

「あとはルリカの嬢ちゃんから話を聞いたんだが、ダンジョンの下層を目指してるって話じゃないか。もし俺たちの力がいる時は声を掛けてくれよ。昔の馴染《なじ》みだ……出来る限り力になるからよ。あと、呼び名はサイフォンでいいし、話し方も普通にしてくれていい。突然変わるとフレッドたちも訝《いぶか》しがるだろうしな」

それから俺たちは別れてからのことを色々話し、時間になったら揃って肉祭りの会場であるノーマンたちの家に向かった。

ノーマンたちの住む家の庭で行われた肉祭りには、フレッドたちだけでなくイロハから話を聞いたのかレイラたちも参加した。

レイラは以前ヒカリたちを連れていったお店のケーキを買って持ってきてくれたから、子供たち……特に女の子たちが喜んでいた。逆に男の子たちにはカレーが人気だった。

シエルも密《ひそ》かに参加して、ダンジョンであまり食べられなかった分を取り戻すように、フードファイター顔負けの食欲を発揮していた。シエル何匹分の量の肉がその体の中に消えていったかは、俺も覚えていない。

皆が楽しく過ごせた時間は瞬く間に過ぎていき、ノーマンたちからは何度もお礼を言われた。

俺も楽しかったし、サイフィンたちに正体を明かせたこともあって、久しぶりにのんびりと休めたような気がした。

閑話・2

「ギルドマスター。今日の報告は以上になります」

私は部下の報告に耳を傾けながら、状況の確認をします。

一時期悪かった討伐数も、プレケスからの冒険者の流入により増えてきているようです。

まだまだ浅い階での活動なので影響は微々たるものかもしれませんが、ランクの高い冒険者もいるようなので期待が出来そうです。

しかし何故《なぜ》プレケスから人が流れてきたのかは、はっきりした理由が分かっていません。プレケスの冒険者ギルドには問い合わせをしたのですが、何故か明確な回答はありませんでした。何かトラブルが起こっていなければいいのですが……。

それほど活動の場を変えるということは、冒険者にとっては大きなことなのです。特にここマジョリカとプレケスでは、ダンジョン内の構造が全くの別物になっているのですから。

「考えても仕方ありませんね。今はダンジョン探索の人手が増えたことを、素直に喜ぶとしましょう」

私たちにとっては都合の良い出来事なのですから。

「失礼します。ギルドマスターを訪ねて人が来ていますがどうしますか?」

今日は来客の予定は入っていませんが、また何かトラブルでしょうか?

ダンジョンの活性化により、少なくない数のトラブルの報告があります。

ダンジョン五階がボス部屋化しました！　みたいな大きなものは滅多にありませんが、それでも小さなものはいくつか報告に上がってきています。

ただ私のところに直接訪ねるほどのことと考えると、それほど深刻なのかもしれません。そう考えると、頭が痛くなりそうです。

「分かりました。通してください」

私は職員が連れてきた人を一目見て、思わず声を上げそうになりました。この一〇日間で、一年分はもう驚いたかもしれません。

「ご苦労様でした。あとは私が話を聞きますので、貴方《あなた》は下がってください」

声、震えていなければいいのですが、大丈夫だったでしょうか？

私は職員が出ていくと立ち上がり、その方の前で跪《ひざまず》きました。

「イグニス様、お久しぶりです」

イグニス様はそんな私の態度に苦笑し、立つように言われました。

人の町があまり好きではないイグニス様が、わざわざ人化の術を使ってまで町の中に来られたことに正直驚きました。

「それで今日は……異世界人の件ですか？　聖女の件ですか？　それともハイエルフ様の件ですか？」

話しながら思い出すのは、ギルドで会った黒髪の少年たちのことです。

最初その二人を見た時は、見間違いではないかと思わずスキルで二度視したほどです。

いわゆる鑑定のようなスキルを私は使えるのです。ただし人物限定になりますが、その分強力なようで鑑定を妨害するものを身に付けていても視ることが出来ます。

彼らの名前はソラ君とミアさん。学園の制服を着ているようですが、正規の学生ではないということがその後の調べで分かりました。

私はひとまず視たことを報告しました。聖女が死んだということは、フリーレン聖王国の冒険者ギルドからの情報で私の耳にも入っていましたから。

それから数日経《た》ったある日のことです。前回以上の驚きを覚える出来事があったのです。

ハイエルフ。話では聞いたことがありましたが、まさかこの目で視る日が来るとは思っていませんでした。名前はクリスさん。これも後の調べで分かったことですが、ソラ君の奴隷の一人である獣人の子セラと幼馴染《おさななじみ》であることが分かりました。

私はこれも報告しました。彼らはしばらくダンジョンでの探索をするみたいなので、そのことも併せて報告済みです。

「それを含めて確認しにきたといったところだ。少しの間この町に滞在する予定だ」

その言葉にも驚きました。

「私に何か出来ることはありますか?」

「そうだな……」

イグニス様はソラ君、ミアさん、クリスさん三人の現在の状況及び何処に滞在しているかを聞いてきました。

私はソラ君たちがダンジョン探索のためダンジョンに潜っていることと、マギアス魔法学園に臨時で通っていること、現在住んでいる場所のことなどを伝えました。

その後は少し世間話をして、現在のマジョリカのことについても話しました。

「プレケスからの人の流入だが、どうやら王国がダンジョンを利用するため大金を積んだそうだぞ」

去り際、イグニス様は現在のプレケスの様子を教えてくれました。

私はそれを聞いて頭が痛くなりました。

あそこの領主は業突く張りで、自分の利益を優先する人です。情報がこちらに流れてこなかったのも、ギルド員に口止め料でも渡したのかもしれません。

本来ギルドは国の干渉を受けない機関なのですが、誘惑に負ける者は何処にでもいるものです。安定した職ではありますが、ギルド職員は高給取りというわけではありませんから。

私はイグニス様に礼を言い、イグニス様の滞在先を聞いてから業務に戻りました。

第3章

ダンジョンから帰還して一週間が経っていた。

ダンジョンに行くのも大事だが、体を休めるのも大事。せっかく学園に通えるのだから、ヒカリたちには少しでもその雰囲気を味わってもらいたいと思う。色々と皆大変な人生を送っているわけだし。あとは罠《わな》の解除方法をしっかり学んでもらいたい。

俺は一日だけ学園に通っただけで、他の日はダンジョンの中で過ごしていた。

学園に行った時に俺も罠の講習を受けたが、スキルのお陰か罠を簡単に解除出来そうだったため、歩いてウォーキングスキルの経験値を稼ぎつつ素材集めをしようと思ったのだ。

ノブルの実に関して商業ギルドが乗り気だったから人がいるかと思ったが、MAPで確認すると人の数はあまり見掛けない。これはノブルの実を採るがよいという神の御導きに違いない。肉祭りでその在庫は殆《ほとん》どなくなってしまったから。

「けど結構生《な》ってるものだな。確かこの辺りは前回来た時に採った場所だと思ったけど」

前回来たのは二週間ほど前だったような気がするが、景色を見る限り変遷は起きていないはずだ。

それなのにノブルの実だけでなく薬草類も採取したはずのものが復活している。時間があれば復活する周期とか調べたいところだけど、その辺りを調べた記録みたいなのはなかったんだよな。

その後帰還した俺は、ヒカリたちから学園での話を聞いた。

「主、今日はセラ姉とルリカ姉と一緒に戦った」

「皆力尽きて倒れていたさ。ヒカリちゃんは厳しいさ」

「いや、セラもいつもあんな感じだったよ」

ヒカリとセラは楽しそうに話し、ルリカがそれを呆《あき》れたように訂正している。

今日は冒険者コースで模擬戦が行われたようで、多くの生徒が参加して個人戦と団体戦で何度も戦ったそうだ。近頃参加者が増えていると聞いている。

クリスはヨルに捕まり魔法談義で、ミアはトリーシャと一緒に神聖魔法の研究会に参加したみたいだった。

「罠の勉強はどうだったんだ？」

「バッチリ。任せる」

自信満々に頷《うなず》いたのはヒカリとルリカだ。

「あ、あとソラに頼まれていた計画表は出しておいたから」

「なら予定通り明日は準備にあてて、明後日出発することにしよう」

ミアの言葉を受けて俺が答えたら、

「私たちはそれで大丈夫ですけど。ソラは休まなくていいの？」

とクリスに心配されたから大丈夫だと答えた。

それからダンジョンで採取したものの話をしていたら、フレッドとサイフォンたちが家を訪ねてきた。

肉祭りの時に二、三日休んでからダンジョンに行くようなことを言っていたから帰ってきたのかな？　ちょっと疲れた顔をしているのが気になるが、とりあえず家の中に入ってもらった。

「それで今日はどうしたんだ？　マジック袋が売れでもしたのか？」

特に何か約束をした覚えはないし、考えられるのはそれぐらいだと思い聞いたら違った。

ちなみに現在客間のような場所にいるのは、俺とフレッド、ゴブリンの嘆きの五人だ。

ヒカリたちは食事の支度をしたり、装備品の整備をしたりと自分のことをやっている。ま、大柄の男が多くいるから、部屋に全員入ると狭くなるからね。

「実は用があるのは俺じゃなくてサイフォンたちでな。おい、言えよ」

フレッドが肘で突《つつ》くと、サイフォンは申し訳なさそうに頭を掻《か》きながら話し出した。

「正直恥ずかしい話なんだが、泊まれる場所がなくてな。それでフレッドに相談したら、ソラに相談してみたらどうかと言われてな……」

サイフォンたちの懐事情として、全くお金がないわけではないそうだ。

ただプレケスから人が流れてきた影響で宿を取るのが難しくなっているようで、空いている部屋があっても高い部屋ばかりとのことだ。

「ソラ、どうにかならないですか？」

ちょうどエルザたちの手伝いをしていたクリスが、俺たちの話が聞こえたのか尋ねてきた。その目は助けてあげたいと訴えていた。相変わらず優しい心の持ち主だ。

俺としても王国にいた時にお世話になったし力になりたいと思うが、この家ではもう部屋が空いていない。ノーマンたちの家なら部屋はまだ空いているし、そっちに泊まってもらうか？

「この家は無理だけど、ノーマンたちのところなら空いているから、そっちなら大丈夫だと思う。

ただしそこを利用する条件として、ダンジョンに行かない日とかに、ノーマン……子供たちに色々と教えてあげてほしいんだ」

これはヒカリがフレッドたちに頼んだこととだいたい同じ内容だ。

フレッドにも俺の言いたいことが分かったようで、体験者としてサイフォンたちに説明してくれた。

その後一応確認のためノーマンたちの家を訪れて問題ないかを確認し、最終的にサイフォンたちはノーマンたちと同居することになった。少し緊張している子もいるが、肉祭りで交流があったのが幸いして受け入れられたようだ。

「今日は助かったよ、ソラ」

部屋に案内されるサイフォンたちを眺めながらフレッドが言ってきた。

「……まあ、一緒にダンジョン探索した仲だしな。それに人に親切にすると、その善行が回り回って自分に返ってくるって聞いたことがあるから」

頼む時にサイフォンたちが気まずそうだったのは、情けない姿を俺たちに見せることになったからかもしれない。きっと頼れる先輩冒険者というイメージを壊したくなかったに違いない。

そんなことは気にせず頼ってくれてもいいのにと思った。水臭い。

「何だよ、それは。相変わらず掴《つか》みどころのない奴だよな、お前は……それはそうとソラ、そろそろダンジョンに行くのか？」

俺はフレッドの言葉に頷いた。

「なあ、また俺たちも一緒していいか？　俺も二〇階までは到達してるから、助言も出来ると思うしよ」

道先案内人がいるのは助かるが、基本魔物が倒せるレベルだったらＭＡＰが優秀だから必要ないのかもしれない……。

ただ罠のこともあるし、一緒に行くことは悪いことじゃないか。人が多いと、見張りとかも分担出来て助かるからね。

それにわだかまりがなくなった今、サイフォンたちと一緒に行けるのは俺も嬉《うれ》しい。

「俺たちは明後日出る予定だけど、フレッドたちは戻ってきたばかりだよな？　出発日をずらした方がいいか？」

そうなると学園に出発日の訂正を報告する必要がある。

「いや、大丈夫だ。それじゃ俺は戻ってサイフォンたちに話してくる。それじゃよろしくな」

こうして次の探索も、フレッドやサイフォンたちとダンジョンに行くことになった。

◇◇◇

「それじゃよろしくな」

ギルドでフレッドたちと合流した俺たちは、そのまま一一階に飛んだ。

一一階は魔物が一切出ない階で、探索者の行く手を阻むのは罠のみになる。

これ以降の階は魔物だけでなく罠も出てくるため、難易度は格段に上がる。ちなみに特殊フィールドとボス階には罠はないとのことだ。

とりあえずMAPを表示させて気配察知を使えば、結構な数の人の反応があった。ここで罠の解除練習をする人は多いという話だったし、その人たちかもしれない。魔物が出る中でやるのを考えるとここは安全だからな。

学園では罠の見つけ方から解除方法を教えてもらった。よく観察して違和感を見つけるのが大事だという話だったが……うん、分からん。けどヒカリやルリカには分かるみたいだ。俺が出来るのは、罠の解除方法だけで、何処《どこ》に罠があるかまでは分からなかった。

「主、ここに罠がある」

「ソラ、そこ危ないよ」

と注意された。

俺はそんな二人が罠を解除する様子を眺めながら、ふとそこに魔力の流れを微《かす》かに感じた。

もしかして？

俺が魔力察知を使うと、MAPに新たな反応が表示された。人と重なる位置にあるものもあり、しばらくすると一つ、二つと消えていった。

「ソラ、どうしたの？　また何か分かったの？」

ミアが耳打ちしてきたから、俺は頷き念話で魔力察知のスキルで罠の位置が分かったことを伝えたら、「またか〜」とでも言いたそうな呆れ顔をされた。

いや、別にこれはスキルのお陰で、俺が何かしでかしているわけじゃないですよ？

それから一一階では、俺たちがメインで罠の解除をしていったわけだが、最終的に罠の解除は基本俺、ヒカリ、ルリカの三人がやっていこうということになった。

ちなみに俺が選ばれたのは、罠を鑑定すると解除の仕方が分かったからだ。これはもしかしたら罠スキルを覚えているのも関係しているのかもしれない。

サイフォンたちのパーティーも、ジンとオルガが罠担当で、他の人はやらないようにしているようだ。

罠に慣れてきたら、本格的に次の階を目指して移動を開始した。

サイフォンたちは散々この階を歩き回ったということで、先頭を俺たちのパーティーが歩くことになったので、例によって最短距離で次の階を目指すことにした。これは経験が足りない俺たちが先に歩くことで、罠の発見、解除の練習になると思ったからのようだ。

「やっぱりヒカリの嬢ちゃんは運が凄《すご》いのか？　階段を見つける才能があるんじゃないのか？」

なんてフレッドが驚く傍ら、

「なあ、もしかして階段の位置が分かってたりするのか？」

とサイフォンが尋ねてきたから、

「スキルのお陰でね」

とサイフォンにだけ聞こえる小声で答えた。

そのため一二階でもヒカリとルリカが先頭になって進むことになった。

ここからは俺が知らない魔物が多く出てくる。一二階以降で戦ったことがあるのは……オークとタイガーウルフぐらいかな？

一二階に出る魔物はスライムで、物理攻撃が効きにくい。運が悪いと酸による攻撃で武器や防具が破損するため、遠距離からの魔法攻撃で倒していった。俺、クリス、ユーノ、エデルが担当した。

一三階はコボルト。犬のような頭をした魔物が二足歩行で襲ってくる。

主な攻撃は鋭い爪と噛《か》み付きで、人間の戦士のように防具を装備している。

武器の分だけリーチの差があるからこちらが有利に思われるけど、防具で攻撃を受け止めるし、間合いが詰められて肉薄されると逆にピンチになったりするようだ。さらにスピードも速いため、慣れるまで大変みたいだ。もっとも俺たちの中で苦戦する者は誰もいなかった。

一四階はホブゴブリン。ゴブリンの亜種的存在らしく、ゴブリンが進化した姿だと言う人もいるが、その生態は謎らしい。

ゴブリンが子供ぐらいの背丈なのに対して、ホブゴブリンは大人と同じぐらいの背丈で、筋肉も発達している。ルリカは一撃が重く、攻撃をまともに受けると手が痺《しび》れるようなことを言っていたが、俺は特に感じなかった。ステータスのお陰なのだろうか？　ヒカリはまともに受けることなく敵を翻弄して戦っていた。

このまま順調に進めば、明日にでも一四階を攻略出来るだろう。

「次はいよいよ一五階か。鉱山フィールドって資料にあったけど、実際はどんな感じなんだ？」

野営の準備をしながら、唯一行ったことのあるフレッドたち三人に尋ねた。

「あそこは説明が難しいな。渓谷に似ている道が多いというか……断崖絶壁に挟まれたような細い道を進んで、何度も広い空間に出るを繰り返して階段を探す感じだな。その壁から鉱石や水晶が採れるみたいなんだが、荷物になるからわざわざ採掘しようって奴《やつ》はいないな。あとは鉱石を採掘しようとすると、その音でロックバードが集まって大変だって話を聞いたことがある」

それと原理は分からないが、ここで採れる鉱石類を持っていると執拗《しつよう》にロックバードの集団から追跡を受けるとのことだ。

ただそれを回避する方法はあって、鉱石を空間魔法の収納魔法やマジック袋に入れれば大丈夫らしい。ただしアイテム袋では駄目だったという記録も残っているそうだ。

マジック袋はアイテム袋の上位互換みたいだから、襲われないのはその辺りが関係しているのかもしれない。

その翌日。予定通り俺たちは一五階への階段を見つけ、登録して帰還することにした。

フレッド曰《いわ》く、以前自分たちが来た時よりも時間がかかっていないと言った。

そもそも一回の探索で、一一階から一五階まで行けたことを驚いていた。

「それじゃ四日後にまたダンジョンを探索するでいいのか？」

フレッドはもう少し休みが必要じゃないかと聞いてきた。

実際一〇階まで攻略した時は、その後一〇日ほど間が空いていた。

「一応疲労具合を確認して、大丈夫そうだったらだけど」

この辺りは昨夜ヒカリたちと話し合った。

実際のところ、俺たちパーティーメンバーではそれほど疲れている者がいなかったりする。フレッドやサイフォンたちも傍《はた》から見る限り、それほど疲労が溜《た》まっているように見えない。

そこにはしっかり食事をして、休む時にはしっかり休んでいるからだろう。

あとは狩った魔物をアイテムボックスに収納しているから、魔物の素材運びの負担が少ないというのも関係していると思う。

他に考えられることは、一二階以降ではＭＡＰに表示される人の数が増えたからだろう。そのため魔物との戦闘回数は減っていた。

ただこの三日間で俺にはやらないといけないことが一つだけあった。

それは採掘をするための道具を買う、もしくは錬金術で作ることだ。

採掘は旨味がないとのことだったけど、何があるのか分からないのがダンジョンだ。いざという時の備えは必要だろう。

特に俺の場合はアイテムボックスに入れておけば、邪魔にはならないのだから。

◇◇◇

三日間の休息日を経て、俺たちは再びダンジョン探索に戻った。

学園に計画表を提出したら、何故《なぜ》か驚かれた。

一五階に一歩踏み入れたら、まず感じたのは圧迫感だ。道幅は三メートルぐらいで、高さ二〇〇メートルを超す壁が左右に聳《そび》え立っている。壁に触れたらゴツゴツとした手触りと、鑑定すると中に鉱石が埋まっていることが分かる表示が出た。

エレージア王国にいた時に、ルリカとクリスと一緒に行った鉱山の町アレッサを思い出す。向こうは坑道だったたから空なんて見えなかったし、どちらかというと迷宮みたいだったからちょっと印象は違うけど。

MAPを表示すると、まるで蟻の巣のような地図が浮かび上がった。

細い道の先に広場があり、その広場からさらにいくつかの細い道が伸びている。それをいくつも抜けた先に階段があるようだ。現在四つほどのパーティーがこの階にいるのも分かった。

俺は資料室で読んだロックバードのことを改めて思い出した。

ロックバードは大柄の鳥で、硬い嘴《くちばし》による攻撃が脅威。自身の体を一つの武器とした突撃は多くの冒険者に恐怖を与えて命を奪ってきたとあった。また遠距離攻撃と魔法に高い耐性があり、火系統の魔法以外は効きにくいとあった。遠距離攻撃の耐性というのは、矢などで攻撃をしても何故か外れてしまうとのことだ。

この階の歩き方として、出来るだけ音を立てずに移動することが推奨されていた。ロックバードが音に敏感だからだ。またロックバードの活動は基本的に昼だけで、夜はあまり活動しないとのことだがそれは絶対ではないみたいだ。

「ロックバードに襲われたら、まずは動きを止める必要がある。ガイツかソラが盾で受け止めるのが一番だ。あとは火魔法が弱点ではあるんだが……この狭い空間で使うと惨劇が起こるから絶対に使わないようにな」

火魔法を食らうとロックバードの体が爆発するため、この狭い場所で使うと壁が崩れて生き埋めになる危険があるそうだ。

俺たちはフレッドの言葉に頷《うなず》き、音を立てないように気を付けながら歩いた。

初日は日が沈むまで進み、俺たちは広場で野営することにした。周囲にロックバードはいない。

「魔物と戦っていないのに、神経だけは消耗するな」

サイフォンの言葉に、皆が食事を口にしながら頷いた。

実際ここに来るまで、ロックバードとの戦闘はなかった。遠くから鳴き声が聞こえ、ＭＡＰから

表示が消えたのを見ると、戦っているパーティーはあるみたいだけど。

「けど、綺麗《きれい》ですよね」

クリスの言葉に、女性陣……ミアとユーノがウットリとしている。その横顔はいつもと違って、色気があるというか、正直に言えばドキリとさせられた。

その視線の先には水晶で出来た花のような塊や水晶の樹があり、壁の表面は水晶に覆われている。太陽が沈む時に橙色《だいだいいろ》の光を吸収した水晶は、青から赤へとその色を変え、幻想的な景色を短い時間だが見せてくれた。あの三人は、まだその余韻に浸っているみたいだ。日中にも太陽の光を受けて輝くのを見ていたはずなんだけど。

今は月明かりを受けて、水晶は所々で淡い光を発していた。全ての水晶が光っていないのは、純度の高い塊だけが光っているからだろう。鑑定すると良品と出るし。

食事を終えたらフレッドたちと俺たちとで分かれて見張りに立つことにした。

まずは俺たちが見張りに立つことになり、周囲を警戒する。

MAPを見る限り人も魔物も近くにはいない。フラフラと飛んできたシエルが俺の肩に留まるのを待って、俺は休むフレッドたちを確認して素早くアイテムボックスから肉串《にくぐし》を出した。

シエルはそれを見て待っていましたとばかりに齧《かぶ》り付き、一本、二本とお代わりを要求してきた。

そんなに激しく耳で叩《たた》かなくてもいいのに。

『そういえばシエル。何か上には面白いものでもあるのか？』

道中シエルはフラフラと飛んでいき、実はこの時間まで自由気ままにしていた。絶壁の上にも行っていたみたいだ。

あの絶壁の上はどうなっているのか、ちょっと気になったりする。魔物の反応も集中しているわけだし、ロックバードの巣があるなら見てみたいと思っている。いや、実は狩りたい。

シエルは俺の問い掛けに、得意そうな顔をしてきた。

【リャーフの盾】魔力を籠めると風を纏《まと》う。身が軽くなる効果があって回避しやすくなる。

これが創造によって作れる盾の一つで、材料が、

【リャーフの盾】
必要素材――魔鉱石。魔水晶。ロックバードの羽毛。ロックバードの魔石。魔石。

となっている。

さらに自分の創造で作ったアイテムには、付与術で魔法を付与しやすいことが最近分かってきた。

ただ俺の欲求で魔物を呼ぶのは……。

「ソラどうかしたの？　顔が変だよ？」

悩んでいたら近くにいたミアに失礼なことを言われた。真面目《まじめ》に悩んでいただけですよ？

「ちょっと作りたい魔道具というか装備があって。それにはロックバードを倒して魔石と素材を入手する必要があるんだよ」

「あ～、フレッドさんたちに迷惑が掛かるからね」

俺が説明をするとミアが納得したように頷いた。

「あとはこの壁の上には何があるのかな～って思って。シエルの態度から何かありそうな気がするんだよ」

その言葉にミアはシエルの方を見たが、既に飽きたのか欠伸《あくび》をして耳で器用に目を擦《こす》っている。お眠《ねむ》の時間らしい。食っちゃ寝とか、自由人だよな。ま、人じゃないけど。

「ん～、けど確かにそれは気になるよね。今まで歩いてきたところも壁から水晶が飛び出ていて、まるで花が咲いているみたいだったし。ソラの言う、新しい景色なんてものがあの上からなら見られるかもしれないしね」

これは一つ、クリスにシエルから何があるかを聞き出してもらうしかないかな？

「えっと、あの上に登りたい？」

「ああ、何があるのか気になるんだ。それこそ何かお宝があるかもしれないだろう？」

俺の突然の言葉に、フレッドは素《す》っ頓狂《とんきょう》な声を上げた。かなり驚いたようだ。

「いや、そんなこと言った奴はたぶんソラが初めてだ。そもそもこの上に行こうって発想がないからな」

ロックバードは壁の上に住処《すみか》があると考えられるし、ＭＡＰに表示される反応を見ると実際そうだと思う。

それとは別に、ゴーレムがいるとしたらこの上ではないかとも思っている。

ただ昨夜ウトウトしていたシエルを起こしてクリスに話を聞いてもらったところによると、こことは比べ物にならない水晶の塊や、明るい色をした岩石があるらしい。残念ながらゴーレムらしきものは見なかったみたいだけど。

　現在俺たちが見ている壁は、鑑定すると鉱石と水晶しかないことが分かる。以前エレージア王国の鉱山で発見した魔鉱石や魔水晶など、珍しい鉱物は残念ながらない。それに魔力察知を使った時、ロックバードとは別の反応を感じ取ったことを考えると、何かがあるような気がする。

　先を急ぐなら寄り道をしないでさっさとこの階も駆け抜けるのが正解なんだろうが、やはり気になるものは気になる。

「フレッド。俺もソラの意見には賛成だ。五階でも色々な珍しい食べ物が発見されたわけだし、ここにも何かあるかもしれないぜ？」

「ん～、確かにソラは色々なものを見つけてきたけどよ……そもそもどうやって登るつもりだ？」

　フレッドの言うように、この二〇〇メートル以上の絶壁の上に行くには、空でも飛ばないと不可能に思えた。

「とりあえず上に登れそうな場所があったら、そこでまた考えるか？」

　俺とサイフォンの言葉にフレッドも興味を覚えたのか、最終的にそのように話がまとまった。

　岩壁を登るとしたら、ほぼ垂直だから足場を作る必要がある。

『なあシエル。何処《どこ》か俺たちでも簡単に登れそうな場所ってあったりするのか？』

　俺の言葉にシエルは考える仕草をして、ポンと左右の耳を合わせて飛んでいってしまった。

　クリス曰く、探してくるよ～と言っていたらしい。

　その後俺たちは一日歩き回って階段を目指した。あくまで上に行くのは、岩壁に上がれそうな場所があればということだから、優先順位は低い。

途中でロックバードと戦う冒険者の姿を広場で見たが、かなりの被害が出ているようだった。

「おい！　助けは必要か！」

そうフレッドが叫ぶと、

「すまない！　頼む！」

と切迫した声が返ってきた。

その言葉と共にサイフォンたちのパーティーが駆けていく。

上空には三体のロックバードの姿があり、旋回して徐々に勢いを増していた。

俺たちもその後を追いかけ、次の攻撃に入ろうとしていたロックバード目掛けて挑発のスキルを使用した。

襲われていた冒険者たちの方を見ていたそのロックバードは、体の向きを変えて俺目掛けて降下してきた。

勢いの乗ったその一撃を俺は盾で受け止めたが、衝撃で体が浮きそうになった。

どうにか耐える目の前で、ロックバードは器用に翼を羽ばたかせて再び上空に戻ろうとしたが、その前にセラが接近して首を一撃で落とした。

簡単に倒したように見えるが、盾を通しての衝撃で腕が痺《しび》れた。威力だけなら、ゴブリンキングの一撃以上だったかもしれない。

その時、一際大きな鳴き声が場に響いた。

声の方に視線を向けると、ロックバード二体が同時に降下してきたのが見えた。

ロックバードの向かう先にいるのは襲われていた冒険者たち。だがその前に盾を構えたガイツが立ち塞がった。

そしてそのロックバードに向けてユーノとオルガが攻撃を仕掛けた。ユーノは風の魔法で、オルガは弓矢で後ろにいたロックバードを攻撃した。

風の魔法はトルネード？　範囲を絞ったのか一体のロックバードが暴風に巻き込まれてバランスを崩した。そこにオルガの射った矢が胸に刺さった。

悲鳴を上げたロックバードだったが、すぐに体勢を整えて下降してくる。ダメージはあまり入ってないように見えたが、一方の攻撃を遅らせたことで二体の間に時間差が生まれた。

そこで最初に突撃してきたロックバードを、ガイツは当たる瞬間盾を傾けて角度を作ると後方に受け流した。ロックバードはそのままガイツの左後方に飛ばされて、待機していたサイフォンによって斬り倒された。

続いて突撃してきたロックバードに対しては、今度は正面から攻撃を受け止めた。当たる瞬間盾ごと体をぶつけてカウンターを喰《く》らわせたようで、ロックバードの体が弾《はじ》き飛ばされた。

そこへ残りのメンバーの一人ジンが接近して止《とど》めを刺し、この戦闘を終わらせた。

それは冒険者たちから助けを求められて、一分もしない間の出来事だった。

「改めてお礼を言わせてくれ。ありがとう、助かったよ」

戦闘が終わり、代表してブルーと名乗った冒険者がお礼を言ってきた。

負傷した人たちを、俺とミアがヒールで治療した。

ブルーたちは、一〇人からなるパーティーだそうで、一九階が最高到達階だったが、メンバーの入れ替えでまたこの階を訪れているとのことだ。

最初は二体のロックバードと戦っていたが、戦闘音を聞きつけたのか追加で三体が現れた。

二体はどうにか倒すことが出来たが、負傷者が出て劣勢に立たされていたところだったみたいだ。

その要因の一つに、ポーション不足が影響しているとブルーは言っていた。ブルーたちも負傷者にポーションを使っていたが、在庫が少なくなって使うのを躊躇《ちゅうちょ》してしまったらしい。

「もしかしてかなり前からダンジョンにいるのか？」

「ここの階に来てかれこれ六日になる」

「なるほどな。俺たちはダンジョンに入って三日になるが、入る前日に学園の方からギルドにポーションが供給されて、今は前より手に入りやすくなってるぞ」

フレッドがそのことを伝えると、ブルーはタイミングが悪かったかと肩を落としていた。

ポーションの供給が厳しくなっていた時は、クランが大量に買い占めていたため、なかなか購入することが出来なかったらしいからな。独占を禁止しようにも、実際クランは所属メンバーも多いし、下層を攻略する人が多いから必要だったという事情もあった。

あとはポーションを売っていた道具屋の多くが、ポーションの値段を上げたというのも影響していたんだろうな。

討伐後、俺たちが狩った三体は揉《も》めることなく俺たちのものになった。

「ねえ、ソラ。どうにかならない？」

ロックバードの死体をアイテムボックスに収納していたら、ミアが俺の袖を引いてきた。

確かにまだダンジョンは続く。というかＭＡＰを見る限りちょうど折り返し地点といったところだ。ブルーたちの進行が遅いのは、ハズレの道を選んで進んだというのが影響しているみたいだ。行き止まりとか、遠回りのルートとか普通にあるからな。

ブルーも何度も行き止まりに突き当たって引き返してきたと話していた。

「一ついいですか？」

俺はフレッドとブルーの会話に入った。

「ああ、君はソラ君と言うんだったね。ありがとう、仲間たちの治療をしてくれて」

どうやら俺の名前をフレッドから聞いたみたいだ。

「フレッドとの会話が聞こえました。見ての通り俺たちのパーティーには神聖魔法を使える者がいます。それでポーションに余裕があるので……売ることは可能ですがいかがですか？」

無料で譲渡するのは施しを受けているようで不快に感じるかもしれないから、ここは売るということにした。

話し合いの結果。ロックバード一体と各種ポーションセットの交換が成立した。

明らかに俺の方がもらい過ぎのような気がしたが、そもそもロックバードを丸ごと運ぶのは大変なため、それならということで取引が成立した。

「なあ、フレッド。そろそろ昼時だし、ここで食事にしないか？」

せっかくだからブルーたちにも料理を振る舞うことにした。

なんかポーションを売った時に以上に、泣いて喜ばれたのは何故《なぜ》なんだろうか……。

◇◇◇

「ソラ、シエルが登れそうなところを見つけたみたいです」

一五階の探索を始めて五日目。シエルが俺たちのもとに戻ってきた。

シエルから話を聞いたクリスによると、シエルが岩壁を登れそうな場所を発見したとのことだ。

『シエル、案内を頼めるか？』

シエルの進む方向は、ちょうど一六階の階段がある方向でもあった。

俺は念話でヒカリにシエルの後を歩くように頼んだ。

シエルに誘導されて辿《たど》り着《つ》いたそこは、行き止まりだった。ただ少し違うのは、行き止まりの岩壁の傾斜が、確かにきつそうではあるが頑張れば登れるかもしれない、という角度だった。またシエルの言葉を通訳してくれたクリスが言うには、この場所は他と比べて高さが低いとのことだ。

とはいえ、実際それを見たフレッドたちは無理だなと言っていた。

「なあ、フレッド。とりあえず俺なら登れるような気がするんだが行ってもいいか？」

俺の問い掛けにフレッドたちは悩んでいたが、最終的に挑戦することに許可が出た。

無理だったら諦めるだろうと思われたのかもしれない。

「それじゃ上まで行ったら、ロープを垂らすよ」

ということで挑戦することになったが、確かにこのままでは登ることは無理かもしれない。

だが俺にはその不可能を覆すための手段……スキルがある。正直今後役に立つ機会があるか分からないが、好奇心には勝てなかった。あとスキルポイントの残数が5と余裕があったのも大きかったかもしれない。

NEW
【登山Lv1】
効果は登山に関する知識や補助機能が働くというもの。料理スキルに似ているかもしれない。

スキルを覚えた瞬間。傾斜のどこに手をつければいいかとか、足をかければいいかが分かった。

また表面に露出した水晶部分は滑りやすいと注意喚起の表示も出た。

俺は登山スキルに導かれるまま、岩壁を登り切った。下を覗《のぞ》き込むと、仲間たちは驚いているようだった。

周囲を見ても魔物の姿は見えない。気配察知で確認したが結末は同じだった。

俺はロープを縛るための金具を地面に打ちつけて、それを利用してロープを垂らした。

本来ならその時に音が鳴り響くところだが、空間魔法と風魔法を併用して音を遮断するサイレンスの魔法を使うことで音が周囲に聞こえないようにした。

俺がロープを垂らすと、それを伝ってセラを先頭に次々と皆が登ってきた。

「ロックバードの襲撃はなかったのか？」

最後に登ってきたサイフォンの言葉に、

「運が良かったみたいで」

と返しておいた。

ロープをアイテムボックスに戻した俺は、改めて周囲を見回した。金具はそのままにしておいた。下りる時にまた利用するから。

岩壁の上からは、見晴らしが良いためかなり遠くまで見える。

また遮るものがないから日の光を受けた色とりどりの水晶がキラキラと輝いている。他にも小高い丘になっている場所や、岩石の大きな塊が無造作に転がっていた。

他の面々もその光景に目を奪われているようだったが、俺はとりあえず近くの岩石に近寄り鑑定を使った。


【鉱石】【魔鉱石】【鉱石】【鉱石】【ミスリル】【鉱石】【鉱石】【銀鉱石】【魔鉱石】【鉱石】


ん？　ちょっと待て。

再度確認したが間違いない。ミスリルという鑑定結果が出た。

「おい、何してるんだ⁉」

俺が鑑定結果に従い、ダンジョンに入る前日に用意した採掘用のハンマー（先が尖《とが》っている）を取り出し岩石を叩《たた》こうとしたら、サイフォンの驚く声が聞こえてきた。

ただ既に俺はハンマーを振り下ろしていて、それが岩石とぶつかり……音は出なかった。先ほどと同じサイレンスの魔法を使ったからだ。

そのことにさらにサイフォンは驚いたようだったが、俺は構わず採掘を続けた。

強引だったのは認めるが、鑑定してミスリルが掘れるのが分かったからと説明するわけにもいかない。フレッドたちもいることだし。だから論より証拠で現物を見せることで納得してもらおうと思ったのだ。

そして採掘すること一〇分。ついにそれが顔を見せた。

「おい、これって……」

一番先に気付いたのはやはりサイフォンだったようだ。

「なんか亀裂があってさ。そこからミスリルらしきものが見えた気がしたんだ」

俺はアイテムボックスからミスリルを取り出し、これと同じ色だったからと説明した。

その後も興奮する一行の前で採掘を続け、色々な鉱石を入手した。ちなみに音が鳴らないのは、魔法で音を遮断していると説明した。魔法に詳しいユーノが首を傾《かし》げていたが、特にそれ以上の言及はなかった。実際音が鳴らないわけだし。

ちなみに採掘は俺だけでなくフレッドやサイフォンたちも参加したが、採れたのは鉱石が殆《ほとん》どで、たまに魔鉱石が交じっていたぐらいだ。適当に掘ってミスリルを見つけられるほど、簡単ではないということだ。実際鑑定しても鉱石が多いわけだから。

だからだろうか、レアな鉱物を多く採掘した俺は、フレッドたちから何故か崇《あが》められた。

自重しないでミスリルを狙って採掘したのは、仲間の分のミスリル武器を作りたかったからで、その点は後悔していない。

「ミスリルを採掘とか……これでソラも大金持ちだな」

夜の見張りで、フレッドが羨ましそうに言ってきた。

「仲間の分の武器に使うから、お金にはならないよ」

「それでもミスリル武器は憧れの一つだからな。誰もが扱えるわけじゃないから、作ってもらうのにまた金が掛かるだろうけど。けどここでミスリルが採掘出来ると知れれば大騒ぎになりそうだが……秘密にするか？」

「公開してもいいと思うけどな。素人《しろうと》が掘っても、俺ぐらい運がないと掘り当てられないと思うし」

その言葉にフレッドが苦笑した。

「まあ、ギルドには報告するか。ソラは領主のご令嬢と知り合いだし、領主様に伝えてもらってもいいかもな。俺としては新発見で報奨金でも出れば儲《もう》けものと思うことにするわ」

酷《ひど》い冒険者なら、ミスリルを分配するか寄越せと言ってきそうだがフレッドにはそれがない。

たぶんそういう人柄だから皆に慕われるし、知り合いも多いんだろう。

その辺りは何処《どこ》かサイフォンたちと似ている。王国ではサイフォンたちを慕う者が多かった。

話す言葉がなくなり、俺たちは二人並んで空を見上げた。シエルも俺の頭の上に乗っている。見えないが、きっとシエルも俺たちと同じように月を見ていることだろう。寝てないよね？

そろそろ月が一番高いところに昇る時間だ。

一五階では月が一番高い所に位置した瞬間、短い時間だが煌々《こうこう》と輝く。ちょうど一日が終わり、日付が変わるのを知らせるように。

それは夜の見張りの楽しみの一つでもあった。

そしてついにその時が来た。

ただこの時、俺たちは新たな出来事に驚いた。

崖下にいた時と違い、月が煌々と輝くとその光を受けた岩石や水晶の表面も仄《ほの》かに光を発し、やがてそれが岩石から抜け出し上昇して光の柱を作っていった。

その光に包まれた俺たちは、ただ唖然《あぜん》とその光景を眺めていた。まるで光の海の中に漂っているような、そんな錯覚を覚えた。

シエルがその光の中を、まるで泳ぐように右に左へと飛んでいく。興奮しているのか、耳をパタパタと激しく振っている。

ただ、幻想的な時間は長くは続かなかった。

月の輝きが弱くなり、位置が少し下がった。

それと同時に光の柱が地面に吸い込まれるように消えていき……俺は、魔力の急激な高まりを感じた。

「ソラ、魔物か？」

俺の動きから何かを察したのか、フレッドが尋ねてきた。

俺はMAPをチラリと見て、先ほどまでなかった反応が突然表示されているのを確認した。

それは一つだけでなく、数はそれほど多くはないが複数あった。新たな魔物が生まれた瞬間？

だが元々あったロックバードとは表示のされ方が違うし、魔力察知で感じる魔力の質も違う。

「フレッド、すまないが皆を起こしてきてくれるか？　俺は何が起こってるか確認してくる」

「おい、一人で大丈夫か？」

「ああ、何か分かったらカードの通信機能で連絡を入れる」

俺は気配遮断を使って反応があった場所に急いだ。途中シールドも使って何があっても初撃は防げるように準備も忘れない。

やがて視界に捉《とら》えたそれは……、

『ゴーレムか？　いや、ゴーレムだ！』

『『ゴーレム？　それは本当か⁉』』

俺の報告に、フレッドとサイフォン二人の驚きの言葉が重なった。

俺が最初疑問形で思わず呟《つぶや》いたのは、それを見たのが初めてだったから。すぐにゴーレムだと報告出来たのは、鑑定を使ったからだ。


【名前「――」　職業「――」　Lv「28」　種族「ゴーレム」　状態「――」】


なかなかの高レベルだ。

図書館で調べて分かったことだが、ゴーレムは高い生命力と防御力を具《そな》えている。

魔石を壊せば活動停止させることが出来るが、それではゴーレムの魔石が手に入らない。

魔石を手に入れるためには体を破壊して、再生に魔力を使わせて魔力を枯渇させる必要がある。

防御力に関してはこのゴーレムは体が土や岩で出来ているから、本で読んだアイアンゴーレムやミスリルゴーレムと比べればまだましだ。ただ斬撃に対する耐性があるから、攻撃するなら鈍器の方が相性がいい。剣でも倒すことは可能だが、岩石を斬るほどの威力が必要になる。

セリスの話を聞いてゴーレムが出る可能性があったのに何故《なぜ》ハンマーなどの鈍器を用意しなかったかというと、鈍器を使っての練習をしたけど才能がなさ過ぎたのだ。本当、スキルって偉大だよな。

それなら鈍器を扱えるようになる槌術《ついじゅつ》のスキルを取ればいいと思うかもしれないが、本当に出るかも分からないゴーレムのために、貴重なスキルポイントは使えなかった。

あとは魔法がどれぐらい効くかだが……。

「ストーンバレット」

石の礫《つぶて》による攻撃は打撃に似ていると思い初手で使ってみた。

衝突音が大きく響いたが、その音量に対して効果は全然ない。それどころか、こちらに向かってくる複数の反応がある。

どうやらロックバードの注意を引いてしまったようだ。また攻撃されたゴーレムも俺を敵と見なしたのか、こちらに向かってくる。ドスドスと足音を響かせて。

俺は間合いに入られる前に再び魔法を放った。今度は風の刃《やいば》を飛ばすウインドカッターだ。

しかしその攻撃もゴーレムには……少しだけ効いている。破壊することは出来なかったが、ウインドカッターの当たった場所が削れている。

俺はそれを見てトルネードを使ったが、ゴーレムは魔法が当たる瞬間腕を交差させて守りの構えを見せた。

魔法の効果が切れた時、ゴーレムの体には擦り傷のような跡が無数にあったが、これならまだウインドカッターの方が深く削ることが出来ていた。

俺は並列思考を駆使して連続してウインドカッターを使用した。一発、二発と魔法が当たり、七発目で片腕を斬り落とすことが出来た。

すると目の前で、ゴーレムの体が一瞬光ったと思ったら斬り落とされた腕が再生していった。

それでもこれを繰り返せばゴーレムの魔力はなくなると思った。

ただ魔力効率が悪い。ゴーレムの保有する魔力量にもよるが、このままだと一体倒すのに何本のマナポーションのお世話になるか分からない。実際ゴーレムから感じる魔力量はまだまだ多い。

それならと間合いに入ったゴーレムに剣で攻撃をしたが、簡単に弾《はじ》かれた。剣に魔力を流して斬れば、そちらは傷を付けることが出来たが、大したダメージが入ったようには見えない。

違う、普通の魔物ならたとえ傷が浅くとも痛みを与えて動きを鈍らせることとか出来るのに、ゴーレムにはそれがないから効いているのか分からないのだ。

「主様、離れて」

俺は背後からの声に従い、ゴーレムから素早く距離を取った。

入れ替わるように何かが俺の脇を通り過ぎ、爆発が起こった。

爆風で身が煽《あお》られたが、転倒せずにどうにか堪《こら》えた。

視界がクリアになった時、ゴーレムの状態が確認出来た。

ゴーレムの左肩から上が弾け飛び、かなりのダメージが入っていた。

「主様、ごめんさ」

ただセラから出たのは謝罪の言葉だった。

そう、かなり大きな爆発の音で、こちらに向かってくるロックバードの数がさらに増えた。

俺はＭＡＰでそれを確認出来たが、セラは目視でそれを確認したのだろう。遮るもののない空だから、索敵能力の高くないセラでも分かったみたいだ。夜でも見えたのは、暗視の魔道具のお陰に違いない。

「いや、セラの責任じゃない。どうせこのままだと倒すのに時間がかかっただろうし。あれらが到着する前にゴーレムを倒しきろう。あ、ただ胴体中心部は避けてくれ。魔石は無傷で確保したい」

俺は体が再生していくゴーレムについて、特性を簡単にセラに説明した。

「了解さ。ただ一度これが効くか試すさ」

セラは二丁の斧《おの》を両手に握ると、一足飛びに間合いを詰めて右手の斧を振り下ろした。

セラの一撃に脅威を感じたのか、ゴーレムがすかさず守備の体勢に入った。

構わず振り下ろされた一撃は、クロスした腕を深々と切り裂いたがその勢いは途中で止まった。

守るのに成功したゴーレムが攻撃に転じようとしたその時、左手に握られた斧が途中で止まった斧目掛けて振り下ろされた。

金属のぶつかる甲高い音を立てたそれは、斧を無理やり押し込んで腕を破壊し、勢いそのまま左肩から斜めにゴーレムの体を切り裂いた。

胸元から上がなくなったゴーレムは、それでも再生しようとしたのか一瞬体が光ったが、その光は失われて動きが止まった。

もうゴーレムから魔力は感じられない。

「ふう、どうにかなったさ」

セラが呟いたと同時に、ゴーレムの体が崩れていった。

そして体を構成していた岩石が砂となり消えると、地面には赤色をした魔石が転がっていた。

なんというか……凄《すご》い力業を見せられた。

「お、倒したのか？」

戦闘が終わって魔石を拾い上げた時、ちょうどサイフォンとジンの二人が駆け付けた。

「セラの活躍でどうにか。それより他の皆は？」

「ロックバードが向かってきているのが見えたから残してきた。ガイツとユーノ、オルガの三人はゴーレムよりもロックバードの方がまだ相性がいいだろうしな」

フレッドに関しては、向こうのまとめ役として残ったようだ。

「とりあえずここで出来るだけ数を減らすぞ。音を聞いてこちらに向かってきていたんだろうが、奴《やつ》らの視界に入ったらどっちが狙われるか分からないからな」

距離的には俺たちの方が近いが、魔物の全てが俺たちの方を襲うとは限らないからね。

挑発を使えばある程度は引き寄せられるかもしれないが、数が多過ぎると……いや、あれを使えば攪乱《かくらん》することは可能か？

俺たちがロックバードと戦うため武器を構えたその時、再び魔力の急激な高まりを感じた。しかもすぐ足元で。

「退避！」

俺の叫び声に、瞬時に反応した三人が飛び退《との》いた。

すると今まで俺たちのいたところの地面が盛り上がり、

「おいおい、マジかよ」

サイフォンのぼやきが示す通り、ゴーレムが現れた。

さらにそれは一体だけでなく、二体、三体と。しかもその中の一体だけ、明らかに色が違う。


【名前「――」 職業「――」 Lv「28」 種族「アイアンゴーレム」 状態「――」】


レベルはどの個体も同じだが、鉄色をしたその個体の種族はアイアンゴーレムとなっていた。

通常のゴーレムが二メートルぐらいなのに対して、アイアンゴーレムは頭一つ大きい。

「ゴーレムを相手しながらロックバードはさすがにキツいかな？」

ジンの言葉に、サイフォンが考え込んでいる。

とりあえず倒せるものから倒すのが定石だ。幸いロックバードがこちらに到着するまでまだ時間はある。といっても、余裕はそれほどなさそうだけど。

「サイフォン、とりあえず二人でアイアンゴーレムの相手をしてくれ。俺たちで通常のゴーレムを相手する。それとこれを」

「……これは何だ？」

「リヴェルの血っていう……いわゆる魔物を引き付ける魔法薬みたいなものだ。魔物除《よ》けの逆の効果だと思ってくれたらいい」

「これをあれに使うってわけか？」

「一つはアイアンゴーレムに、残りはもしロックバードが襲ってきたら当ててくれ。上手《うま》くいけば同士討ちを狙えるかもしれない」

俺はセラにもリヴェルの血を渡した。

そして俺とセラは、それぞれ火属性の魔法が付与された投擲《とうてき》用のナイフと斧を用意すると、ゴーレム目掛けて次々と投げ付けた。

そこにはもう、ゴーレムの魔石を確保しようとかそういう考えは一切なかった。いや、少しは頭の片隅にはあったが、それを押しとどめてゴーレムを破壊することだけを考えた。

一回、二回と爆発が起こり、さらにそこに投擲ナイフが着弾すると連鎖効果でもついたのか単発では考えられない大きな爆発が起こった。

サイフォンとジンがその威力に驚きの目を向けてきたが、すぐにアイアンゴーレムの相手をするために動き出していた。

まるで仲間を助けようと俺たちの方に向かってきたアイアンゴーレムの前に立ち塞がり、注意を引くため攻撃を開始したのだ。

「主様、ゴーレムの状態が分かるかい？　それともこのまま投げ続けた方がいいかい？」

確かに全てを使い切るよりも、ロックバード用に取っておいた方がいいか？

俺は魔力察知でゴーレムの魔力量を探り……残り僅《わず》かなのが分かった。

「このまま押し切れそうだし、一気に攻めよう」

爆音にも負けないロックバードの鳴き声が、俺たちの耳にも届いている。

爆煙が消えて視界が開けるのを待ってからゴーレムの止《とど》めを刺そうとすると、ちょうどロックバードの襲撃と重なるかもしれないと思ったからだ。

そして狙い通り、ロックバードが到着する前にゴーレムから感じられる魔力が消えた。

俺はロックバードに注意を向けながらチラリとサイフォンたちを見た。

サイフォンたちはアイアンゴーレムを翻弄しているが、武器の相性が悪いのか攻撃が効いているようには見えない。いや、アイアンゴーレムから感じる魔力量は少しずつだが減っている。

それは魔力を使って再生している証《あかし》だから、サイフォンたちの攻撃がアイアンゴーレムに通っていることを意味する。

さらにリヴェルの血を掛けることにも成功しているみたいだ。

なら俺たちは俺たちでやれることをするだけだ。

俺は向かってくるロックバードに備えて盾を構えた。もう少しで挑発の有効射程範囲に入る。セラには俺が盾で攻撃を受けて動きを止めたところを、最初の一体は倒さずにリヴェルの血を掛けることを優先してもらう予定だ。

盾を持つ手に力が入り、射程範囲に入ったから挑発を使おうとしたその瞬間、予想外のことが目の前で起こった。

挑発の範囲から逃げるようにロックバードが急上昇し、俺たちを避けてヒカリたちのいる方に飛んでいったのだ。

もちろん全てがそうではなくて、まるで俺たちが助けに行くのを妨害するように残る個体もいる。上空で旋回して隙をうかがっている。動こうとすると、威嚇するように鳴き声を上げた。

「主様、どうするんだい？」

明らかに、向こうに行った数の方が多いし、後から飛んできたロックバードも二手に分かれていく。もしかしてゴーレムを派手に攻撃して警戒されたとか？

最終的にこちらに残ったのが七体で、ヒカリたちの方に行ったのは二〇体を超える。

「セラ、囮《おとり》を頼んでいいか？　もう少し高度が下がれば、俺の挑発の射程範囲に入るんだ」

俺は焦る気持ちを一つ息を吐き出すことで抑えると、セラに提案した。

向こうにはガイツもいるしフレッドたちもいる。仲間を信じて目の前のロックバードを倒す！

「……なるほど、分かったさ」

それだけで、セラは俺の言いたいことを理解してくれたようだ。

セラがヒカリたちのいる方に行く素振りを見せると、ロックバードの何体かはそれを妨害するように急降下してきた。

俺がその複数の個体に挑発スキルを使えば、セラに向かっていた注意が俺に向き方向転換して俺に向かってくる。

無理に全ての攻撃を止める必要はない。セラがリヴェルの血を使いやすいように一体以外は攻撃をいなし、回避すればいい。

俺は一体目、二体目と勢いに逆らわず盾を動かし、三体目に対してはカウンターを当てるように盾を振り下ろしロックバードを殴打した。バランスを崩したロックバードは地面に激突しそうになったが羽ばたいてそれを堪えていた。

その隙にセラがリヴェルの血を掛けて、そのまま攻撃をする素振りを見せると回避行動を取って上空に逃げていった。

リヴェルの血を纏《まと》った個体が集団に合流すると、周囲にいたロックバードから攻撃を……する個体としない個体に分かれた。

シャドーウルフに使った時は、ゴブリンやウルフは一心不乱に襲い掛かっていたのに今回はそれがない。

見ると攻撃を仕掛けているのは七体中二体だけだ。それ以外は俺たちの方へと急降下して突撃してくる。

効果の出る出ないの要因は分からないが、それでも約半分が減ったことになる。

俺は邪魔になる盾をアイテムボックスに仕舞うと、剣を握って迎撃する。ちょうど右手に剣を、左手に投擲用のナイフを持って。そのスタイルが可能なのは、投擲用のナイフを補充するのに、イメージするだけで手の中にナイフが出現するからだ。普通ならホルダーから引き抜くなどの動作が必要だが、アイテムボックスから物を取り出すのに余分な動作はいらない。

俺は魔法と剣と投擲ナイフを駆使してセラの援護メインで戦う。最終的に四体中三体をセラが倒し、俺が残り一体を倒した。

これで残り三体だが、この時上空で攻撃を受けていた一体が地面に落下し、残り二体になった。

「主様、残り二体ならボクだけでここは大丈夫だか……」

セラがそう言った時、ヒカリたちの方から急激な魔力の高まりを感じた。

風がヒカリたちの方に流れたと思ったら、今度は逆風が吹いた。その強さは顔を打つ風を遮るために腕でガードしないと辛《つら》いほどだった。しかもただの風じゃない、熱い。熱風だ。

熱を帯びた風はしばらくの間続いていたが、吹き荒れていたのが嘘《うそ》のように唐突に収まった。

先ほどまで上空を飛んでいたロックバードも、いつの間にかいなくなっている。あの風で吹き飛ばされてしまったのかもしれない。

何が起こったのかと戸惑い立ち尽くしていたら、

『ソラ、大変なの。クリスが、クリスが……』

とミアの焦ったような声が聞こえてきた。

その声音からは、ただ事ではない事態が起こったことが嫌でも伝わってきた。

どうやらその声をセラも聞いたみたいで、思わずといった感じでヒカリたちの方に視線を向けた。

「ソラ、こいつは俺たちが始末する。お前らは行ってやれ！」

サイフォンの叫び声で、冷静さを失いかけていた俺は我に返ることが出来た。

「分かった。後は頼んだ」

だから俺は駆け出した。クリスたちのいる野営地に向けて全力疾走で。

◇クリス視点

休んでいたら起こされました。

いつもの優しい起こされ方ではない、荒々しい起こされ方です。

まだ少し眠いことを考えると、予定していた時間ではないようです。

私はそこまで理解すると頭の中を切り替えます。

まだ鈍さは残りますが、こういう時は不測の事態が起こったからだと、長い冒険者生活で分かっています。

「クリス、魔物が現れたみたいなの」

私はルリカちゃんの言葉に首を傾《かし》げます。

確かこの階に出る魔物はロックバードだけだったはずです。

それなのにルリカちゃんの言葉からは別のニュアンスを感じました。その魔物が何なのか分かっていない不安のようなものです。これはたぶん、私だけが感じ取ることが出来たことだと思います。

その時、ダンジョンカードの通信機能を使ったソラの声が聞こえました。

続いてサイフォンさんたちの驚きの声が同時に聞こえました。

「……ゴーレム？」

戸惑いを見せるミアの呟《つぶや》きは、ここにいる全員の考えを代弁しているようでした。

「とりあえず俺と……ジンとセラの嬢ちゃんでソラを助けにいく。フレッドはこっちの指揮を頼む。ガイツ……任せた」

サイフォンさんの言葉が終わる前にセラは既に駆けていました。

それを追うようにサイフォンさんとジンさんが続きます。

「とりあえず魔法使い組は中央に。オルガたちは周囲の索敵を頼む」

フレッドさんの指示に私たちは従います。

「大丈夫だよ、クリス。ソラは強いから」

不安なのが顔に出ていたのでしょうか？　ミアが私に話し掛けてくれました。

うん、ミアの言う通りです。今のソラは、私たちが初めて会った時とは違います。その、凄く頼もしくなっています。

戦闘は無事終わり、ゴーレムを倒せたそうです。

ただ戦闘音でロックバードが向かってきていると言っていました。

私たちもそれに備えて戦闘準備を始めましたが、今度は三体のゴーレムが出現したと連絡が入りました。

「俺たちも援護に行くべきだな」

フレッドさんが判断を下したその時、

「行かない方がいい」

と、ヒカリちゃんが止めに入りました。

そしてヒカリちゃんの指差す方を見ると、別の方向から近付いてくるロックバードの群れが見えました。

このまま合流しては、一度に相手取る数が五〇を超すとヒカリちゃんが言い、ルリカちゃんとオルガさんもその通りだと頷《うなず》きました。

「魔法で素早く倒して援護に向かうしかないか。ここだと障害物もないから守り辛いしな」

ロックバードに有効な火魔法も、ここなら思いっきり使うことが出来ます。爆発しても被害を受けることはないと思いますし。

ならここはフレッドさんの言う通り、時間をかけずに倒してソラのもとに駆け付けるのが一番です。杖《つえ》を持つ手に力が入ります。

けどここで予想外の出来事が起こりました。

一つは私たちのすぐ近くにもゴーレムが現れたこと。もう一つがソラたちの方へ向かっていたロックバードの群れの多くが私たちの方に集まってきたことです。

ゴーレムはガイツさんが中心になって抑えてくれていますが、そのせいで魔法を付与した投擲用ナイフが使えません。あれだけガイツさんが接近していたら、爆発の余波でガイツさんも巻き込まれてしまうかもですから。

私たち三人はロックバードを狙って同時に広範囲にファイアーストームを使いますが、勘が良いのか射程外へ離脱して挑発するようにまた戻ってきます。

魔物の中には知能の高い個体も存在します。ロックバードもその部類に入るのでしょう。本来なら魔物も経験による成長があるという話を聞きますが、ダンジョンに存在する魔物はどうなのでしょうか？

ただ言えることは、このままだと私たちの方が先に力尽きるということです。マナポーションはソラのお陰で十分過ぎるほどありますが、短時間に何度も飲むと効果がなくなるという話も聞きます。

私は……周囲を見回し、フードを深く被《かぶ》りました。

それに気付いたルリカちゃんがこちらを見たから微笑《ほほえ》みます。

魔力を消費した状態で使うと体に負担があるかもしれません。マナポーションを飲んで回復してから魔法を唱えます。

それをルリカちゃんは、まるで歌を歌っているようだって言いますが、私には分かりません。

魔力が体に満ちていくのが分かりますが、いつもと違う感覚です。少し息苦しくもあり、魔力の高まりがいつも以上に強く感じます。

けど考えている時間はありません。魔法使いのユーノさんたちが肩で息をしています。特にフレッドさんの仲間の方は限界が近そうです。

私は集中します。火の精霊と風の精霊の力を借りて、広域を包むイメージで魔法を使います。

勘のいい個体が逃げるように離脱しようとしているのが見えましたが逃がしませんよ？

「アイレスノヴァ」

これは広範囲に熱風を発生させて敵を燃やし尽くす魔法。精霊の力を借りて使える極めて強力な魔法です。

魔法が発動し、風が吹き荒れます。

逃げるロックバードをまるで意志でもあるかのように炎が追いかけます。

ロックバードの悲痛な悲鳴が耳に飛び込んできます。続いて爆発するような音も聞こえました。

私は杖で体を支えながら奥歯を噛《か》みしめます。

魔法を使った反動なのか体中が痛みます。

力が抜けていくのが分かります。

倒れないように足に力を入れましたが駄目でした。

体が傾き、重力に従い倒れていきます。

地面に激突するかと思った私を、支えてくれた人がいました。

助かったと思ったと同時に緊張しました。

今の私は変身が解けた状態です。ルリカちゃんやミア、ヒカリちゃん以外の人に顔を見られるわけにはいきません。

フードを被っているとはいえ、こんなに接近されていると見えてしまうはずです。

「クリス、大丈夫なの⁉」

その声に安堵《あんど》しました。ミアです。

そして私の意識は沈んでいきました……。

◇◇◇

俺たちが駆け付けると、倒れたクリスを介抱するミアと、それを守るように立つヒカリとルリカ。

ユーノたち魔法使い二人も地面に膝をついてその近くにいた。

俺が屈《かが》んでクリスの顔を覗《のぞ》き込むと、そこには銀色に変わった髪の毛が見えた。

ユーノたちの様子を見る限りクリスの方を見る余裕はなさそうだが、戦闘が終わればフレッドたちがこちらに来るのは間違いない。

どうする？

チラリとフレッドたちの方に視線を向けると、ガイツを中心にゴーレムと戦っているが、有効打がないようで攻めあぐねているように見える。

「任せるさ」

そこにセラが参戦すると、戦闘は程なくして終了した。先の戦闘の経験が生かされている。投擲《とうてき》じゃなくて、斧《おの》の斬撃による攻撃で止《とど》めを刺していた。

戦闘を終わらせてくれたことは嬉《うれ》しいが、クリスの正体を隠すための方法が思いついてない。

もう、これはとにかく近付けさせないようにするしかないか？

『ミア、フレッドたちが近付かないように俺がどうにかする。ひとまずクリスの髪の毛が見えないように内側に入れてフードを深く被せてくれ。あと、鑑定で状態を確認したけど、魔力が枯渇しているだけだから、休めば意識を取り戻すと思う』

俺の念話にミアが頷くのを確認したら、あとは任せてフレッドたちのもとに向かった。

「助かった。それよりサイフォンとジンは？　あとクリスの嬢ちゃんは大丈夫か？」

フレッドは気になるのかクリスの方を心配そうに見ている。

「たぶん魔法を使い過ぎて魔力がなくなったんだと思う。あとはミアたちに任せておけばいいよ。というか、女の子の寝顔を見ているつもり？　って、俺もミアから怒られたからこっちに来た」

言い訳にミアの名前を咄嗟《とっさ》に出してしまった。すまん、ミア。

「そ、そうか。なら嬢ちゃんたちに任せておいた方がいいな。それにミアの嬢ちゃんが傍《そば》にいるんなら安心出来るしな」

さすがミア。信頼度はフレッドからも高い。

「そうだ！　サイフォンたちがまだアイアンゴーレムと戦ってる最中だ。こっちは大丈夫そうだし援護に向かった方がいいかもしれない。ただ……」

周囲を見ればロックバードの焼け焦げた死体がそこら中に転がっている。

近くに魔物の反応はないが、ゴーレムは唐突に出現した。援護に行くにしても魔法使い組は動けないから、全員で行くわけにはいかない。

改めてＭＡＰを確認すると周囲には魔物の反応が一切ない。ん？　一切ない？

「おう、こっちは終わったのか」

するとサイフォンの声が聞こえた。

どうやらあの短い時間でアイアンゴーレムを倒して駆け付けてくれたようだ。

「クリスの嬢ちゃんの容態はどうなんだ？」

「魔力切れだと思う。今はミアが見てくれているし、休めば大丈夫だと思う」

「そうか……けどどうする？　ここで休むか、それとも下に降りるか？　フレッドはどう思う」

俺の報告にホッとした表情を浮かべたサイフォンは、今後の方針をどうするかフレッドに尋ねた。

「不確定要素が多いからな……今日は降りて休むか」

フレッドの判断に反対の声はなかった。

今まで噂《うわさ》でしかゴーレムを見た報告なんてなかった。そもそも崖上に登ったという話を聞いたことがないから、実際は夜になるとゴーレムが現れて徘徊《はいかい》していたのかもしれない。

またゴーレムが時間差で出現したことから、これから先も現れる可能性がなくはない。

荷物を纏《まと》め、回収出来るものを回収した俺たちは崖下に移動した。

倒れたクリスは俺が背負って運んだ。人ひとり背負ってだと苦労するかと思ったが、ここでも登山スキルの恩恵を受けることが出来たから楽だった。

その後朝まで交代で休み、今回はそのままダンジョンの外に出ることになった。

朝にはクリスが目を覚ましたが、本調子じゃなかったからだ。

「ごめんさない、ソラ」

俺に背負われながら謝ってきたクリスに、

「別に謝ることじゃないよ。むしろ俺が上に登りたいなんて言わなければこんなことにはならなかったんだし……ごめんな。それに皆を守ってくれてありがとう」

とお礼を言ったら、返事の代わりに、クリスが力を入れてギュッとしてきた。

俺はクリスの温もりを感じながら、皆の後ろを歩いた。

俺たちが一六階への階段に辿《たど》り着《つ》いたのは、ゴーレムと戦った翌日の夕暮れ前だった。


本来ならそのまま家に戻るところだが、ゴーレムのことを報告するためギルドに寄ることにした。

ただフレッドとしては一般職員ではなく、それなりの地位の職員に報告したいようで頼んでみたが、現在役職に就いた人は手が空いていないと言われてしまった。

「受付に報告じゃ駄目なのか？」

「大事なことだからな。直接報告した方が確実だし、途中で握り潰されるなんてこともなくはないからな……」

過去嫌なことでもあったのか、苦虫を噛み潰したような顔をフレッドがした。

「……これはソラの伝手《つて》で領主様に直接報告してもらった方がいいかもな。出来るか？」

「それは大丈夫だよ」

イロハもいるし、ダンジョンについての重大事項と伝えればいいだろう。証拠としてミスリルを渡してもいい。

結局報告はレイラの父親でマジョリカの領主でもあるウィルにしようということになり、俺たちは今日のところは家に帰ることにした。

閑話・3

「くそ、くそ、くそ」

酒を一気に呷《あお》り、拳をテーブルに打ちつけた。

思えばツキに見放され始めたのは、プレケスのダンジョンが利用出来なくなってからだ。

冒険者として活動をスタートし、ある程度の実力がついたら活動の場をプレケスに移した。ダンジョンでの一攫千金《いっかくせんきん》を夢見て。

その活動も今年で一八年になる。時にギルドからの指名依頼を受けて、貢献もしてきた。

それなのに突然ダンジョンの入場を断られた。

理由を聞いても教えてもらえず、最終的に俺たちは町を出る選択をした。

それは俺たちだけでなく、多くの冒険者がプレケスの町を後にした。

ダンジョンの入場を断られていた者に共通していたのは、プレケスの出じゃない連中だ。いや、いくつかのパーティーは残っていたか？　顔を思い出すと、貴族と親しくしていた奴《やつ》らだ。

俺はそこまで思い出し、またテーブルに拳を打ちつけた。

元々パーティーを組んでいたメンバーも、この町に来て日が経《た》つごとに数が減り、今では七人になっている。

しかも離脱した面々の活躍が……成功が耳に入りさらに苛立《いらだ》ちが募る。

この町に来て最初の頃は問題なく探索出来ていた。

プレケスとの内部構造の違いに戸惑いはしたが、出る魔物は弱く俺たちの相手にならない。

だが一一階からは勝手が違った。罠《わな》の存在が俺たちを苦しめた。

出る魔物に苦戦することはないが、罠による被害が続出した。

ポーションがなかなか買えず、普段よりも高い価格で購入する羽目になり徐々に貯金が減っていった。宿代の高騰がさらに資金の逼迫《ひっぱく》を加速させた。

先の見通しに不安を覚えた仲間たちは、一人、また一人とパーティーから去り、元々この町で活動していた冒険者たちの仲間に入った。

俺は……残された俺たちにはそれが出来なかった。

プレケスで活躍していた意地とプライドもあった。今更若い連中に頭を下げることは出来ない。

「しかしどうするよ……このままだとよ……」

弱音を聞いて怒鳴りたい気持ちになったが、そこはグッと我慢した。

「どうやらお困りのようですね？」

突然の声に、俺は声のした方に視線を向けた。

それは俺だけでなく、一緒のテーブルで飲んでいた仲間たちもだ。

「ああ、すみません。少し話し声が聞こえたものでして」

その男……黒衣の男は頭に帯状の布を巻いていて、胡散臭《うさんくさ》そうな笑みを浮かべていた。

「貴様、何者だ？」

多少酔っていたとはいえ、今までその存在に気付けなかった。

「実は困っていまして、手助けしてくれそうな人たちを探していたのです。それで皆様なら腕も立つようなので、声を掛けさせてもらいました。もちろんそれなりの報酬は支払いますよ？」

うまい話には裏がある。

俺たちは目で合図を送り合い警戒心を高めたが、黒衣の男が一枚、二枚とテーブルの上に金貨を積み上げていくのを見て目が離せなくなった。

「どうでしょうか？　まず前金としてこれだけお支払いします」

そこには金貨の山が一〇個。一山二〇枚が積み重なっている。

「これに私の頼みごとを無事こなしてくれましたら、報酬としてこの白金貨一〇枚をお渡しします」

それは俺たちの警戒心を打ち砕くには十分な誘いの言葉だった。

互いに目配せし、俺たちは頷《うなず》いた。

「さすがです。私の目に狂いはありませんでした。用意が出来次第連絡をしますので、それまでは自由にお過ごしください。ああ、ただしダンジョンに入るのはやめてください。連絡しようとした時に不在ですと困りますから。あと私の準備が長引くようでしたら、追加の資金援助もする予定ですので、お願いしますね」

黒衣の男は俺たちの様子に満足そうな笑みを浮かべると、俺たちの前から去っていった。

残された俺たちは……周囲から隠すように素早く金貨を回収し、追加の酒を注文した。

それから三日後。再び俺たちの目の前に黒衣の男が現れた。

「あ？　いきなりダンジョンに行けってのはどういうことだ！」

つい語気が強くなってしまったのは仕方ねえ。確かに頼みごとがあるとは言われたが、ダンジョンに行くというのは完全に予想外だったからだ。

「すみません。少々事情が……皆様のことを調べていたら、かなり優秀な冒険者だということを知ってしまったのです。それで皆様がここのダンジョン……に入るのをやめた理由も調べさせてもらいました。私は思うのです、皆様の腕があれば、罠さえなければもっと先に行けたはず、だと」

「あ、ああ。確かにその通りだ」

黒衣の男の言葉に、感情の高ぶりが収まっていくのが自分でも分かった。

つい苛立ちが前面に出てしまった。

これは反省すべきだ。

今、この男と揉《も》めるのはよくない。

一時の感情で金蔓《かねづる》を失うわけにはいかないのだから。

「それで私の方で罠を解除できる専門家を用意します。もちろん皆様ほどではありませんが、自分の身を守れるだけの力は要しています。足手まといにはならないと思います」

「そいつを連れてダンジョンを攻略しろってことか？」

「そうですね。それと私も一緒に行きたいので、その護衛ということでお願いしたいのです」

この男を護衛する？　そうなると事情はまた変わってくる。

それに現在の俺たちのパーティーは人が減っていて戦力は激減している。何処《どこ》まで行けるかは実際に行ってみないと分からないというのが本音だ。

だかそれを悟らせるわけにはいかない。

足元を見られる可能性があるからだ。

「それで、ですね。皆様のもとを去ったお仲間を呼び戻してもらいたいのですよ。私の方でも人は用意しますが、やはり長いこと一緒に戦った人たちに比べると連携などで足を引っ張ってしまうかもしれませんので」

その言葉に俺は思わず顔を顰《しか》めていた。

我慢しようとしても、俺たちのもとを去っていった輩《やから》のことを思い出すと怒りが沸々と蘇《よみがえ》ってくる。

「もちろんその分の報酬もお支払いします。そうですね……お一人呼び戻してくれたら白金貨一枚でどうでしょうか？　それから私どもを一階先に連れていってくれるごとに、その都度追加で報酬をお支払いします。また私たちの目的地は三五階なので、そこまで到達出来たらの白金貨一〇〇枚を支払わせてもらいます。ああ、必要な装備があれば、私の方でその分のお金は支払わせてもらいますので」

確か三五階に出る魔物の素材は人気があって高騰しているという話を聞いた。

それにこの町で長く活動しているクランの中でも、【守護の剣】というクラン以外の奴らは到達出来ていないという話だ。

ならそこまで俺たちが到達出来れば、富だけでなく名声も得ることが出来るかもしれない。

そうなればプレケスのダンジョンがまた利用可能になっても戻る必要なんてない。むしろ新しいクランをこの町で立ち上げるのも悪くない。

それにそこまで行けば、あの無礼な態度を取ったいけ好かないギルド職員共が、俺たちの力を欲して無様に頭を下げにくるかもしれない。

俺は悪くないと思いながら、仲間たちと頷き合った。

◇◇◇

……上手《うま》く行きました。

追い込まれた人間というのは、実に扱いやすくて助かります。

特に困っている冒険者というのは、お金をチラつかせるとコントロールしやすいですね。

あとは指令通り、領主の娘を確保することですが……実行に移すのはやはりダンジョンが一番適しているでしょう。そこは調査する必要がありますね。

地上で確保出来ればいいのですが、そこはさすがに隙がありません。

娘に気取られないように護衛を密《ひそ》かに付けているみたいですしね。

平和ボケしているかと思いましたが、プレケスの領主とは違うということでしょう。

第4章

「ゴーレムね～……けどそっか～。クリスちゃんがね～」

俺は一五階で起こったことを、久しぶりに訪れた図書館でセリスに話していた。

シエルもセリスに撫《な》でられてご満悦だ。まあ、その前にお腹一杯ご飯を食べたというのもあるだろうけど。

ダンジョンに行くと何かと食事制限……というか一人寂しく食べることが多くなるから、こうして気兼ねなく皆で食べることが出来るのはシエルにとって至福の一時なのだろう。

「けどミスリルの発見とか～。そっちも大変だったんじゃないかな～。私の耳にもその話が入ってきていますよ～」

セリスはそう言うが、その話はまだ極秘事項のはずだ。何処で聞いたんだろうか？


あの日、ダンジョンから戻ってからイロハにウィルへの伝言を頼んだ。ダンジョンについての重大な話があるという話とともにミスリルを渡して。

返事はその翌日には届いた。俺はフレッドと二人でウィルの招待を受けて屋敷に向かった。馬車での送迎付きでしたとも。

フレッドは緊張しっぱなしで腰が引けていた。

部屋にはウィルだけでなく、冒険者のギルドマスターのレーゼも同席していた。

「それでソラ君にフレッド君だったかな？　話を聞かせてもらえるかな？」

俺とフレッドは言葉を選びながら、一五階で起きたことを話した。

岩壁を登ったこと。

そこで採掘をして様々な鉱石を発見したこと。

夜中ゴーレムに襲われたこと。

時々質問を受けながら行われた話し合いは、休憩を挟んで二時間近くかかった。

「正直言って信じられない話ではあるが、実際物があるわけだからね」

「そうですね。ギルドの方でも昔ゴーレムを見たという話があったようですが……まずはゴーレムが出る条件を調査する必要があると思います。それと可能なら採掘の知識がある人が必要ですね。そちらのソラ君は運良く鉱石を発見出来たようですが、闇雲に採掘しても成果は出ないと思いますから」

「確かに。そうなると鉱夫を派遣することになるが……まずはそこまで護衛して連れていく必要があるか。騎士と……冒険者の方からも人を出してもらえるかな？」

「指名依頼でも構いませんか？　多少高くなってしまいますが、素人《しろうと》を連れていくならそれなりの腕は必要になってきますから」

話の後半は俺たち空気だったな。あー、飲み物が美味《おい》しい。

なんて他人事《ひとごと》のように話を聞いていたら、ウィルから俺たちがどうだと言われた。

ＭＡＰを使える俺だったら安全にかつ、素早く連れていくことは可能だ。それに歩くという点においては俺にとって悪くない。

ただセリスからダンジョン攻略を頼まれてから既に三カ月近くが経《た》っている。

クリスのお陰で余裕が出来たと話していたが、それも二カ月前の話だ。

「すみません。可能ならダンジョン攻略を急ぎたいので、今回は辞退させてほしいのですが……」

「そうか。そっちも大切なことだから仕方がないか。フレッド君、君はどうだね？」

「……仲間と相談させてもらってもいいですか？」

フレッドは少し考えたのち、それを持ち帰って相談することにしたようだ。


「悪いな、ソラ。こっちの都合で」

「その辺りは仕方ないよ。フレッドたちにはフレッドたちの都合があるわけだし」

翌日家を訪ねてきたフレッドが頭を下げて謝ってきた。どうやらウィルの依頼を受けることにしたようだ。

「それでサイフォンたちと話したんだが、あいつらもダンジョン攻略をする方を選んだんだ。それでだが、よかったらあいつらとはそのままパーティーを組んでやってくれないか？　気のいい奴《やつ》だし、嬢ちゃんたちとも昔からの顔馴染《かおなじ》みみたいだしよ」

フレッドがそう話してきたのは、プレケスからの冒険者の流入が一段落した今、新たにパーティーを探すのは大変だろうと心配したからみたいだ。

「分かった。サイフォンたちと一度会って話してみるよ」

「ああ、そうしてくれ。あいつらも家から追い出されないか心配してたからよ」

最後のは冗談だよな？　可笑《おか》しそうに笑いながら言うフレッドを見ると、本当に心配しているかもしれないと思えてしまう。

フレッドが帰った後に皆にそのことを伝えたところ、

「私は賛成かな。ソラの事情も知ってるし、腕は確かだからね」

即座にルリカは賛成した。

その言葉に同意するように皆も頷いていて、反対する者はいなかった。

それを伝えにノーマンの家に向かいサイフォンに話したら、

「ああ、任せておけ。これで家から追い出されずにすむな！」

「本当に助かりますわ。これでしばらくはお酒の量も減ることでしょうから」

本当に心配していたのか……。

それと発言通りユーノさんが一番嬉《うれ》しそうだ。

酔っ払いは子供たちに悪い影響を与えるからというユーノの言葉に従い、サイフォンは近頃飲んでも少量で抑えているそうだ。

「それよりクリスの嬢ちゃんは体調の方はもう大丈夫なのか？」

「はい、ご迷惑をかけました」

「そんなことはないさ。むしろ嬢ちゃんのお陰で危機を脱したんだからな。それで、だ。次はいつ出発するんだ？　少し長めに休むか？」

「クリスの調子を見ながら五日後ぐらいに出発しようと思ってるけど、それで大丈夫かな？」

「ああ、問題ない。それまでにこっちも準備を整えておくさ」

「ポーションと食料に関してはこっちで用意するから、それ以外を頼むよ」

「おいおい、それじゃ殆《ほとん》どやることがなくなるだろう」

「ならノーマンたちの相手を頼むよ。解体の仕方とか体の動かし方を教えてくれればいいしさ」

その日はそのまま俺たちもノーマンたちと過ごすことにした。

話が終わって外に出ると、

「あ、お兄ちゃんにお姉ちゃんたち」

忙しそうに働くエルザとちょうど出くわした。

エルザとアルトはよくこちらに来て、小さな子たちに家事を教えている。

今はシーツを干しているようで、庭にはたくさんの白い布が風を受けてはためいている。

エルザの他にも女の子たちが仲良く談笑しながら作業していた。

その邪魔にならないように、隅の方では男の子たちが模擬刀を持ってガイツたちに戦い方を教わっているようだ。話し合いの場にサイフォンとユーノの二人しかいないと思ったら、こっちにいたわけだ。それを見たルリカがソワソワし出し、結局仲間に入っていった。セラもついていった、というか連れていかれた。

「お兄ちゃん、もし良かったらでいいんですけど、私たちに料理を教えてもらってもいいですか?」

仕事が一段落したようで、エルザが頼んできた。

家でも時々エルザは料理を教えてと言ってきた。俺の時間を奪うのを申し訳なく思っているのか、頼んでくる時はいつも不安そうな表情を浮かべる。ミアに頼む時はそんなことないんだけどな。

「……そうだな。何か覚えたい料理はあるか?」

リクエストを聞いたら、トマトを煮込んだスープとクリームスープの二つを要望された。

トマトを煮込んだスープは何度かエルザには教えているから、ここの子たちから頼まれたのかもしれないな。

野菜関係はロキアが近いから比較的安価で手に入りやすいし、以前こちらで出した時も人気があったのを思い出した。トマトソースを使ったピザっぽいのも好評だったな、そういえば。

こちらの家は購入したあとに台所を改装して大きくしてあるから、一〇人近くが集まっても余裕がある。

ミアたちも一緒になって世間話をしながら料理をした。

料理の説明を聞く時は真剣に耳を傾けているが、それ以外の時はどんな感じで日々を過ごしているのかを話してきた。

その多くは感謝の言葉で、毎日が楽しいと言ってくれた。

時々男の子たちへの不満の声も混じっていたような気がするが、概《おおむ》ね皆仲良くやってくれているようだ。

それと将来何をしたいとかの話もあった。俺たちみたいにマギアス魔法学園に通って魔法を覚えたいという子もいれば、お店をやりたいという子もいた。

そしてこういう話が出来るようになったのも、全て俺たちのお陰だとお礼を言われた。

「私も、お兄ちゃんたちに会えて良かったです」

とエルザがはにかみながら言い、アルトもコクコクと頷《うなず》いていた。

調理が終わったところでサイフォンたちも交えて皆で食事をした。

楽しい時間というのはあっという間に過ぎていく気がする。

俺たちは完全に日が暮れる前に戻ることにした。ノーマンたちはもう少し一緒にいて色々話を聞きたかったようだけど、

「また遊びにくるさ」

「うん、その時また遊ぶ」

とセラとヒカリが声を掛けると、

「うん、お姉ちゃんまたね」

「絶対だからね！」

と子供たちから返事が返ってきた。

◇◇◇

「それで出発が明日だから顔を出したのですね～」

「それと謝りにかな？　なかなかダンジョン攻略が進んでないから」

「まあ～、その辺りはクリスちゃんのお陰で余裕が出たからいいんですけどね～。あと～、これをクリスちゃんに渡してもらってもいいかな～？」

「これは？」


【セクトの首飾り】見た目を変化させる効果がある。今日から違う貴方《あなた》に変身だ！

……鑑定結果による説明文は見なかったことにしよう。必要なのは効果だしね。

その後雑談をして図書館から出て、そのまま帰ろうとしたところでヨシュアと会った。

近頃お互いにダンジョンに行っているから、こうして顔を合わせるのは本当に久しぶりだ。

「ソラじゃないですか。久しぶりですね」

「ああ、近頃お互い忙しいからな」

近況を聞くと、ヨシュアたちは現在一八階に挑むための準備をしているとのことだった。

ただ疲れているのか、話をしている時のヨシュアの表情は冴《さ》えなかった。

逆に俺たちが一六階まで到着したことを話したら大層驚き、ちょっと放心していた。

「俺たちは縁あって冒険者の人たちと一緒に行動してるからな」

とは伝えたが、俺の声が届いたかどうかはその様子からは分からなかった。

その夜は明日からダンジョンということもあって、ここ五日間の成果とステータスの確認をすることにした。

名前「藤宮そら」　職業「錬金術士」　種族「異世界人」　レベルなし
HP480／480　MP480／480（＋50）　SP480／480
筋力…470（＋0）　体力…470（＋0）　素早…470（＋0）
魔力…470（＋50）　器用…470（＋50）　幸運…470（＋0）

スキル「ウォーキングＬｖ47」
効果「どんなに歩いても疲れない（一歩歩くごとに経験値１取得）」
経験値カウンター　６１０１７／９３００００
スキルポイント　４

習得スキル
【鑑定ＬｖＭＡＸ】【鑑定阻害Ｌｖ５】【身体強化ＬｖＭＡＸ】【魔力操作ＬｖＭＡＸ】【生活魔法ＬｖＭＡＸ】【気配察知ＬｖＭＡＸ】【剣術ＬｖＭＡＸ】【空間魔法ＬｖＭＡＸ】【並列思考ＬｖＭＡＸ】【自然回復向上ＬｖＭＡＸ】【気配遮断ＬｖＭＡＸ】【錬金術ＬｖＭＡＸ】【料理ＬｖＭＡＸ】【投擲《とうてき》・射撃Ｌｖ９】【火魔法ＬｖＭＡＸ】【水魔法Ｌｖ８】【念話Ｌｖ９】【暗視ＬｖＭＡＸ】【剣技Ｌｖ６】【状態異常耐性Ｌｖ７】【土魔法ＬｖＭＡＸ】【風魔法Ｌｖ８】【偽装Ｌｖ８】【土木・建築Ｌｖ８】【盾術Ｌｖ７】【挑発Ｌｖ８】【罠《わな》Ｌｖ５】【登山Ｌｖ２】

上位スキル
【人物鑑定ＬｖＭＡＸ】【魔力察知Ｌｖ９】【付与術ＬｖＭＡＸ】【創造Ｌｖ６】

契約スキル
【神聖魔法Ｌｖ５】

称号
【精霊と契約を交わせし者】

ウォーキングのレベルは2上がって47になった。歩く距離が増えているとはいえ必要経験値も増えているからな。俺はスキルのお陰で疲れを感じないわけだが、この短期間に歩いた歩数を考えると皆体力があると思う。スキルの恩恵がなかったら、俺、どうなっていたんだろう？

状態異常耐性スキルも何故《なぜ》かレベルが7に上がっている。何故か、と疑問形なのは勝手にレベルが上がっているからだ。それともヒカリのあの料理で上がったとか？

それから色々と作ったから付与術のレベルが遂《つい》にMAXになった。主に投擲用のアイテムに魔法を付与した結果だ。数があるから一つ一つ付与するのが手間だったのを覚えている。

ただそれ以上に大きかったのは創造でのアイテム作製だ。これは一五階で念願のミスリルやゴーレムの魔石を入手出来たため、前々から作りたかったものを作ることが出来た。特にゴーレムの魔石に関しては、最終的に三つ入手出来たことが大きい。ゴーレムの魔石はゴーレムコアを作るために必要な素材だから、サイフォンに頼んですべて買い取らせてもらったからな。

ミスリル武器に関しては、俺たち六人分を作ることが出来た。貴重なミスリルを扱うということで、この時職業をスカウトから錬金術士に変更した。形や重さは今使用している武器を参考にしつつ、それぞれ意見を聞きながら作った。ヒカリが一番喜んでいたのは、魔力を籠めることで攻撃力が格段に向上したからだろう。

やはり短剣は剣などに比べると攻撃力が低いため、特に今回のゴーレムのような硬い魔物には全然有効打を与えられなかったというのも影響しているんだろう。

ちなみにセラとルリカも時間があれば魔力を籠める練習をしていた。

他に作ったものはリャーフの盾とカナルのバックル、ゴーレムコアだ。

リャーフの盾は最終的に五個出来た。これは素材が余分にあったというのもあるが、創造の熟練度を上げてレベルを上げたかったからだ。ミアとクリスに一個ずつ渡した。ちなみにこれには結界術が付与してあるから、魔力を籠めるとシールドも使うことが出来るようになっている。ただし消費する魔力量が多いのが難点だ。

次に創造したのはカナルのバックルだ。

【カナルのバックル】装着した者の疲れを癒やし、回復力を向上させる。

これは俺の習得しているスキル、自然回復向上に似ている。使用して効果を確認してもらっているが、何となく疲れにくくなったと皆言っている。プラシーボ効果ではないことを祈ろう。

使用した素材は、次の通りだ。

【カナルのバックル】
必要素材——ミスリル。魔鉱石。魔水晶。スライムの魔石。魔石。

これは一五階で採掘したお陰だな。所持していたスライムの魔石が少なかったけど、どうにか人数分作ることは出来た。

そして最後が今回の創造のメインとなるゴーレムコアだ。

ゴーレムコアを創造した結果、

【ゴーレムコア・タイプ影狼《かげろう》】

となった。

使用した素材は、ゴーレムの魔石。ミスリル（鉱石①）。魔鉄鋼（鉱石②）。シャドーウルフの魔石（魔石①）。

創造で必ず必要になる魔石はゴブリンキングの魔石を使用した。これは出来るだけ強力なコアを作りたいと思ったから、高品質の魔石を選んだ結果だ。

そして全ての作業が終わってから覚えるスキルを探した。

一番はゴーレムコアを作ったのはいいが、ゴーレムを有効に扱えるスキルを習得する必要があると思ったからだ。

一応現状でもゴーレムを呼び出すことは出来る。ゴーレムコアに大量の魔石を使用して、魔道具と同じような感じで使う方法と、あとは自分の魔力を注いでやればいい。

普段はボールのような形状のゴーレムコアは、魔力を得ることで体を形成する。今回の場合は四足歩行でウルフに似たフォルムになる。

問題があるとしたら、燃費が非常に悪いことだ。

ゴーレムコアは魔力が満たされるとその魔力を使って体を形成し、あとはマスター登録した者の指示に従って動く。マスター登録は複数人可能で、少なくとも俺たち六人は登録出来た。

そしてゴーレムは動き出すと同時に魔力を消費していく。それも物凄《ものすご》い速度で。

何度か実験してみたが、このままだと長くて三〇分しか稼働できない。破損部位を再生させるとさらに稼働時間は短くなることだろう。

これは魔力を常に放出しているからだ。

それと同時に、魔力を溜《た》めることが出来ないためというのもある。

以前作った魔力操作用の魔道具でいえば、魔力を流し続けている時は魔道具は光り輝くが、魔力を流すのをやめると消えてしまうのに似ている。

スキルを探した結果。使えそうなスキルは見つかった。正確には付与術のレベルがＭＡＸになって新しくリストに追加されたスキルだ。

ＮＥＷ
【魔力付与Ｌｖ１】

効果としては付与術の魔力版みたいなものだ。

もっとも魔力を付与したからといって半永久的にゴーレムが動くわけではない。あくまで魔力の消費速度を遅らせる効果で、これはレベルが上がることで稼働時間が延び、付与する時に消費する

ＭＰの量も減っていくみたいだ……うん、今だと一度魔力付与を使うと、俺のＭＰがほぼなくなるな。

それとこれには別の使い道もある。例えば武器に魔力を流すことが苦手なセラの武器に、俺があらかじめ魔力を付与してやることで魔力の籠もった状態の武器を使うことが可能になるのだ。

さすがスキルを習得するのにスキルポイントを３消費しただけある。

これで残りスキルポイントが１になった。

この時、前々からダンジョン攻略に役立ちそうな気になるスキルがあったが、上位スキルに入るみたいで今回は覚えることが出来なかった。スキルポイントの残数が１だったからね。

また地道に歩いてレベルを上げることにしよう。

◇◇◇

「それじゃ今日からまたよろしくな！」

いつもよりテンション高めのサイフォンと一緒にダンジョンに入場した。

今回の探索は一六階、一七階と進んで、一八階への階段で登録をしたら一度戻ってくる予定だ。

「ちょっと待ってもらっていいか」

俺はいつものようにＭＡＰでフロアの様子を確認する。

魔物の反応も多いが、人の反応も結構ある。

しかも動きを見ているとどうもこちらに戻ってきているようだ。階の登録を終えた人たちかもしれない。

「なあ、前々から新しいフロアに来るたびに何かをしてると思ったけどよ。何をしてるんだ？」

「ああ、前に空間魔法が使えるって言ったろ。その魔法の一種で、ダンジョン内を……地図として見ることが出来るんだ」

俺がＭＡＰ機能について説明すると、

「それじゃ今まで魔物とあまり遭遇しなかったり、フロアを通過するのが速かったりしたのは……」

と驚いていた。

「この魔法のお陰だよ。ただ索敵機能とかも魔物によっては反応が拾えないこともあるから、そこは参考程度にかな？」

俺は出来ればゴーレムを召喚したいと思ったが、今回は人と遭遇する確率が高そうだから見送ることにした。

一六階に出る魔物は、コボルト、コボルトファイター、コボルトアーチャー、コボルトシーフと初見の魔物がいたから、慣れるためにも何度か戦うことにした。

「くそう、なんだあいつは」

「あ、気を付けて。そこ罠があるから」

「おいおい、あのシーフ。罠を作動させる気じゃないか！」

サイフォンの悪態に、ルリカが注意を促せば、オルガが悲鳴を上げている。

コボルトたちの強さに関しては、それほど強いという感じを受けなかった。

ただコボルトシーフがトリッキーな奴《やつ》で、味方を巻き込むのも構わず罠を作動させようとしたり、分が悪いとみると味方を見捨てて自分だけ撤退したりする。しかもそれで終わらず、仲間を引き連れて再び襲撃にくるなど、本当にやりたい放題している感じがする。

だから遭遇したら真っ先に倒そうとするわけだが、巧妙に味方を盾にして魔法や遠距離による攻撃から身を守っている。

「出来るやつ」

とヒカリは褒めていたけど、何度か戦ううちにヒカリがサクッとコボルトシーフを倒していた。

一七階に出る魔物はホブゴブリン。単体では一四階でも出たが、ここは五体以上の集団で行動している。

強さでいえばコボルトたちよりも強いような気がするが、戦い方は真っ直ぐだから数が増えても苦戦することはなかった。サイフォンたちとの連携が良くなったのもあるかもしれない。

「ガイツほどじゃないが、ソラのタンクぶりも板についてきたな。剣で戦うのが少なくなったのは、クリスの嬢ちゃんやミアの嬢ちゃんのためか？」

「それもあるかな。下層に行くほど遠距離から攻撃する魔物も増えてくるって話だし、それに攻撃を任せられる優秀な仲間がいるからね」

「まあ、確かに。特にセラの嬢ちゃんは強過ぎだろう」

サイフォンが戦々恐々とするように、セラの戦闘能力は抜きん出ている。

その後一八階の階段を見つけて登録したところでヨシュアたちと会った。

「ソラたちじゃないですか……って、そちらは？」

「ああ、一緒にダンジョン探索をしてくれている冒険者の人たちだ。ルリカとクリスの知り合いだったみたいで、その縁で一緒に行動することにしたんだ」

俺たちと会ったヨシュアたちは驚いていた。

ヨシュアたちは学園の生徒二四人で一八階に挑んで、五日間の探索の末戻ってきたそうだ。

確か一八階に出る魔物はタイガーウルフだったな……あれは強かった。ちょっとトラウマだ。

「このまま進むのですか？」

「いや、今日はこのまま戻る予定だよ。一緒に戻るか？」

余計なお世話で断られるかと思ったが、ヨシュアたちと一緒に戻ることになった。なんかボロボロだったし、このまま放っておくのが憚《はばか》られたのだ。表情にも覇気がなく暗かったし。

俺たちと一緒に移動したヨシュアたちは色々なことに驚いていた。

疲労が色濃く見えたから出る魔物は俺たちが率先して倒したし、料理もその場で作って振る舞った。

「冒険者の人たちと一緒に行動しているとはいえ、ソラたちがこんなに早くここまで来られた理由が分かりましたよ。ソラたちが強いのは知っていましたが、ここまでとは思いませんでした」

「まあルリカとクリス……新しく入った二人は経験豊富な冒険者だし。一緒に行動してくれている冒険者……サイフォンたちからも戦い方のアドバイスを直接受けてるからな」

俺が褒めるとルリカは照れたのか鼻を擦《こす》り、クリスは恥ずかしそうに俯《うつむ》いてしまった。

サイフォンたちは何故か苦笑いだったけど。

「それに武器も揃《そろ》えることが出来たからな」

現在俺たちはミスリルの武器を使用している。元々使っていた武器と形も重さも揃えてあるが、やはり持ち手の部分など新しいから、握り心地が違う。多少の差だが、馴染《なじ》ませておいた方がいいということで使用している。

それを見た何人かの生徒たちは羨望の眼差しを向けてきた。

レイラたちも使っているし、やはりミスリルの武器は憧れなんだろうな。

「一度通った道とはいえ、まさかこんなに早く戻って来られるなんて……ソラたちは道を覚えていたんですか？」

「一応、な。覚えるのは得意なんだよ。それよりも大丈夫か？」

ダンジョンからの帰り道、日に日にヨシュアの元気がなくなっていったような気がして心配になっていた。

「ええ、ソラたちのお陰です。今回はありがとうございました」

ヨシュアに続き、他の人たちもお礼を言ってギルドから出ていった。

ただ最後のヨシュアのあの笑顔は、ちょっと無理をしているように見えた。

「少しやり過ぎたかな？」

限界に近そうな生徒が多かったから戻ることを優先した結果、出てくる魔物をほぼ瞬殺してきた。

最初の頃はただ驚いているだけだったが、それが続くと途中からこちらを見る目が変わった者がいたのをその視線から感じていた。

「それは難しい問題ね。何を感じたかなんて私たちには本当のことは分からないし、もし私たちとの力量差で心折れるようなら冒険者としては先には進めないのよ。私たちだって強い人を多く見てきたし、それでも前に進むために歯を食いしばってきたんだから」

ルリカは経験談からそのように言ってきた。

その言葉にクリスだけでなく、セラも頷《うなず》いていた。

セラはそれこそ力がなければ死ぬなんて環境で育ってきたからな。

◇◇◇

サイフォンたちと次のダンジョン探索について相談した翌日。

俺たちは一〇階のボス部屋に入り、ゴーレムコア・影狼の性能確認をすることにした。

皆疲れているだろうから一人で来る予定だったが、ゴーレムに興味があったのと、さすがにボス部屋に一人で行かせるのは危ないと思ったかららしい。

ゴーレムコア・影狼の初陣は、俺たちに衝撃を与えた。

その戦いぶりは、堂々としたものだった。いや、圧倒的だった。

下っ端ゴブリンたちをそのスピードで翻弄し、噛《か》み付きと前脚による攻撃で瞬く間に倒すと、ゴブリンキングと一対一で戦い、最終的に影による攻撃で束縛して動きを止めると、首を噛み切って倒していた。

どうやらシャドーウルフの魔石を使ったことで、影による特殊攻撃が使えるみたいだ。

魔石を回収して外に出ようとしたところで、

「ねえ、せっかくだしここにもう少しいない？」

とルリカが提案してきた。

理由を尋ねたら、ここなら人の目を気にしないで、ゴーレム――影狼を動かせるからとのことだ。

確かにそれは一理ある。

ボス部屋挑戦にあたり、今回も混んでいるかと思ったが待っている人は誰一人いなかったし、戦闘時間もそれほどかかっていないからすぐに出なくても大丈夫だろう。

「そうだな。少し動きを確認しておくか」

俺も興味があるしね。

ということで影狼《かげろう》に相手を傷付けることを禁止する命令を出して、ミアとクリス以外参加の模擬戦が始まった。

影狼は四人を相手に善戦したが、さすがに俺たちの方が強かった。何回か繰り返すうちに、影を使った攻撃で翻弄される場面はあったが、経験の差が出た。

「強い。期待出来る」

「そうさ。影を使ったコンビネーションは良かったさ」

「そうね。緩急を付けた攻撃は脅威ね。私たちにはなかなか出来ない動きだし」

と三人が褒めながら頭を撫《な》でたりしたら、それを見たシエルが嫉妬した。ちなみに撫でられた影狼は無反応だったけど。

シエルは三人の……ヒカリとセラの周りを飛び回り、構ってと耳を振っていた。

ヒカリとセラが撫でてくれたら落ち着いたようだけど。ゴーレムに何かライバルを見るような視線を向けていたのを、俺は確かに見た。

ちなみに出た宝箱からは帰還石が手に入った。

◇◇◇

久しぶりに学園の図書館を訪れた俺は、先日ヨシュアたちとダンジョンの中で会ったことをセリスに話していた。

「ふ〜ん、そんなことがね〜」

「ま〜、その辺りは自分たちで解決する問題だからね〜。そもそも学園の生徒が在学中にダンジョンを攻略出来た最高記録は〜、【守護の剣】に入ったアッシュ君たちが破る前は〜、確か二二階だったはずよ〜。それを考えれば〜、彼らの歳《とし》で一七階まで攻略出来たのは凄《すご》いことなのよ〜」

アッシュとレイラたちの記録が目立つため、そのぐらいは簡単、攻略出来て当たり前という認識が広がっているのかもとセリスは説明してくれた。

「一度〜、学長の方に私から伝えておきますね〜」

「それともう一つの相談なんだけど」

俺はゴーレムコアを作ったことを話し、ダンジョンで使用しても大丈夫かを尋ねた。

正確には使用した時に目撃された場合どうすればいいかという方が正しい。一応言い訳としてボスの宝箱から手に入ったということにしようと考えていると話した。

「ダンジョンの宝箱からは色々なモノが出るからね〜、聞かれたらそう答えればいいかな〜。ただ悪い人はいるから気を付けてね〜。近頃は外から来る人が増えたから〜、学園の生徒とのトラブルの報告もあるみたいだし～」

確かに暗黙の了解となっている「学園の生徒へのちょっかい禁止」も、外から来た冒険者たちは知らない人が多いかもしれない。

「それはそうと～、クリスちゃんは今セクトの首飾りをしてくれていますか～？」

「は、はい。変じゃないでしょうか？」

「ん～、ばっちりよ～。ソラ君もそう思いますよね～？」

「ああ。変化《へんげ》の魔法を使ってないとは思えないほど、いつも通りの姿だよ」

現在クリスはセクトの首飾りをしている。

これは使った人のイメージを相手に見せることが出来、また使って分かったのだが、変化を解いた時に放出されたクリスの魔力を抑えてくれる効果もあった。

もっとも魔力の流れを感じられない人にとっては、なくても関係ないが、敏感な者は少数だが確かに存在する。

実際セリスがクリスの存在を知り得たのは、それを感じ取ったからだし。

「う～、自分では分からないから不安なんですよ」

クリスが言うには、鏡に映った自分を見た時は銀色の瞳に銀色の髪で、耳も尖《とが》っていたという。

どうやら首飾りの効果は、あくまで第三者にそう見せる効果があるみたいだ。

実際に俺たちが鏡に映ったクリスを見た時は、普通に金色の瞳に金色の髪で、耳も丸みを帯びた人間と変わらぬ姿だった。

クリスも最初の内はセクトの首飾りをするのを躊躇《ちゅうちょ》していた。

それでもしようと思ったのは、この間の一五階での出来事がやはり大きかったようだ。

変化の魔法を使っていると自分の力を十二分に発揮することが出来ない。それに変化を解いてから間を空けずに強力な魔法……精霊魔法を使うと体への負担が大きいことが分かったためだ。

クリスの話を聞いたセリスが言うには、今まであまり精霊魔法を使っていなかったため、まだ慣れていないのではないかということだった。

俺としては変化の魔法も精霊の力を借りているわけだから使っているのではないかと思ったが、変化と攻撃とでは質が違うとのことだ。

「最初は大規模な魔法ではなくて～、小さな魔法から使って慣れていくのがいいかな～」

「はい、分かりました」

素直に頷くクリスに、セリスは優しい視線を送っていた。

それからしばらくの間、時間を忘れて三人で色々話していたが、ヒカリたちが図書館にやってきたことでそれが終了した。

窓際で日向《ひなた》ぼっこしていたシエルもその気配で目覚め、ご飯を求めてフラフラと飛んできた。不安定なその様子から、まだ寝惚《ねぼ》けていることがよく分かる。

料理を出してその匂いが室内に広がると、クワッと両目を大きく見開いて完全に目覚めたようだけど。

そしてこの図書館での食事を一番楽しみにしているのは、実はルリカだった。

ルリカはセリスからエリアナの瞳を借りて装着すると、美味《おい》しそうに料理を頬張《ほおば》るシエルをウットリとした表情で眺めている。

初めてルリカがシエルの姿を見た時は、それはもう大変だった。その日一日は授業にも出ずに、図書館でシエルのことをずっと眺めて過ごしていたくらいだ。その横顔は頬が緩みっぱなしでだらしなかったのでよく覚えている。

その後何度も何度もシエルと触れ合えて狡《ずる》いと言われ、最後には私も奴隷になるなんて暴論を吐くほどだった。

まさかルリカがここまで可愛《かわい》いもの好きだったとは……ちょっと想像出来ませんでした、はい。

俺が材料さえあればエリアナの瞳を作れることを説明すると、胸倉を掴《つか》まれて何の材料が必要か聞かれた。その迫力にちょっと腰が引けたのは内緒だ。

いや、だって目の本気度がかなり怖かったし。

だからルリカは、密《ひそ》かにダンジョン攻略に燃えている一人だったりする。

「ほら、ルリカちゃん。また零《こぼ》しているよ」

クリスがいつものように注意するが、ルリカは気のない返事をするばかりで聞こえているようには思えない。

まあ、俺としてはエリアナの瞳のはっきりとした効果が分かって嬉《うれ》しい限りだけど。

その後いつものようにエリアナの瞳を返すのを渋るルリカを説得し、俺たちは図書館を後にした。

ルリカを慰めながら階段を下りていると、ヨシュアと会った。

挨拶をして前にもこんなことがあったな、と思って別れようとしたら、ヨシュアに呼び止められた。

「ソラ、一つ頼みたいことがあるんですが……少しいいかな?」

俺だけでいいかと思ったら、ヒカリたちにも同席してもらいたいということだった。

ヨシュアの話は、今度俺たちがダンジョン攻略に行く時に同行させてほしいということだった。

「別にそれはいいけど。次に俺たちが行くのは一八階だし、タイガーウルフが相手だと俺たちもどうなるか分からないけどいいのか？　あと冒険者の人たちも一緒だけど大丈夫か？」

そもそもタイガーウルフを倒すのは難しい。討伐依頼も冒険者ランクがCから受注可能だが、基本単体のパーティーでは戦わないという話だったような気がする。聞いたのは一年以上前のことだから、もううろ覚えだけど。

それなりにレベルも上がっているしサイフォンたちもいるから大丈夫だとは思うが、俺には良いイメージがない相手なんだよな。

「うん、それでも構わない。それに以前ダンジョンで一緒した人たちだよね？　あの人たちだったら大丈夫だよ。それともしソラから見て僕たちが足手まといになるようなら、言ってくれればいいから」

ヨシュアから詳しい話を聞いたら、どうやら一緒に行くのはヨシュアたちパーティーの六人だけのようだ。

「他の人たちは？」

「ああ、実は喧嘩《けんか》して……」

ヨシュアはバツが悪そうに、今後のダンジョン探索について話し合っていたら言い合いになってしまい、合同探索チームは解散したそうだ。

話しぶりから後悔している様子もうかがえたが……まあ、冷却期間は必要なのかもしれない。

合同探索チームは四つのパーティーからなっていたようで、どうやらどのパーティーも今まで順調に攻略出来ていたのに、ここに来て何度も探索に失敗していたようだ。それで自信をなくしたり、やる気をなくしたりと色々あったらしい。

ヨシュアたちも悩んだ末、一度同年代の俺たちの戦いぶりを、今度はしっかりその目で確認したいということになったそうだ。

「それじゃ明日ダンジョン探索の話し合いをして、それからいつダンジョンに挑むか決めることにしよう」

ヨシュアたちとのダンジョン探索は、結論から言うと問題なく進み二〇階まで到達することが出来た。

最初タイガーウルフを見た時は、ヨシュアたち同様俺も緊張したが、

「タイガーウルフなんて敵じゃないさ」

というセラの自信に満ちた頼もしい言葉で落ち着けた。

「俺たちに任せておきな」

というサイフォンの自信に満ちた言葉があったのも大きい。

ヨシュアたちにとっては、そっちの方が安心出来たようだ。

基本的な戦い方は盾を持つ俺とガイツが足止めをして、その間に攻撃陣がタイガーウルフを倒すといった堅実な戦い方をした。タイガーウルフは不利と見ると撤退しようとしたが、そこは挑発を使うことで逃がさなかった。

一緒に行動して気付いたことだが、ヨシュアたちの武器ではタイガーウルフへの攻撃の通りが悪いことが分かった。

俺たちのミスリルの剣と比べればその差があるのは仕方ないが、これではタイガーウルフに苦戦するのは仕方ないと思った。学園から制服は支給されるが、武器は自前みたいだし。

それと話を聞けば、盾を使って攻撃を止める盾役が機能していないことも分かった。

そもそも学園の生徒で盾を扱う生徒自体が稀《まれ》だという話だ。模擬戦でも盾を使っていた生徒は……一人ぐらいいたか？　あくまで俺が参加した時に限ってのことだけど。

進むにつれ魔物が強くなってきて、急遽《きゆうきよ》盾役になる生徒が多いため経験が足りないようだ。

魔法が効けば倒すことは可能だったかもしれないが、残念ながらタイガーウルフは素早いため当てるのが難しい魔物だった。勘も妙にいいし。

休憩中、ヨシュアたちは緊張しながらもサイフォンたちと積極的に話していた。主に質問が多いようだったが、その問い掛けにサイフォンたちが丁寧に答えていた。

それもあって二〇階に到達する頃には、だいぶ打ち解けているようだった。

「それでボス部屋はどうする？　このまま行くか？」

「やめておきます。自分たちの力で来られるようになったら、改めて挑戦したいと思います」

ヨシュアの言葉に、彼らのパーティーメンバーも力強く頷《うなず》いていた。

こうしてヨシュアたちとのダンジョン探索は終了し、その後ヨシュアたちは喧嘩別れしていた他パーティーの生徒たちとよく話し合い、探索を再開するとの話を聞いた。

まずは資金集めのために、お金になる階を中心に活動するとのことだった。

俺は二〇階のボス部屋の前に立ち、目の前の扉を眺める。

扉の形状は一〇階と同じで、突起物の上にはレリーフのようなものがある。

鑑定すればやはり魔物の名前と数字が表示された。

【☆コボルトキング　1・コボルトジェネラル　2・コボルトガード　14・コボルトアーチャー　10・コボルトファイター　20】

一〇階のボス部屋を何度か訪れたが、その都度出る魔物の数が変化していた。出る魔物がレリーフに表示された数と一致したのも確認している。

「それが本当なら大発見じゃないの？」

「確かに四〇階のボス部屋に出る魔物が事前に分かるのは助かるよな」

ルリカの言葉に俺はそう答えた。

三〇階までのボス部屋なら、資料で過去に何の魔物が出たかは確認出来る。

ただ四〇階のボス部屋はまだ誰も挑んだことがないから、事前に魔物の種類や数が分かるのは本当に助かる。出る魔物が分かればそのための対策が出来るからだ。

「それじゃ行くぞ」

俺はレリーフで確認出来た魔物とその数を伝え、ボス部屋へと入場した。

二〇階のボス部屋は、荒野の広がるＭＡＰになっていた。踏み締めた地面は赤土で、風が吹くと砂埃《すなぼこり》が舞いそうだ。あとは視界に入る木々は枯れていて、小ぶりの岩石がゴロゴロしているのも見える。歩くのに支障はないが、魔物との戦いでは邪魔になることがあるかもしれない。

ゴーレム影狼《かげろう》を召喚して戦う準備を整えていると、

「それは何だ？」

とサイフォンに言われた。

サイフォンたちの視線は、影狼に注がれている。当然の反応だ。ヒカリ、頭を撫《な》でるとシエルが嫉妬するからほどほどに。それからそれはペットじゃないから。

「これはゴーレムだよ。ボス部屋の宝箱からゴーレムコアが手に入ったんだ」

あらかじめ決めておいた設定でサイフォンの疑問に答えた。

セリスの言った通り、戸惑いながらもサイフォンたちは納得してくれたようだ。いや、それが本当かどうか確かめる方法がないから、納得せざるを得なかったというのが正しい表現かもしれない。

本当は俺が作ったんだ！　とサイフォンたちには正直に話そうか悩んだが、今回は見送ることにした。

魔物たちとの戦いは、一〇階とは違い時間がかかった。

その原因はコボルトガードの存在だろう。ガードの使う盾は魔法の盾らしくこちらの攻撃を巧みに防いだ。

しかもジェネラルの指揮によって統制がとれていたため、なかなかその守備を突破することが出来なかったのだ。崩せたと思ったらすかさず別の個体がカバーに入って立て直すし、接近しようとするとアーチャーによる牽制《けんせい》が入ったりした。

「訓練された兵士と戦っているようだったわね」

「あ、ヒカリちゃん血が出ているじゃない。治療するからこっちに来て」

ルリカがセラと戦い方について意見を交わし合い、ミアはヒカリの治療をしている。

「大丈夫かクリス？」

そしてクリスはちょっとお疲れのようだ。

連続して精霊魔法を使っただけでなく、通常の魔法も結構な数を放っていた。

かくいう俺も一度の戦闘でこれ程魔法を使ったのは、聖王国のスタンピード以来だ。

「連携する魔物もそうだが、やはり道具持ちの魔物は脅威だな。その点は対人戦と似ているかもしれないな」

サイフォンの言葉に、確かにと俺は思った。

実際コボルトガードは動きだけでなく、使っていたのが魔法の盾だった。この先もそういう魔物が増えてくるかもしれないいな。

「それで今回は何が出たんだ？」

宝箱から回収したものは、帰還石とお金だった。

帰還石はいざという時のためにいくつあっても困らないから助かる。

ただ勿体《もったい》なくて使うのに躊躇《ちゅうちょ》しそうなんだよな。使いどころが難しい。

二一階からはアンデッドが出てくる。フレッドと一緒に探索をしていた時に、お金にならないから不人気な階だと聞いたことがあった。

アンデッドの魔物から獲れる素材はないため、売れるのは魔石のみ。魔石は最弱のスケルトンでも質がいいから高値で取引されている。

ただしその魔石を確保するのが大変らしい。

アンデッドの倒し方は二通りあって、一つは魔石の破壊で、もう一つは聖属性による攻撃だ。

この聖属性の攻撃とは神聖魔法か光魔法による攻撃のことで、他には神聖魔法の一つである祝福や聖水で武器に聖属性を付与するか、銀の武器による直接攻撃になる。

そもそも神聖魔法や光魔法を使える者が少ないため、魔石を手に入れるためには聖水や銀の武器で倒すことになる。ぶっちゃけお金がかかるし、魔石を入手出来ても赤字になることが多い。銀の武器は高いうえ、壊れやすいみたいなので、対アンデッド用のいざという時の切り札的な武器なようだ。

他にも二一階からは今までの階と大きく違うところがある。

それはこれまでの迷宮の中は常に明るかったのが、逆に暗く……闇に包まれているというところだ。

そのためこの階からは暗視効果のある魔道具が必須になる。

あとは気配察知では索敵できない魔物が出てきたというところだ。特にアンデッドは魔力察知でないと分からない。

そのためヒカリやルリカ、オルガは戸惑っていた。

逆にミアは何となくだが魔物のいる方向が分かるようだった。

それともう一つ、俺はこの階から新しく覚えたスキルを使い始めた。前々から目をつけていた例のやつだ。

NEW
【隠密Lv1】

これは気配遮断の上位スキルだ。簡単に言うと気配遮断は自分に効果があるが、隠密は他の人に効果のあるスキルだ。使用者……ここだと俺から離れ過ぎると効果はなくなるけど、スキルのレベルが上がれば効果範囲も広がっていくようだ。

今後のダンジョン探索に役立ってくれそうだし、早めにスキルレベルを上げておきたい。

「それじゃミア、負担が大きくなると思うけど頼んだぞ」

「うん、任せて」

今日のミアは気合十分だ。

二一階から二九階は基本アンデッドが出る。例外は二五階と三〇階のボス部屋になるが、神聖魔法か光魔法を使える者がいないとあまり稼げなかったりする。

ただ俺たちにはミアがいる。この日のため……というか暇さえあればミアはずっと聖水を作ってくれていた。聖水の作り方は水に神聖魔法の祝福を使うことで作製が可能らしい。

ただそこには成功率があるようで、一回の祝福で必ず作れるとは限らないそうだ。

ちなみに神聖魔法研究会の人たちは、学費やお小遣いのために時間がある時に作っていると、ミアに教えてもらった。

ここからの攻略では、基本的にミアの祝福で武器に聖属性を付与してもらって戦うことになる。

ただし祝福や聖水による聖属性付与は、時間制限があるため常に維持するのは難しい。

本来なら魔物と連続で戦う時に使うのが最適解だが、魔物が何処《どこ》にいるか分からないから使いどころが難しい。が、俺にはＭＡＰがあるから、魔物が集まっている時にだけ使ってもらうことは可能だ。

そんなに稼げないなら無理に進む必要はないじゃないかとなるが、二五階は間違いなく稼げる狩り場だから、皆そこを目指すのだ。

俺はふと二一階に来る前に学園の図書館でクリスとセリスで話したことを思い出した。

それは光魔法についてだ。

属性魔法の中でも光魔法を使える人は少ない。が、全くいないわけではない。

実際シャドーウルフと戦った人の中にも光魔法を使える冒険者はいた。

あとは俺の勝手なイメージだが、神聖魔法のホーリーアローも光魔法のライトアローも効果は同じではないかと思っていた。聖属性と光属性の違いが分からなかったのだ。

二人の説明によると、神聖魔法は回復魔法と補助魔法がメインで、攻撃系の魔法は種類が少ないそうだ。主にアンデッドなどの不死系特化で、闇属性の魔物には光魔法ほど効果がない。

光魔法は攻撃系の魔法が多いようで、その威力は群を抜いているそうだ。特に闇属性と不死属性の魔物には良く効くそうだが、実戦レベルで使いこなすのが普通の魔法と比べて難しいのもあり、光魔法をメインにした使い手は少ないとのこと。

そこでふと思ったのが、以前五階で戦ったシャドーウルフのことだ。奴《やつ》は影によるスキルを使って攻撃してきたわけだが、セリスに聞いたら闇属性に該当することが分かった。

なら光属性が弱点になるから、俺やミアよりも光魔法が使える人たちを先に狙わないとおかしいと思ったが、

「あ〜、たぶん実戦レベルで使える人がいなかったんじゃないかな〜。光魔法特化の使い手じゃないと〜、別の魔法をメインに使いがちになりますからね〜」

とのことだ。

だから脅威となりうる俺とミアが先に狙われたんじゃないかと言った。

「あと〜、光魔法は連続して使うことが出来ないような話を聞いたことがあるのですが〜、もしかしたら魔法を使うのに必要な魔力が多いのかもしれませんね〜」

とセリスは光魔法について語った。

この時セリスは、自分が光魔法を使えないことを凄《すご》く悔しそうにしていた。

……俺のスキル習得リストに光魔法がないのはそれが理由なのだろうか？

もともと神聖魔法もなかったからね、習得リストの中に。俺が今神聖魔法を使えるのは、シエル

と契約をしてからだったし。


「ミア、そろそろ祝福を使ってもらっていいか？」

俺はMAPを見ながらミアに頼んだ。

もちろんそこはミアの魔力の残量と相談しながらだ。

とはいえ、基本魔物を避けながら最短ルートで階段を目指していく。

「今日はこの辺りで休むとしよう」

俺の言葉に影狼はお座りをして待機する。その上にはシエルがいるが、まるで騎乗しているように見える。本人もなんかご満悦だ。

「それじゃ使うね」

野営の準備を始めると、ミアが神聖魔法の聖域を使用した。

聖域は指定した場所を中心に光のフィールドを展開する魔法で、アイテムの魔物除《よ》けと同じような効果がある。特にアンデッドには効果的で、逆に通常の魔物に対しては効果が少し下がる。

「それじゃ料理をするけど、何か要望はあるか？」

リクエストを聞いて料理を開始する。ステーキとトマトスープを作った。

「やっぱダンジョンで温かい料理とか……これに慣れるとあとが怖いんだよな」

サイフォンの言葉にゴブリンの嘆きの面々が深く頷《うなず》いている。

「？　皆さんは自分たちで料理しないんですか？」

ミアの問い掛けに、料理を食べていたサイフォンたちの手が止まった。

「あ、ああ。駆け出しの頃は節約のため料理をしようと思ってたんだがな……」

サイフォンの話では、過去に自分たちで料理をしようとしたことがあったそうだが、結局美味《うま》く作れず保存食の方がましだという結論に達したとのことだ。特にユーノは色々なことに興味を持っていた頃だったから、一番熱を入れて取り組んでいたみたいだ。

「ならこの機会に一緒にどうですか？　料理の上手なソラたちもいるし、最初殆《ほとん》ど料理が出来なかった私でも教わったら出来るようになりましたよ」

ミアのその一言に興味を示す者がいた。ユーノだ。

その日を境に、ユーノはミアたちに交じって料理をするようになった。

まずはスープ作りから練習しているようで、具材を減らして簡単なものから作っている。野菜をカットする手付きが怪しくサイフォンは心配そうに見ていたが、特に怪我《けが》をすることなくやっていけているようだ。

料理は最初の頃は味付けに失敗したり、カットした野菜の大きさが不揃《ふぞろ》いなせいで火の通りが悪かったのか、ちょっと固さの残るものが入っていたりしたが、それも日に日に改善されていった。

スープだけを集中して作っていたのが良かったのか、ミアたちの教え方が良かったのか、それともユーノの努力が実《みの》ったのかは分からないが、ほどなくしてその成果は現れた。

「う、美味い!?」

最終的にサイフォンの口からそんな言葉が出るに至ったほどだ。

それを聞いたユーノは心底嬉しそうで、まるで子供のようにはしゃいでいた。

その姿を見ていたサイフォンの口元には笑みが浮かんでいた。

その一件以来、女性陣の結束力と言うか、急激に仲が良くなった気がする。

ユーノは年が離れていたこともあって、少し一歩引いている感じだったけど、最近ではミアたちと楽しく話す姿をよく見掛けるようになった。

「ありがとな、ソラ。久しぶりだ。あんなに嬉しそうなユーノの奴を見たのは」

野営の見張り当番が重なった時、サイフォンからお礼を言われた。

「俺は大したことしてないよ。お礼ならミアたちに言ってくれよ」

事実、俺が手伝ったのは最初の一、二回程度で、あとはミアたちがユーノに料理を教えていた。

「馬鹿野郎。嬢ちゃんたちに直接言うのは、その……恥ずかしいんだよ」

なんてサイフォンは言って、それから少しだけ話をした。

ユーノが料理に興味を持っていたのは、薄々は感じていたそうだ。

ただ駆け出しの頃に料理のために散財し、装備品や消耗品を買えなくなって苦労した思い出があったため、生活に余裕が出来た今でもなかなか料理をしたいとは言えずにいたんじゃないかとサイフォンは言った。

あくまでそれはサイフォンの推察に過ぎないが、それでも美味しいの一言を聞いて嬉しそうに笑ったユーノを見て、そうじゃないかと思ったそうだ。


ダンジョンに入って一〇日目。二五階に下りる階段を発見した。

一階進むごとにダンジョンが広くなっていくことを考えると、かなりのハイペースだと思う。

うち二つの階で階段までの距離が近かったというのも早く進めた理由ではある。あれだと遠い場所にあると思って進んだ人は、逆に時間を取られて苦労しただろう。

これがあるからダンジョンは怖いんだよな。ＭＡＰには本当に感謝だ。

あとは魔物との戦闘を極力避けたというのも大きかった。仮に遭遇しても遠距離から即倒すことも多かったし。

二一階はスケルトンと、稀《まれ》にスケルトンナイトが。二二階はゾンビウルフとダークウルフが。二三階はグールにレブンナイトが。二四階がゴブリンゾンビにダークゴブリンが出たわけだが、二二階以降に出るゾンビ系の魔物は腐敗臭がきついため、あまり接近戦をしたくなかったのだ。

一応臭いを抑える薬はあるが、密閉されたダンジョンだから臭いが籠もる。

その辺りは料理で出る煙みたいに、籠もることなく消えてくれてもいいいんじゃないかと思ったほどだ。

なんか悪意を感じる仕様だ。

そのため、食事をする時は風の魔法で周囲の臭いを飛ばしていたわけだけど、それを常時やっていると魔力が足りなくなる。魔物と遭遇したら魔法を使いたかったから。

そういう事情があって、先を急いだ結果、二五階に早く到着出来たのだ。

あと一つだけ気になることがあったのは、アンデッドの習性だ。

神聖魔法の使い手だと分かるのか、ミアや俺をよく狙ってきたような気がする。あとはクリスとユーノも他の人たちに比べると狙われやすかったかな？　誰かが相手をするまで前衛を無視して後衛の方に向かってくることが多かった。

この辺りは資料には載ってなかったし、戻ったらセリスに質問してみるのがいいかな？

◇◇◇

「う～、また来ます～」

情けない声を上げて図書館から退出して行くのはルリカだ。

現在ルリカがシエルと戯れることが出来るのはここだけだから仕方ないのか？

普段の活発的な様子は見る影もなく、肩を落としてトボトボと歩いている。

「シエルは可愛《かわい》いから仕方ない」

「だよね。だよね」

ヒカリの言葉にルリカが反応する。

言われている当のシエルは、満更でない様子でルリカの頭の上に乗っている。

当人がこのことを知れば悶絶《もんぜつ》しそうだが、残念ながら見えていない。

「けど影もいい子。乗り心地最高だった」

ゴーレムの影狼《かげろう》は影といつしか呼ばれるようになっていた。ヒカリ命名。

ちなみに乗り心地が最高というのは、シエルが影に乗っている姿を見たヒカリが興味を持って騎乗したところ、大層気に入ったみたいだ。

最初は座り心地が悪かったらしいが、回数を重ねるうちにヒカリが乗る時はその部分を柔らかく調整するようになったようだ。何か無駄なところで学習能力が発揮されているような気がする。

あとはアンデッドの習性についてもセリスに聞いてみた。どうもアンデッドに関してはセリスも自信がないようだったが、昔ダンジョンに行っていた時に、魔法使いがよく狙われたような気がすると言っていた。

スケルトンとか目がないし、もしかして魔力に反応していたのかもしれない。

ワイワイと少し騒がしく階段を下りていったら、二度あることは三度あるといった感じでヨシュアとばったり出会った。

「あ、ソラじゃないですか。今日はダンジョンの方は休みですか?」

「ああ、次の探索の準備期間だから図書館に調べ物をしに来たんだ」

学園に来た理由の半分以上はルリカのシエルに会いたい欲求が含まれていたりするけど。

「それより何かいいことでもあったのか?」

「急にどうしたんですか?」

「ああ、前会った時よりも表情がすっきりしているからさ」

最後に会ったのは一緒に二〇階まで行った時だ。その後元々組んでいた面々でまた探索を開始したことを風の噂《うわさ》で聞いていたが、今は思い詰めた感じがなくなり晴れやかな表情を浮かべていた。

それは冒険者ギルドで初めて会った時の、【守護の剣】を見て興奮して目を輝かせていたあの時の表情に似ていた。

「実はあれから皆で話し合って、装備をしっかり揃えながら少しずつ前に進もうって目標を立てたんです。それで近頃お金は五階で稼いで、鍛練は一五階から一七階を主に回っているんです。知っていましたかソラ。五階でノブルの実ってのが採れるんですがこれが凄くお金になるんですよ。しかも一度自分たちで採ったのを食べたんですが、美味《おい》しかったんですよ」

ヨシュアは如何《いか》にノブルの実が美味しかったかを力説し、それを見たミアたちがちょっと可笑《おか》しそうに笑っていた。

ついでに薬草も採ってきて、学園に売ったお金でポーションを買っているそうだ。

ポーション代の出費が減ったから、このまま貯金を続ければ武器も新調出来そうとのことだ。

他にもノブルの実に似たドロスの実を食べて口の中が酷《ひど》いことになったが、味気なかった保存食が美味しく食べられたとか。だからといって二度とドロスの実は食べたくないとも言っていた。

あとは同じようにノブルの実を採りに来た冒険者と顔見知りになって仲良くなったとも話していた。

ダンジョン内の資源の復活速度は、変遷が起こった時以外は今のところ謎なため、お互いに情報を共有しているそうだ。主にどの辺りのノブルの実を採ったかや、薬草の群生地の場所、または魔物の目撃情報等々。

ただその時注意している点もあると言う。

「なるべく昔からこの町で冒険者をしている人たちと仲良くなっているんです。サイフォンさんたちみたいないい人もいるのは分かってはいるんですが、流れてきた冒険者の悪い噂も聞いたりするものだから」

新しく町に来た冒険者のなかには、学園の生徒だと分かると侮るような態度を取る人もいるみたいでそういう人は避けているそうだ。

実際学園の生徒の中には、近頃絡まれた者もいるみたいで、注意喚起されているようだ。

「それじゃソラ、またいつか一緒に冒険しましょう！」

最後にそう言って、ヨシュアは校舎の中に消えていった。

◇◇◇

通称眠れぬ湖。それが二五階を訪れた冒険者たちによって付けられた名称だ。

ここは五階や一五階と同様、昼と夜が切り替わる。

階段を下りるとそこは既に森の中だった。

ちょうど目の前に人が通ることが出来る獣道があり、まずはそこを進んでいくしかない。枝葉が空を覆っているからまるでトンネルの中を通っているようだった。

木々に囲まれたそこを道なりに進めば視界が開けて、やがて大きな湖が現れた。

湖の先は地平線の彼方《かなた》に消えて何処《どこ》まで続いているのか端が見えない。幅も正確な広さは分からないが、少なくとも一〇〇メートル以上はありそうだ。奥に行くほどもう少し広がっているようにも見える。

日の光を受けて湖面がキラキラと反射しているが魚でもいるのだろうか？　そういえばこの世界に来て、まだ魚料理を食べた記憶がないことにふと気付いた。

一度気付くと恋しくなるのは何故なんだろうな。なんかまた世界を巡る理由が増えたような気がして思わず苦笑が漏れた。思考が食べ物に支配されるなんて、まるでシエルみたいだ。

そんなことを思ったからだろうか、なんかシエルが不満そうな顔で俺を見てきた。

視線を動かせば、湖畔には僅《わず》かばかりの草地があるだけで、一〇メートルと離れていない場所に湖を囲うように森が広がっている。

この階には森の中にオークの集落があるようで、基本的に昼間はオークが出る。その中には上位種も交じっていて、過去オークロードがこの階に現れたことがあったそうだ。

ただこの階の一番の特徴は、昼と夜で出る魔物が変わること。夜間はオークゾンビと、スケルトン、スケルトンナイトが出る。特にオークゾンビは、昼間にオークを倒すほど数が増えると資料には書いてあった。

また昼夜問わず出る魔物もいて、それは湖に住むフロッグマンだ。

森の中に基本入ることはないが、森の中を避けて湖畔を歩いて進むと襲われる。

体の表面がぬるぬるしていて攻撃が効きにくく、オークよりも強い。距離を取ると何処まで伸びるか分からない舌を伸ばして攻撃してくる厄介な魔物らしい。あとは水を吐き出して攻撃してくるんだったかな？

俺はここまで考えてＭＡＰを呼び出していないことに気付いた。

いつもなら階に足を踏み入れた時点でやっていたのに、入った瞬間森の中だったのもあり忘れていた。

俺はＭＡＰを呼び出すと、範囲を広げて気配察知と魔力察知の両方を使って確認した。

そこには多くの反応が表示された。

それは魔物だけでなく人の数も多い。もしかしたらマジョリカのダンジョンに入って初めてかもしれない。これだけ多くの人の反応を同一階で見たのは。

また二五階のＭＡＰは少し特殊な構造というか、全体の形がラグビーボールのような楕円《だえん》形になっている。ちょうど尖《とが》っている先端の位置にそれぞれ階段があって、中心に行くほど横に広がっている。

「それでどっちから行くんだ？」

サイフォンが俺に尋ねてきた。

「どっちに行っても人はいるかな。避けて通るとすれば森の深いところを通る必要があるかな」

ここの階には、ここを狩り場と定めた多くの冒険者がいる。

なかには【守護の剣】などのクランに所属している者たちもいるそうだ。

そこにはこの階では多くの魔物が出るため戦闘経験が積めるのと、何といっても大量のアンデッドと戦えるからだ。それは聖水を使っても余りあるほどの利益が出るということでもある。

それだけ多くの数の魔物と戦うということは危険《リスク》もあるが、ここで経験を積んでお金を稼ぎ、その先の階を目指すという者が多いのが現実だ。

これから先必要になってくるのは鍛えられた肉体だけでは駄目だ。それに見合う装備がなければ、魔物を打ち倒すことは難しくなっていく。

これはちょうどヨシュアたちの武器では、タイガーウルフを倒すのが難しかったのと似ている。

だからこそ二五階は人気の狩り場になり、ここで活動する冒険者はあとを絶たない。二一階から二四階までの間、なかなかお金を稼げなかったという反動も少なからずあるのかもしれないけど。

「まあ、それは仕方ないな。誰だって階段から近い場所を確保したいだろうからな」

何かあった時に階段に近ければ、そちらに逃げ込むことが可能だから。

それなりに戦力が整っている者たちは、もっと奥に進む。奥に進むほど出る魔物の数が増えるから、奥に行くほど大量の魔石を入手することが出来る。

「それとも一回フロッグマンと戦ってみるか？　湖畔に沿って歩いた方が次の階への階段には早く到着すると思うぞ」


サイフォンの提案に乗り、一度戦ってみることにしたが結局森を進むことになった。

俺たちの戦力ならフロッグマンには負けることはなかったが、とにかく数が多かった。というか何処にそんな数がいたのかといった具合に次から次へと湖から這《は》い出てきた。

ＭＡＰを見たら、近くにいたフロッグマンの殆《ほとん》どが集まってきていた。湖から離れて森の中に入ったら、それ以上追ってくることはなかったけど。

「ひ、酷い目にあった……」

「ああ、これなら素直に森の中を歩いた方がましだな」

ルリカの言葉にサイフォンも呼吸を乱しながら答えていた。

フロッグマンと戦うことを提案したサイフォンは、ユーノに怒られていた。

何故《なぜ》ここが眠れぬ森と言われずに眠れぬ湖なんて名前が付いたのか、その理由がちょっと分かったかもしれない。

「とりあえず他の人たちを避けて移動しよう。夜になったらどう魔物が出るかも調べたいし、それ次第でどう攻略するかを改めて話し合った方がいいと思う」

資料によると、アンデッドは近くに生者がいるとそちらに引き寄せられるらしいが、いない場合はある地点を目指して移動するとあった。

それが二六階へ下りるための階段のある場所。すなわち階段に近付けば近付くほど、アンデッドと戦う機会が増える、というかアンデッドの壁を抜けないと階段には辿《たど》り着《つ》けない。

もちろん昼間のうちに突破するという方法もあるが、階段近くにはオークの集落も多くある。

そしてその特性を知っているからこそ、冒険者たちは二五階側の入り口近くを狩り場にしている。

一番階段から離れている人たちでも、MAPで見ると半分よりもこちら側にいる。

ただ一つだけ、二五階には不思議な安全地帯があるらしい。

それが出口……二六階への階段近くにあるという浮島だ。

浮島には桟橋から渡れて、そこには場違いな一体の石像が立っているとのことだ。


二日目。

森は木々が生い茂り、何重にも重なった枝葉によって日の光が遮られている。

その割には一本一本の木の間隔は人が複数人並んで歩いても余裕があるほど離れている。一本の木自体が大きいのだ。

昼はオークの集落と集落の間を縫うように進み、夜もある程度距離を稼いでからミアの聖域を使って休むことにした。

聖域はここでもある程度は有効だが、完全に魔物との戦闘を回避することは出来なかった。数が多過ぎるのと、スケルトンの上位種にあたるスケルトンナイトには効果が薄かったからだ。

スケルトンナイトは二一階にも出るみたいだが、稀《まれ》にしか出ないので遭遇することは結局なかったのだ。

「オークは集落ごとに縄張りがあるような感じね。互いに干渉しないというか、警戒してるような動きだったわね」

「うん、仲が悪そう」

「だから縄張りの重なりそうな場所を進もうって言ってきたのか？」

俺の言葉にルリカとヒカリの二人が頷《うなず》いた。

魔物は種によって敵対することがあることは知っていたが、まさか同種でも争いがあるとは知らなかった。これはダンジョンならではの現象かもしれないけど。


三日目。

遠くで冒険者とオークが戦っている戦闘音が聞こえてきた。

今はMAPでいうとだいたい全体の三分の一を進んだあたりにいるが、この周辺で狩りを行っている人たちは、一つの集団の人数が五〇人を超えている。

ボス部屋には確か一度に入れる人数が三〇人と決まっているが、ここではその制約がないからだろう。

表示された反応を見ると集団を三つに分けている感じだ。狩りに行く人、野営地を守る人、休む人といったところだろうか？

俺たちもそろそろどちらの時間帯を主軸に活動するかを決めた方が良さそうだ。

ただでさえ人数が少ないから、休める時間が少ないのが悩みの種だ。俺は移動中の負担がないから、皆と比べると疲労度は少ないんだけど。歩いている間は全く疲れないからね。

二五階に向かう際、学園か冒険者ギルドで二六階を目指す仲間を募集する話も出たが、最終的にそれはやめた。

即席パーティーだと、背中を預けるのが難しいと思ったのが一番の理由だ。

「ここは私たちにとっては相性最悪ね」

「はい、こうも木が密集していると火魔法は使えませんし、風魔法も枝葉が邪魔して威力が半減してしまいます」

魔物との戦闘にあまり参加出来ないため、ユーノとクリスが率先して料理を手伝ってくれている。

「けどソラ君は休まなくていいの？　私たちと違ってさっきもオークとの戦闘に参加していたけど」

「俺は大丈夫ですよ。戦ったっていってても前線にいたわけじゃないから。それに料理をするのはいい気分転換になるからね」

「ふ～ん、そうなんだ」

そこで俺とクリスを見比べて納得されると困るんですが？

クリスもクリスでユーノの視線を受けてちょっと頬《ほお》を赤らめている。

「ふふ、人気者は大変ね」

ユーノは楽しそうに笑いながら言ったが、それってどういう意味ですか？


四日目。

ＭＡＰを確認するとちょうど半分ぐらい進んだことが分かった。

ここから先には冒険者の反応がないから、魔物との戦闘回数は増えることになりそうだ。

「それじゃ夜まで皆で休む感じか？」

「オークたちが来ないように罠《わな》も仕掛けたし、この中だったら強襲されても時間は稼げると思う」

四つの集落に囲まれた中心地点に、俺は土魔法を使って家を建てた。

魔物が家に近寄ったら分かるように、家の周りには鳴子を仕掛け、足止め用の落とし穴の罠も作った。

その作業はヒカリとルリカ、オルガにも手伝ってもらった。

さすがに家を魔法で建てた時は驚かれたが、ミアたちが特に騒がないのを見てこれが別段驚くようなことではないのだと悟ったようだ。

俺はミアたちが作ってくれたスープを受け取り食事を済ませると、夜に向けて休んだ。

家には偽装スキルがあるし、皆の気配は隠密を使って消してある。しっかり結界術のシールドで家を囲うのも忘れない。

影は外で待機して、オークたちが近寄ったら攪乱《かくらん》や別の集落に誘導するように命じてある。

ちなみに現在の影の戦闘能力なら、オーク五体に囲まれても全然問題ないだろう。

『シエルも見張りをしてくれるのか？』

影の背中に乗っているシエルに念話を飛ばすと、キリリとした表情でこちらに振り返り頷いた。

『それじゃ後は頼んだぞ。ただこの森に生《な》っている木の実や果実は毒のあるものが多いから食べるなよ？』

と釘《くぎ》を刺しておいた。

シエルなら食べても死にはしないと思うが……というか、今更ながら精霊の生態をよく知らないことに気付いた。

今度クリスから詳しく教えてもらった方がいいのかもしれない。

その日は夜まで特に騒動が起こることなく、久しぶりに休むことが出来た。


五日目。

朝日が昇ると同時に、スケルトンやオークゾンビが消えた。

鬱蒼《うっそう》と茂った木々の間から僅かに射す光が、まさに希望の光に見えた。

それを見た仲間たちはその場に座り込んだり、寝転がったり、木に寄りかかって休んでいる。

「……ソラは疲れてないのか？」

「もちろん疲れてるよ。ただそれよりも周辺の状況を確認するのが先だろ？」

驚くサイフォンに、俺はＭＡＰで魔物の分布を確認すると答えた。が、たぶんサイフォンたちと比べて俺の疲労度は少ない。一緒に剣を振るってアンデッドと戦いはしたが、結局歩いている時は疲れないし、自然回復向上の効果もあるからだ。

これならサイフォンたちの分もカナルのバックルを作れば良かったと思ったが、生憎《あいにく》と材料が足りなくて人数分作れなかった。ミスリルとスライムの魔石が不足していた。

ミスリルは希少な金属だし、スライムを狩る人も少ない。強くはないんだけど、装備を溶かすから厄介なのだ。

動きが遅いから、遠距離から魔法で倒せない人たちはだいたい戦いを避けようとする。

ただ不思議なことに、スライムによる酸攻撃を受けても人の肌は無傷だったりする。謎だ。

ユーノにはミアを通じて渡してもらった。一応疲労を軽減するアイテムだとは説明してある。

「ここはオークの集落から近いようだから移動しよう。それともいっそ集落を襲撃して全て倒すか？　そうすれば少なくとも夜までは休めるんだよな」

ＭＡＰで確認すると、比較的近い場所に五〇体以上の魔物の反応がある。

ここの階の魔物は、例えば前日に倒しても、翌日の日の出と共に必ず復活する。しかも復活する場所も決まっていて、オークなら自分の住んでいる集落から一日が始まる。

この階においてはそのようなルールのもと時間が動いている。

例外は変遷が起こった時で、変遷が起きると集落の位置が変わるため魔物の出現位置もそれに従って変更される。

「いや、殺《や》るにしても、それはもう少し階段に近付いてからの方がいいだろう。オークを殺した数が多いと、夜に出るアンデッドの数と強さが変わるみたいだしな」

「なら疲れてるところ悪いが移動しよう。今なら集落に集まっているからオークと遭遇する確率は低いだろうし、それにここは少し集落から近過ぎる」

俺は安全地帯まで皆を誘導し、そこで朝食を摂りながら今後どうするかを相談した。

六日目。

「襲撃した集落にオークジェネラルがいるなんて聞いてないよ」

「確かに数が多いし面倒だったさ」

「確かに……アーチャーやメイジもいたしな。けどよ、あのゴーレム強くないか？」

「その通りだ。お陰で俺一人でも耐えることが出来た」

ルリカは剣を鞘《さや》に納めると腕を揉《も》み始め、セラも肩で息をしている。サイフォンは静かに佇《たたず》む影に畏怖《いふ》の目を向けていて、ジェネラルたちの攻撃を一手に引き受けていたガイツも頷いている。

影は単体でゴブリンキングを倒すほどの能力はあるし、影を使った特殊能力も使えるからそれなりに強いことは分かっていた。

それでも今回の戦闘で影は、ガイツが敵の注意を引いていたとはいえ、ジェネラルの指揮する一団を殲滅《せんめつ》していた。

俺たちがオークを減らしている間の出来事だった。

ただ確かに影の活躍は凄《すさ》まじいものだったが、実際は紙一重の攻防だったりする。

それはもう少し戦いが長引いていたら影の魔力がなくなっていたからだ。特殊能力を使って減った分もあるが、攻撃を受けて再生するのに魔力を消費したのだろう。

見た目無傷に見えるのは、再生が働いているからだ。

俺はひとまず魔力付与で魔力をチャージし直すと、食事の準備を始めた。

匂いに釣られて倒れていた人たちが起き上がってきたから料理を振る舞い、休憩することにした。

MAP上で見る限り、現在俺たちがいる場所は、階段まで歩いてあと半日といった距離だ。

ただその先には進路を塞ぐようにオークの大きな集落が存在する。

階段に近付くにつれ、オークの集落の数は減ったが、規模が大きくなっていった。

今回襲撃した集落も、オークの数は実は一〇〇体を優に超えていた、と思う。

その数を相手に勝利出来たのは、クリスとユーノの魔法のお陰だろう。

皮肉なことに集落が大きくなればなるほど森が広く切り開かれているため、風魔法はよく通るし、火魔法も森への延焼にさえ気を付ければ使うことは十分可能だ。

特にクリスの精霊魔法は圧倒的で、オークの半数近くを一人で倒していたような気がする。

その分狙われやすいという危険はあった。オークたちだって、誰が脅威なのかは戦っていれば分かるのだから。

それを長年の相棒であるルリカが、ただの一体のオークもクリスに近付かせなかったのだ。

「それじゃ夜まで今日は休むとしよう。さすがの俺も、体が悲鳴を上げていてちょい辛《つら》いぜ」

サイフォンの言葉に、皆が同意するように頷く。

さすがにオークが住んでいた家で休む気にはなれず、日当たりの良い場所の地面を土魔法で均《なら》して、シーツを敷いてそこで休むことにした。

長いこと日の光が遮られた森の中で生活していたから、この時ばかりは心地よい日差しの下で休みたいというのが皆の共通する気持ちだったというのもある。

俺は影に周囲の警戒を命じると、皆と同じように横になって目を閉じるのだった。


日が暮れる寸前。俺たちは行動を開始した。

久しぶりにゆっくり休むことが出来たが、皆の疲労は完全に抜け切れていない。弱音を吐くことはないが、注意して見ると動きで分かる。

「噂《うわさ》の安全地帯まで行くんだよね？」

「ああ、日暮れ時だし、もう少しで空白の時間が訪れるからな」

ミアの問い掛けに俺は答えた。

空白の時間とは、昼と夜で魔物が切り替わる時間帯のことを勝手にそう呼んでいる。

実はその切り替わる時だが、僅《わず》かな時間だがオークの動きが鈍くなる。そして、オークの姿が完全に消えてからアンデッドが出現するまでに多少の時間がかかることが分かった。

その間フロッグマンを除いた魔物がこの階から消えるため、その時を利用して移動距離を稼ごうということだ。


「どうやら上手《うま》くいったようだな」

俺は肩で息をしながら、桟橋の向こう側を振り返った。

さすがに走ると体力の消耗が著しいが、それでもステータスやスキルのお陰で長時間走り切ることが出来た。

「しかし本当に魔物が寄り付かないんだな」

サイフォンも桟橋の向こう側を見ながら言った。

桟橋の向こう側には、アンデッドたちが集まっているが、誰も桟橋を渡ろうとしない。

また浮島の周辺にはフロッグマンも集まっていて、水面から少しだけ顔を出してこちらを見ている。ちょっと不気味だ。だがこちらもそれ以上近付いてこない。

いや、一体のフロッグマンが近付いてきて……断末魔の叫び声を上げて消滅した。

「う、あれは夢に見そう」

「う、うん」

「煩《うるさ》かった」

ルリカは耳を両手で押さえ、クリスは顔を青ざめさせた。ヒカリは嫌そうに眉を顰《ひそ》めていた。

それを見たフロッグマンたちは、一体、また一体と浮島から遠ざかっていき、やがて視界から消えた。

それはスケルトンたちにも言えることで、桟橋の手前で動きを止めていたのに森の中へと消えていった。

俺はそれを見て、改めて浮島を……正確には一体の石像を見上げた。

台座を含めて高さは三メートル以上あるのかな？　台座に立つのは女性の像で、華美なドレスのようなものを纏《まと》い、右手に持った錫杖《しやくじよう》はまるで道を指し示すように掲げられているみたいに見えた。

実際その示す先には、ちょうど二六階への階段がある。

「何か悲しいことでもあったのかな？」

「俺には怒っているように見えるが？」

ユーノの言葉に、サイフォンが真逆の言葉で答えている。

実際その石像の顔を見て抱いた感想は、人によって違う。確かダンジョンの資料にも、見る者によって表情が変わる不思議な石像。という一文が書かれていた。

ちなみに俺には、その女性がまるで助けを求めているように見えた。

七日目。

浮島が安全なのは昼も同じか分からなかったが、結論から言うと昼間になっても魔物が近寄ることはなかった。正確には桟橋の手前までオークが現れ、フロッグマンも浮島の周りに集まり出した。

そして昨夜と同じように一体の魔物……今回はオークが桟橋に侵入して断末魔の声を上げて消滅したのを見て、魔物たちは去っていった。

フロッグマン、日が昇ると記憶がリセットされるのか？　それとも今日集まったのは昨夜とは別の個体たちか？

真相は闇の中だが、とにかく安心して休めると分かったことは大きい。

「ここだけ別世界みたいよね」

「うん、綺麗《きれい》だよね」

ミアとクリスが並んで浮島の中心地を眺めている。

そこには綺麗な花々が咲き誇り、その場面だけ切り取って見ればダンジョンであることを忘れてしまいそうになる光景だ。風が吹いて花びらが舞えば、珍しくセラがそれを見て「はう」なんて可愛《かわい》らしい声を漏らしていた。

それを目撃していた俺と目が合えば、頬《ほお》を染めて顔を逸《そ》らしてしまったけど。

俺はそんな場所を避けて火をおこすとスープを作り、あとはヒカリたちの要望を受けて屋台で買った料理をアイテムボックスから取り出した。

ルリカやクリス、サイフォンたちはフリーレン聖王国には行ったことがないということで、その屋台で買った料理を渡したら好評だった。

自分の国の料理が褒められたからか、ミアはちょっと嬉《うれ》しそうにしていた。

「まだ駆け出しだった頃によう、空間魔法を使えるってだけで、高ランク冒険者から勧誘が来るって話を聞いたことがあったんだけどな。その時は嘘《うそ》だろうとか思ったわけだ。だがこんな性能だって知ったら確かに勧誘されるわな」

「サイフォンたちは空間魔法を使える人には会ったことがないのか？」

「……ああ、ないな。あとは使えるけど隠してるってのが多いかもしれないな」

それから今日は色々とお互い旅の話や冒険者としてどんなことをしていたかを話して過ごした。


八日目。

夜中目を覚まして食事を摂ると、二六階への階段を目指し移動を始めた。

前日の日が暮れた時に、またスケルトンたちが浮島に集まったが、一体が犠牲になって消滅したら離れていった。この時フロッグマンは一体も浮島には近付いていなかった。

俺たちは桟橋を渡り、森の中を駆け抜けた。

魔力察知を使えば魔物がこちらに向けて近寄ってきているのが分かる。

ただアンデッドは基本動きが遅いため、スケルトンナイト以外は俺たちの動きにはついてこられない。

「ささっと倒すさ」

祝福で聖属性が付与された斧《おの》を振り回し、セラが先陣を切ってスケルトンナイトを倒していく。

魔石がドロップされるが、それを無視して先を急ぐ。拾っている間に、足の遅いスケルトンとオークゾンビに追い付かれないためだ。

それなら祝福は必要なくない？　と思うかもしれないが、倒す速度が違う。

さらにはセラたちの使うミスリル武器には、俺の魔力付与も使っているから切れ味は抜群になっている。ＭＰの関係で、セラとルリカにしか魔力付与は出来なかったけど。

そのお陰で日の出前には階段から一番近い場所にある、最後の集落に到着することが出来た。

そこで階段側に妨害系の罠《わな》を多く仕掛けて森の中に入れば、日の出と共に背後からオークの怒号が聞こえてきたが、最終的に魔物の追撃はないまま無事階段に辿《たど》り着《つ》くことが出来た。

閑話・4

「それではここで少し休憩をお願いします」

周囲の魔物を全滅させると、半分の人間が腰を下ろした。残りは魔物への警戒にあたる。

ダンジョンでの魔物の湧きは、不測の事態が起こることが多い。

だから全滅させたといって安心するのは二流のすることだ。

それにしても……。

俺は黒衣の男が連れてきた者たちに視線を送った。

罠を解除する専門の奴《やつ》らは問題ないが、黒衣の男を含めそれ以外の者たちは弱過ぎる。正直足手まといといったところだが、我慢するしかない。

それが黒衣の男の要望だし、最悪危なくなったら見捨てればいいだけだ。

金は正直もったいないが、ここまででもそれなりに稼ぐことが出来た。

それに罠専門の奴らは、専門家というがそれなりに戦える。少なくとも自衛をする分には放っておいても問題ないぐらいの腕はある。

だが一番良いのはその態度。分かっていやがる。

へこへこと俺たちに接する態度。少し褒めてやるだけでも嬉しがるし、何より俺たちに向ける尊敬の眼差しは、まさに俺たちに心酔しているといった感じだ。

休憩中も黒衣の男の目を盗んでは、密《ひそ》かに俺たちに聞いてくる。

「兄貴たちの仲間になるには、どうしたらいいですか？」

なんてな。

「それで、今回は何処《どこ》まで行くんだ？」

「そうですね……二八階でリッチの魔石をそれなりの数手に入れたいと思っていますが可能でしょうか？」

いつもと変わらない口調で黒衣の男が答え、手に持つカップを差し出してきた。

ちょうど喉が渇いていたところだ。この辺の気遣いの抜かりないところだけは、褒めるべきところだ。足手まといなりに、自分が何をすればいいか理解している。チラリと周囲を見れば、黒衣の男の仲間たちが、頭を下げながら飲み物を配っているのが見えた。

リッチはアンデッドの中でも魔法を使う面倒な相手だ。

だが黒衣の男が対魔法用の魔道具を惜しみなく用意したから問題ない。

「分かったぜ。ならリッチ狩りといくぞ」

俺の言葉に、仲間たちが自信に満ちた表情で頷《うなず》きを返してきた。


リッチは確かに高位のアンデッドだったが、俺たちの敵ではなかった。

本当の敵は別にいた。

俺たちは二八階で多くのリッチを葬り、大量の魔石を手に入れた。

そこで何度目かの休憩を取り、黒衣の男から差し出された水を飲んで意識が遠のいた。

気付けば俺は地面に突っ伏していた。

僅かに動く首を動かし横を向けば、仲間たちも同じように倒れている。

「やっと効力が出てきたようですね。脳筋だけあって、効きが悪かったのかもしれません」

黒衣の男の言葉に、周囲にいる奴らが笑い声を上げていた。

「まあ、彼らには人形として役に立ってもらいましょう。標的が来るのはまだ先です。今のうちに良さそうな場所を探しておきましょう」

黒衣の男が手を叩《たた》くと、俺の体は勝手に動き出した。

何が起こっているのかと不思議がっていると、黒衣の男と目が合った。

黒衣の男は何も言わず、ただただ面白そうに笑っているだけだった。

だが分かる。今この状況を企てたのが全て目の前の男だということが。

俺は怒りに任せて殴りかかろうとしたが、体は俺の意思に反して動かない。

「活躍の場はもうすぐきます。その間、ゆっくり休んでいてください」

その言葉に俺の意識が沈んでいく。なんとなく眠りに落ちるような感じに似ていた。

俺はそれに逆らうように、怒りの声を心の中で上げた。

絶対に許さない！　と何度も何度も、意識が完全に落ちるその時まで……。

第6章

「ソラ、聞きましたわよ。二五階を踏破したそうですわね」

「ああ、レイラか。久しぶりだな」

冒険者コースで次に行く階の資料を読んでいたら、レイラと久しぶりに会った。

「久しぶり、ではありませんわ。まったく、聞けばたったの一一人で挑んだという話ではないですか。無謀過ぎですわ。私に相談してくれたら力になったのに！」

「レイラも忙しそうだったから。それに無理だと判断したら引き返してたよ」

「……まったく。ソラが強いことは知っていますわ。けど、あまり無茶はしないでほしいですわ。特にあの階は一度に出る魔物の数が多いのですから」

レイラの言う通り、時に上位種一体よりも通常の魔物一〇〇体の方が脅威になる場合がある。スタンピードがよい例だろう。

「それはそうとソラたちはしばらく休みですの？」

「ああ、少し休んでから次の階に行く予定だよ。さすがに皆疲労が溜《た》まっているからな。レイラたちは？」

一部元気が有り余って、現在冒険者コースの模擬戦に参加している仲間が二人ほどいるけど。

まあ、俺もボス部屋にそれぞれ行く予定だけど。

「私たちの方は二日後に行く感じですの。それでその、良かったら今日何処かに出掛けませんか？い、息抜きをしたいと思っていますの」

今日はこの後、ブラッディーローズの皆と、あとは一緒に二八階に行く学園の生徒たちと町に出るそうだ。一応道具屋などで持っていく物の最終確認ということになっているが、実際は親睦を深めるために出掛けるそうだ。

「そんなところに関係ない俺たちが行っても邪魔になるだけじゃないか？」

「そんなことありませんわ。実はソラたちと話したい人たちは結構いますのよ？　ダンジョン攻略の速度もそうですが、一番はヘリオ先生の教え子たちを心変わりさせたってことで注目をしている子たちが多いのですわ」

そういえばなんかセラが姐《あね》さんと学園でも呼ばれていたのを見た記憶がある。

俺はそういうことならということで、昼過ぎに校門前に集合する約束をして一度別れた。


「は、初めまして。金貨千枚のリーダーをしているトットです」

校門前にはブラッディーローズとは別に、六人の生徒がいた。その中の一人が代表して名乗り、他の人たちの紹介をしてくれた。

金貨千枚とはパーティー名だそうだ。

トットは金髪碧眼《へきがん》で見た目は華があるのだが……、

「影薄い」

ヒカリの一言にトットが胸を押さえた。

その様子にパーティーメンバーの人たちが困ったように慌てだした。

「そ、そうですね。その通りです……」

トットは何かブツブツと呟《つぶや》きながら背中を丸めて俯《うつむ》いてしまった。

「ほ、ほら小さい子の言うことですの。トット君も気にしたら駄目ですわ」

レイラの慰めの言葉に続くように、他の人たちも元気付けるような言葉を掛けている。

「ほ、ほらヒカリちゃんも。謝ってですわ」

回復しないトットを見かねたレイラが懇願してきた。

どうやらかなりトットは影が薄いことを気にしているようだ。

確かに俺も口にはしなかったけど、第一印象はそう思った。

「ん？　誉め言葉なのに落ち込むの不思議？」

けどヒカリから出たのは意外な言葉だった。

トットもヒカリの言葉に思わず顔を上げたほどだ。周囲の皆もちょっと驚いていて、ヒカリに注目している。

「ヒカリ、それはどういう意味だ？」

「影が薄いと敵に見つかりにくい。斥候は凄《すご》く大事。得難い才能」

端的で分かりにくいが、ヒカリ的には影が薄いは誉め言葉だったようだ。

気配察知を使って確認してみたら、確かに立っているだけなのに反応が薄い。もしかしたら無意識に気配遮断系のスキルを使用しているのかもしれないけど。これがスキルじゃなければ確かに凄い才能……だと思う？

ヒカリの言葉でトットが調子を取り戻したところで、俺たちは移動を開始した。

校門前に集まっていると通行の邪魔になるからね。


「ふふ、ヒカリちゃんを取られて寂しいですの？」

窓の外を見ると、近くのテラス席に座る四人がいる。

トットとヒカリ、ルリカにタリアの四人で、斥候や探索を得意とする者たちだ。

何を話しているかは分からないが、トットが真面目《まじめ》に耳を傾けて女性陣の話を聞いている。

ただヒカリもタリアも口数が少なく端的に話すし、ルリカは一見説明が上手《うま》く見えるが、大雑把な時があるから心配だ。丁寧なところは丁寧なんだけど、時々感覚に訴えてくるところがある。

そうなると何を言っているのか俺には理解出来なかったことを思い出した。

それと可愛《かわい》らしい女の子三人に囲まれた貴公子然とした男一人の組み合わせは、マギアス魔法学園の学生ということもあって目立つ。通り過ぎる人たちが一度は視線を向けている。

「それよりもアイテムの確認は終わったのか？」

「終わりましたわ。状態異常系の回復アイテムも買えましたし、これで大丈夫ですわ」

「毒に麻痺《まひ》に石化に呪いか……石化の回復薬だけ安いのは品質が低いからか？」

「そうですわね。少なくともここのダンジョンで、今まで石化の状態異常にかかったという報告はありませんの。だからそれほど高品質なものはないのですわ。あとは石化異常の回復薬自体が作るのが大変だという話を聞いたことがありますわ」

レイラの説明に資料で読んだことを思い出す。

毒や麻痺はダンジョンの罠で状態異常にかかったという記録があった。

他にはアーチャー系の魔物の矢にも塗られていることがある。確か二〇階のボス部屋に出てきたコボルトアーチャーの矢が毒矢で、二五階のオークアーチャーが毒と麻痺の矢を使っていた。

呪いはアンデッドが使ってきて、特に二八階と二九階にはリッチが強力な呪い攻撃を使ってくるんだったかな？　二九階ではエルダーリッチが目撃されたことがあるとも書いてあった。

ちなみに呪い解除は聖水でも出来るが、祝福を使っておくことで防ぐことも出来る。

「ポーションやマナポーションの方はどうだ？　五階で採取しておいた残りの薬草でまた作ったから、少しだが融通出来るぞ」

「……それならお願いしても良いですの？　効果の高い物は手に入らなかったんですの」

俺はレイラにポーションを渡しお金を受け取った。

「それとありがとうですわ。本当はもっと早くにお礼を言いたかったんですの」

俺が首を傾《かし》げていると、理由を教えてくれた。

「ヨシュアたちのこともそうですが、五階での薬草採取や例の果実のことですわ。ダンジョンの下の階に行かなくても稼げるという選択肢が出来たので、無理をする人が減っているらしいですの」

それとレイラたちも聖王国に行って、ダンジョンの五階や一五階のような外と同じ環境での経験も大切だと思ったそうだ。

確かにこの町出身の冒険者もそうだが、迷宮に慣れてしまって特殊フィールドの階は苦手な人が多い。

そのため探索をする人は殆《ほとん》ど見掛けなかったし、今まで果実を採取してお金を稼ごうなんてことを考える人もいなかったとのことだ。

俺はどう答えていいか分からず、苦笑いを浮かべるに留《とど》めた。

薬草採取は自分たちの分のポーションを作るために必要なことだったし、木の実や果実に関しては、たぶんシエルがいなかったらそこまで真剣に探さなかっただろうからな。

横をチラリと見たら、シエルがちょっと得意げに体を反らしていた。いや、君の場合はただの食い意地だからね？

それからレイラたちと別れて、俺たちは防具屋に寄って装備の補修を頼んだ。

レイラたちが今度行くのは二七階だと言っていた。二八階に到達出来たら様子見で探索、というか魔物と戦って感触を確かめて帰ってくるそうだ。

このスタイルは結構多いようで、次の階に出る魔物と戦ってみて、どう攻略するか、それとも今の自分たちでは無理なのかを確認するそうだ。

あと今回の探索は、レイラたち学園組と、冒険者の複合パーティーで行くとのことだった。

俺たちが二五階の攻略をもう少し早く終わらせていたら、一緒に行くことが出来たのにと残念がっていた。

◇◇◇

予定通り俺たちはサイフォンたちと共に二六階に降り立った。

相変わらず真っ暗な世界が広がっているから、暗視のスキルを使用してダンジョン内を歩く。

ＭＡＰで確認すると広さもそうだが、迷宮の名に恥じないくらい迷路のように入り組んでいて進むのが大変そうだ。

「ちょっと待ってもらってもいいか？」

ざっと見ただけでも行き止まりも多いから、進む道はしっかり調べてからの方が良さそうだ。

並列思考を駆使して迷路を解く。これは知らないと、かなりの労力を使いそうだ。

知らずに進めば、運が悪いと一日が無駄になるようなルートもある。一本道が延々と続き途中で三本に分かれているが、実はそのどれもが行き止まりになっているとか。

悪意しか感じられない設計だ。

二四階まではここまで酷《ひど》い造りじゃなかったのにと思う。

俺は【守護の剣】以外のクランが階の更新が出来ずに足踏み状態ということで力量差がかなりあるのかと思っていたが、それとは別の要素もあるのかもしれない。

迷路を読み解くのに実に三〇分はかかった。

「大丈夫？　汗が酷いわよ」

そう言ってミアは額に浮かんでいた汗を拭いてくれた。

「大丈夫だよ。こんなところで迷路を解くとは思ってなかったから……とりあえず先に進もうか」

俺の言葉に影の相手をしていたヒカリがトコトコとこちらにやってきた。

ＭＡＰには袋小路に迷い込んだ人の反応があったが、まあ、頑張ってもらうしかない。知らせる方法なんてないのだから。

「ソラ、あまり無理をしないでください。料理なら私たちも出来ますから」

「そうさ。主様は一人で何でもやり過ぎなのさ」

「ふふ、ならセラも料理してみる？」

クリスやセラには心配され、ルリカはセラを揶揄《からか》いながらも俺にしっかり休むように言ってきた。

何気ない会話が疲れた心を癒やしてくれる。歩いても肉体は疲れないが、やはり精神の方は消耗しているのが自分でも分かる時があるから助かる。

俺は三人が料理してくれている間に休ませてもらい、料理を手渡された時にミアの手首に見慣れない布が巻かれていることに気付いた。

「どうしたんだそれ？」

「あ、これはユーノさんが作ってくれたんだ。ほら、私たち料理を教えていたじゃない。そのお礼だって結構前にプレゼントしてくれたの。ソラ全然気付かないんだから」

「主、私も」

「ふふ、そうね。皆の分も作ってくれたんだよね。ただもっと早くにソラには気付いてほしかったかな。いくらダンジョン攻略のことで忙しかったからって」

ミアやヒカリだけでなく、クリスたち三人にもプレゼントしてくれたようだ。

「あと、セリスさんも心配していたよ？　セリスさんは自分が頼んだせいで無理させてるんじゃないかって」

確かにこのところは特にダンジョン関係のことで頭がいっぱいで、用事以外ではあまり皆と過ごせていなかったかもしれない。

俺は改めて休日の過ごし方に気を付けようと思うのだった。

歩くこと一〇日。やっとの思いで二七階に到達した。

「それでどうするんだ？　このまま進むか？　それとも戻るか？」

サイフォンの問い掛けに悩む。

今までだったらそれこそ三〇階までそのまま行ってしまおうとなったが、二六階でかかった時間を考えると階段の位置によるけど一気に行くと五〇日近くかかりそうだ。

ただそれは二八階に下りる階段まで行って、二六階入り口まで戻ってきてもそれぐらいかかるかもしれない。

もちろん通った道はある程度覚えているし、一度通った道だとどれぐらいで到着出来るというのが分かっているから帰りは歩きやすかったりする。特に俺以外の人たちは体力配分を考える必要があるからね。

そもそも長時間ダンジョンの中で活動出来るのは、俺がＭＡＰやアイテムボックスを使えるから出来るわけで、他の人たちはだいたい一階ごとに戻るのが普通だ。

あとは万が一の脱出用として、帰還石を持っているというのもある。

「ＭＡＰで二七階の様子を確認してから決めてもいいか？　出る魔物は今まで戦ったことのある奴《やつ》みたいだから、戦闘に関しては問題ないと思うし」

俺の提案は聞き入れられて、とりあえず二七階に下りることになった。

もしレイラたちが戻ってきていたら会えるかもしれないな。

そんなことを思いながらＭＡＰを表示させて気配察知を使ったが表示されなかった。

ということは二八階に下りているところかな？

俺は魔物の状況を確認するために魔力察知を使いＭＡＰに目を落とした。

はっきりとした反応がＭＡＰ上に次々と表示される中、一つだけ気になる反応があった。

それは不安定で、今にも消えてしまいそうなほど弱い反応だった。

それが一つだけ、進んでいる方向からしてこちらに向かってきているような気がする。

「一つ気になる反応があるんだ。どう思う？」

俺はＭＡＰで表示された状況を皆に説明した。

「一つってのが気になるな……その弱い反応ってのはどういう時に出るんだ？」

サイフォンが顎に手をやりながら尋ねてきた。

「これが魔物なら弱っている時。人なら魔道具を使っている時、かな？」

俺も正直自信がなかった。気配察知を使った時に表示されなかったから、もしこれが人なら気配遮断のようなスキル持ちだろうということしか分からない。

「……一度見に行った方がいいかもしれないな。縁起でもないが、生き残りって可能性もある」

一つだけということで、他のメンバーは死んで一人だけ生き残って出口に向かっている可能性をサイフォンは示唆した。

「なら助けに行かないと！」

ミアが一番に反応し、俺たちはその声に押されるように走り出した。

そして何度かの戦闘で魔物を退け進んだ先にいたのは……一人の冒険者？

フード付きマントを被《かぶ》ったその者は、覚束《おぼつか》ない足取りでこちらに向かってきていた。よく見るとマントには切り裂かれたような跡があり、そこは濡《ぬ》れているようだった。

俺たちが近付く前に躓《つまず》き倒れそうになったが、どうにか地面に激突する前にセラが受け止めた。

「……トットさ」

セラの肩越しからフードの中を見たら、確かにそれはダンジョンに行く前に会った金貨千枚のリーダーのトットだった。

「酷い怪我《けが》。セラ、そのまま支えていて」

ミアがヒールを唱えたが、血のせいで治っているのか分かりにくい。

俺が洗浄魔法を使って血を洗い流せば、傷口が塞がっているのが分かった。

俺はその負傷具合から万能増血剤を用意したが、その前にトットが目を覚ました。

「こ、ここは……」

「ここはダンジョンの二七階だ。それより俺たちのことは分かるか？」

「君たちは……確かソラ君にヒカリちゃん、ルリカか……」

意識が混濁しているのか、目が虚《うつ》ろで焦点が合っていない。

「……そうだ！　頼むレイラ様たちを、金貨千枚の皆を助けて……二八階……襲われ……」

そしてそれだけ言うと再び意識を失ってしまった。

トットを鑑定してみると、状態に衰弱・睡眠不足と出た。

よく見れば目元には隈《くま》が出来ていて、もしかしたら寝ずにここまで来たのかもしれない。

さらにマントから魔力的なものを感じたから鑑定をしてみたら、気配遮断などの効果が付いていることが分かった。

「何があったかは分からないけどレイラたちを助けないと。ただ……」

俺は気を失ったトットを見た。せめて意識があれば帰還石でダンジョンから脱出してもらうという手が使えたんだが……。

帰還石の効力はあくまでダンジョンに入る前に登録したパーティメンバーのみに適応されるため、サイフォンたちはトットと一緒に帰還石で帰ることが出来ない。

だからといってトットが目覚めるのを待っている時間も惜しいし、トットを連れて二八階に行くのも難しい。

意識を失うほどの衰弱状態だ。トットを守りながら進み、何やら危険なことが起こっている二八階に進むというのは危険過ぎる。それに言い方は悪いが、荷物になって素早い移動が出来なくなる。

「サイフォンはどうしたらいいと思う？」

ここは経験豊富な冒険者であるサイフォンに意見を求めたら、サイフォンはチラリと視線を動かしてから、

「俺は戻るべきだと思うな。悪いが俺にとっては、ここにいるメンバーの安全が最優先だからな。冷たいと思うが、あまりよく知りもしない奴を助けるために危険は冒せない」

ときっぱり言ってきた。

それは残酷かもしれないが、真っ当な意見だと思う自分がいる。

俺たちだって金貨千枚だけなら……悩むかもしれないけど、最終的にはサイフォンと同じ意見になったと思う。

命は平等なんて言う人がいるかもだけど、世の中そんな綺麗《きれい》ごとだけでは生きていけない。

ただこの場合は難しい。大切具合で言えばもちろんミアたちに軍配は上がる。軍配は上がるが……。

「俺は……やっぱ助けに行きたいと思う。これは俺の我が儘《わがまま》だし、み……」

「ソラ、それ以上は怒るよ。レイラたちを助けたいって思っているのはソラだけじゃないんだから」

「ん、主と行く」

「ボクも主様についていくさ。レイラたちにはよくしてもらったしさ」

「セラが行くって言うんなら私も行かないとね。それにレイラたちとは付き合いは短いけど、学園では何かと気にかけてくれてたからね」

「うん、私も賛成です」

ミアたちは分かるが、ルリカとクリスも一緒に行くと言ったのは……この二人にとっては当たり前のことなんだろうな。

逆にサイフォンたちが困ってしまい、顔を見合わせている。

「二手に分かれるのは危険かもしれないけど、サイフォンたちにはトットを連れて戻ってもらっていいか？　サイフォンたちなら大丈夫だと思うし。それとギルドへの報告を頼む」

俺はレベルのことを思い出して、ちょっと無茶なお願いをした。

最初はどうするか迷っていたが、最終的にサイフォンたちはトットを連れて戻ってくれることになった。

道に関してはオルガとジンが覚えているから大丈夫だと、俺たちを安心させるためかそう言ってくれた。

「サイフォン、これを」

「……帰還石二つにアイテム袋か？」

「危なくなったらその、使ってくれ。やっぱ大事なのはゴ……パーティーの皆だと思うし。あとアイテム袋の中には万能増血剤というものを入れておいた。トットの意識が戻ったら飲ませてやってくれ」

他にも料理やら回復薬などの消耗品も入れておいた。

帰還石二つを渡したのは、トットが目覚めた場合に、サイフォンたちとトット両方がそれぞれ使って脱出出来るようにだ。

これで俺たちの分の帰還石がなくなるが、最悪三〇階まで行けばいいしな。

「いや、俺たちも一つ持ってるから、これは返す」

サイフォンは帰還石一つとアイテム袋を受け取ると、二六階に向けて走っていった。意識を失っているトットはガイツが背負っていくようだ。

助けたいと思っても、どうしようもない選択をする時がくるかもしれない。もしトットを見捨てるようなことになった場合は、今ここで二手に分かれる選択をした俺にも責任があるわけだし。理想は全員が無事脱出出来ることなんだけどね。

俺はそれを見届けると、まずはゴーレムコアに魔力付与をかけて再充填をするとＭＡＰを詳しく確認する。

広くはなっているが、二六階ほど複雑じゃなさそうだ。

もしかしたら二六階よりも早く二七階を通過することが出来るかもしれない。

「とりあえず走るから……ミアとクリスは影に跨《また》ってもらえるか？」

二人もレベルの上昇と共に体力が付いてきているが、やはり他の面々と比べると劣る。

速度優先で行くなら、影に運んでもらった方が早いと思ったのだ。これは普段からヒカリが乗っていて、もう一人ぐらいなら乗れそうだと思ったからだ。

「二人ともしっかり掴《つか》まって……影、二人が振り落とされないようにすることが出来るか？」

俺が問い掛けると、影は自分の体から影を伸ばして二人の体を拘束すると、任せろとでも言いたげにコクリと頷《うなず》いた。

「ふふ、ソラこそ走るけど大丈夫なの？　道を知ってるのはソラなんだから。しっかり私たちを誘導してよね」

ルリカの言葉に俺は苦笑した。

確かに走り続けるとなると俺の疲れないという優位性がなくなる。

だけど俺だってウォーキングのレベルが上がってステータスも上昇している。あ、ただ職業を錬金術士からスカウトに戻しておくか。体力が上がる戦士系か迷ったけど、ＳＰと素早が上がるスカウトを選ぶことにした。二八階で何が起こったのか正確なことは分からなかったし、探索や索敵に秀でた職業であるスカウトが最適だと思ったからだ。

二八階に到着したのは五日後だった。

俺、頑張ったと思う。思わず膝をつきそうになるが、そんな無様な姿を晒《さら》すわけにはいかない。

というか平気そうなヒカリたちがおかしいと思います。

ウォーキングのレベルはセラを除けばヒカリたちよりもレベルは高いが、もしかしてステータスは低かったりするのか？　けど模擬戦をすると力や素早さは俺の方が勝っているから、そんなことはないはずなんだが……。

「ソラは走り方に無駄が多いからね。戻ったら特訓した方がいいよ？」

「主、任せる。私が教える」

どうやら走り方のフォームが悪かったらしい。

ただそれよりも問題は他にある。

二八階に入った瞬間。影がゴーレムコアに戻ってしまったのだ。

「魔力が不安定な気がします」

クリスの方を見ると、そこには銀色銀髪の、エルフの姿になっているクリスがいた。

「クリス。魔道具が正常に動いてないみたいだ」

言われてクリスも気付いたようだ。変化《へんげ》の魔法はどうにか使えたが、それを維持することが出来ずにすぐに解除されてしまった。

他にも魔力付与をしていたミスリルの剣からも魔力が消えている。魔法を付与した投擲《とうてき》武器はそのままみたいだ。

「これじゃレイラたちの前に出るわけにはいかないよな……」

「あ、セリスさんみたいに髪で耳を隠してみますね。あとはセラから聞きましたが、以前ソラが髪の毛とかの色を変えたというものは残っていますか？」

確かそれは残っている。

クリスはそれを受け取ると髪の毛の色を変え、髪型も耳が隠れるようにするとフードをしっかり被った。

「一応フードを被っておきます。不審に思われるかもですが……」

意外とダンジョンでフードをしている人っていないんだよな。

「クリス大丈夫なの？」

「うん、大丈夫だよ、ルリカちゃん。私の正体がバレることなんて、人の命に比べたら安いものだよ」

心配するルリカにクリスは笑顔で答えている。

ルリカの心配する気持ちは分かる。

セリスに聞いたが、エルフは今の世では滅多に見掛けないと言っていた。少なくとも前に会ったのは数十年前だとも言っていた。

俺も奴隷商館で同じような話を聞いたことを思い出した。

「さあ、ソラ行きましょう」

クリスの言葉に俺はＭＡＰを呼び出したが、ノイズが走ったように画面がブレる。

俺が魔力を流し続けると徐々に安定していき、どうにか見られるレベルまで持ってくることが出来た。

ただこれを維持するのは難しいだろう。

俺は表示を素早く確認し、ルートを頭に入れる。ＭＡＰ左上の壁際の方に人の反応があり、それに向かって進む魔物の反応があり、その魔物の後方にも人の反応がある。

追いかけられている人たちを助けようとする集団か？

状況はよく分からないが、とりあえず人の反応はその二組だ。どちらかがレイラたちに違いない。

ただ一つ気になることがあった。確かこの階に出る魔物はリッチだったはず。それなのに何故《なぜ》か気配察知で魔物の反応が表示された。アンデッドは気配察知ではなく、魔力察知で反応するのが普通なのに……。

俺はそこまで考えて頭を振った。今は考えるよりも先に動くことが先決だ。

俺たちは魔力の乱れた迷宮に足を踏み入れ、再び走り出した。

◇レイラ視点・1

二八階に足を踏み入れて魔物の強さを確認していたところ、負傷している男の人を発見しました。

その人から事情を聞いたところ、どうやら魔物の襲撃に遭いパーティーが壊滅してしまい、助けを求めるためにここまで来たとのことでした。

私たちは迷いましたが、最終的に助けることを選びました。

二八階の敵と戦った感触から、十分に戦えることが分かったからです。

ですが……それが全ての誤りであることを知ったのは、事件が起きてからでした。

彼に導かれるまま進んだ先には確かに負傷した人たちがいました。

近付くとそこで様子がおかしいことに気付きました。

パーティーを組んでいる冒険者の方もそれに気付いたようで足を止めます。

その時事件が起こりました。

背後から悲鳴が聞こえたのです。

振り返ると負傷していたあの男が武器を振るっています。

助けに行こうと剣に手を伸ばしたところで、今度は前にいた集団が雪崩《なだ》れ込んできました。

数は私たちと同程度で、少し動きに違和感を覚えましたが力は拮抗《きっこう》していました。

ただ予想外の出来事はさらに続きます。

ダンジョン全体が大きく揺れました。思わずよろけるほどの大きな揺れです。

それはしばらく続き、遅れて聞こえてきたのは、獣のような雄叫《おたけ》びと大きな足音？　です。

それはこの階ではあり得ない現象です。

だってこの階に出る魔物はリッチです。

彼らは魔法を唱えますがあのような声は出しません。何より宙を浮いて移動しているから足音なんて立てません。

「退《ひ》け！　撤退だ。走れ‼」

それが誰の声だったのかは私には分かりません。

ただ私にも分かりました。あの通路の先から異様な気配を感じました。本能が、この場から早く離脱するようにと警鐘を鳴らしています。

私は目の前の襲撃者を弾《はじ》き飛ばし、近くで戦っている仲間たちを助けるために何度も何度も剣を振るいました。

そのお陰で襲撃者を皆から引き離すことに成功しました。その時、

「レイラ様！」

ケーシーちゃんの声が聞こえたのと同時に、私は弾き飛ばされました。

強《したた》かに体を打ちましたが、痛みはそれだけです。

素早く体を起こして見た先には、ケーシーちゃんが倒れています。

「ケーシーちゃ……⁉」

抱き起こしたその時、違和感を覚えました……重い？

よく見ればケーシーちゃんの手足が灰色に変色しています。

額には脂汗が浮かび、苦しそうです。

「ケーシーちゃん⁉」

私の呼び掛けにケーシーちゃんは目を薄っすらと開けると、

「レイラ様、お逃げください。私のことは……」

途中でケーシーちゃんの言葉が途切れました。どうやら気を失ったようです。

そして私はケーシーちゃんによって助けられたことを知ります。彼女が庇《かば》ったから、私は無事だったのです。

「レイラ君撤退だ。急げ！　あれは……コカトリスだ！」

その声に押されるように、私はケーシーちゃんを抱えて一心不乱に走りました。

私たちの背後では戦う音が響いていましたが、最早《もはや》振り返る余裕すらありませんでした。

ワルトさんが、私たちの背中を押すように急《せ》かしたということもあります。

気付いた時には何処《どこ》か分からない場所まで移動していました。

そこで被害の状況を確認すると、数名の冒険者が行方《ゆくえ》不明だということが分かりました。

冒険者側のリーダーのワルトさんの話によると、私たちを逃がすために足止めに残ったとのことです。

「別に君が気にすることじゃないですよ。それと別に君が領主様の娘だから犠牲になって守ったわけでもありません。彼らは彼らの矜持《きようじ》のため、未来ある若者を助けるために戦ったんです」

罪悪感を覚えていた私に、ワルトさんはそう言って笑いました。けどその顔は、泣いているようにも、誇らしげにも見えました。

それから分かったことは、石化の状態異常に掛かっていたのはケーシーちゃんだけでなく、トットのパーティーにも一人、ワルトさんたち冒険者のパーティーには六人もいることが分かりました。

その内石化治療薬で治った人は二人。トリーシャちゃんたち神聖魔法の使い手のリカバリーで治った人が二人でした。

ケーシーちゃんを含む他四人は治療することが出来ませんでした。

だから私たちはすぐに脱出するため帰還石を使おうとしましたが、そこで初めて帰還石が使えないことに気付きました。

「どういうことでしょうか？」

ワルトさんの呟《つぶや》きは、この場にいる者全員の考えを代弁しているようでした。

その後魔道具が使えないとか、魔法を使おうとすると安定しないなど色々なことが分かり混乱しましたが、魔物の声が近付いてくる度に移動を繰り返しました。

本当はケーシーちゃんたちをゆっくり休ませてあげたいところですが、それが出来ません。

二七階に戻ろうとも試みましたが、ただ単に道に迷っただけでなく、どうも迷宮の通路自体が変遷が起こった時のように変化しているとワルトさんの仲間の一人が言いました。

それを聞いたワルトさんは、確証はないけどこれは罠《わな》の一種の可能性であることを教えてくれました。

「古い資料ですが目にした記憶があるのですよ。強制的に変遷を起こす罠があるということを。ただ本来出ないはずの魔物が出現したという話は聞いたことがありませんが」

私は正直信じられませんでしたが、迷宮には多くの謎があることを知っています。

ここでは時に、常識では考えられないことが起こるのですから。

それに現実として、本来いないはずの魔物と既に遭遇しています。

それからというもの、時間が経《た》つにつれて弱っていくケーシーちゃんを看《み》ていることしか出来ない私は焦りを感じていましたが、どうすることも出来ません。

トリーシャちゃんの神聖魔法リカバリーで、痛みを一時的ですが和らげることしか出来ないのが現状です。

そんな中、トットが助けを呼びに行くとワルトさんと私に言ってきました。

私たちは止めましたが、結局トットの熱意に負けて、行かせることにしました。

けど私は心の片隅で、密《ひそ》かに応援する狡《ずる》い自分がいました。トットが助けを呼びに行けたなら、ケーシーちゃんを助けられるかもと頭に過《よぎ》ったからです。

彼の仲間に対する想《おも》いを利用したのです。

トットはワルトさんから受け取った魔道具のマントを纏《まと》い、私たちから離れていきました。

この階では機能しませんが、二七階まで行けば役に立つだろうとのことです。帰還石も渡そうとしましたが、それはもしかしたら使えるようになるかもしれないとのことで、受け取りを拒否されてしまいました。

それから私たちは魔物と戦いながら逃げました。

幸いなことにその中にコカトリスの姿はありませんでした。

ただその逃亡劇は、徐々に私たちの心を蝕《むしば》んでいきます。

最初に心が不安定になったのは金貨千枚の子たち。ワルトさんたちが慰め、どうにか心を奮い立たせていますが日に日に悪化していくのは日に見えて分かります。

私も話を聞いていますが、涙を流し、絶望に染まったその瞳を向けられると、私もいっそそれに身を任せてしまった方が楽になれるなんて思ってしまいます。

けど私は耐えます。

絶望に立ち向かった人のことを知っていますから。

だから最後まで諦めません。

私のこの命が尽きるその時まで。

けどそんな私の決意を嘲笑《あざわら》うかのように、その魔物は姿を現しました。

コカトリス。石化のブレスを吐く、悪魔のような魔物が。ケーシーちゃんをあんな姿にした憎き相手が。

コカトリスはまるでその集団の主でもあるかのように、自分はその場に留《とど》まり引き連れた魔物で私たちを攻撃してきました。

その中にはオークやオーガ。スパイダー系の魔物など、このダンジョンに出ないはずの魔物の姿もありました。

「トリーシャちゃん、これをお願いしますわ」

私はトリーシャちゃんに帰還石を渡し、ワルトさんと共に魔物の迎撃にあたります。

生き残るためにも、今この時、私が出来ることをするために。

◇◇◇

俺は呼吸を整えると、壁に身を寄せて通路の先を覗《のぞ》き込んだ。

黒衣を纏った数人の者と、冒険者風の十数人が固まって歩いている。

隠密のスキルのお陰か、それとも後方は無警戒なのか、俺たちに気付いた様子はない。

「主、あの人たち悪者」

「どういうことだ?」

様子をうかがっているとヒカリがボソッと呟いた。

「ん、レイラたちを襲撃する相談してる」

警戒は解かないまま、俺たちはヒカリから話を聞いた。

距離も離れているし俺には聞こえないが、ヒカリには分かったらしい。

ヒカリが聞いた内容を要約すると、どうも狙いはレイラのようだ。

最良は身柄の確保。無理なら殺害とのことだ。理由は領主の娘だからというわけでなく、どうも

彼女の母親の方が狙われる原因となっているみたいだ。

そういえば前にウィルと会った時、母親の話が一切なかったな。会いもしなかったし。

「どうするの、ソラ」

「目の前の集団を倒しても、魔物が前にいるんだよな。けど身柄を確保したいなら魔物が邪魔になると思うんだけどな……」

あくまで連中の理想は確保で、あまり生死に拘《こだわ》っていないということだろうか？

それともあの魔物は黒衣の男たちが操っているとでも？

習得スキルの中には使役というものがあるし、魔物使いみたいな魔物を使役出来るスキルを持っている者がいるのかもしれない。

それに魔物の集団が、そろそろ魔物の向こう側……たぶんレイラたちに接触する頃合いだ。魔物の中には一際大きな反応もあるし、早く助けに行きたい。

「……私はソラが付与してくれたナイフで混乱させるのが一番手っ取り早いと思う。ソラは発動はするけど効力が低いかもって言ってたけど、相手の出鼻《でばな》を挫《くじ》くには使えると思う」

俺はルリカの説明を聞きながら、少しずつ冷静になってきた。最初はレイラのこともあって動揺したが、それが時間の経過と共に収まってきたのだ。

ルリカはそれを見越して、いつもよりゆっくりとした口調で作戦の説明をしてきたのかもしれない。

「ありがとう、落ち着けた」

俺が礼を言うと、ルリカはニコリと笑みを浮かべた。

俺は一つ息を吐くと、ヒカリたちと同じように投擲《とうてき》用のナイフを両手に用意して合図と共に投擲した。

完璧な不意打ちだったのにもかかわらず、黒衣の者たちはその攻撃を避《よ》けた。

ナイフは空中で爆発すると、けたたましい音を鳴らした。

黒衣の男たちと入れ替わるように冒険者風の男たちが向かってきて戦いが始まった。

ヒカリが、ルリカが、セラがそれぞれ相手と武器を交え、残った数人がこちらに向かってくる。

俺は盾を構えて男たちの攻撃を受け止め、時に弾《はじ》き、その間クリスが放つ魔法が男たちを襲う。

冒険者風の男たちは人数が多いが、その動きは何処かぎこちなさを感じた。

俺はその光景を目にしながらグッと歯を食いしばった。

剣を持つ手に力が籠もり、震える。

その時、視界の片隅にＭＡＰの情報が飛び込んできた。

前に進んでいた魔物の半数がこちらに向かってくるのが見えた。もしかしたらあの爆発音が原因かもしれない。

魔物は黒衣の男たちの背後から忍び寄り、彼らを無視して突っ込んでくる。

魔物の中にはオーガもいた。ダンジョンの資料に載っていない魔物たちだ。

オーガの一振りは強力で、目の前の冒険者ごと俺たちを攻撃してきた。冒険者の一人がその一撃を受けて、壁に衝突して動かなくなった。

乱戦が始まり、俺は冒険者の攻撃を防ぎながらミスリルの剣に瞬間的に魔力を流して魔物を倒していく。

ヒカリたちも自分が倒しやすい魔物を相手にしながら、時に魔物を壁にしながら冒険者たちと戦っている。

「ソラ、危ない！」

クリスの言葉に咄嗟《とっさ》に盾を構えた。

金属音が響き、足元に短剣が落ちた。

視線を上げると黒衣の男がこちらに向かってくるのが見えた。

周囲を見れば、ヒカリたちも黒衣の男たちと戦っている。

俺は黒衣の男の攻撃を盾で防ごうとしたが、当たる瞬間剣を引かれてタイミングを外された。

カウンターを狙っていた俺の体は流れ、右手に持った剣でそれを防いだ。

背筋に冷たいものが流れるのを感じた。

冒険者風の男たちと違い、黒衣の男たちの攻撃は鋭く速かった。

こんな時シールドが使えたらと思ったが、この階に来てからシールドが上手《うま》く作動しなかったため使っていない。

空間魔法でまともに機能しているのは、アイテムボックスだけだった。

黒衣の男は一人、二人と増えていき攻撃の勢いが増す。

クリスが攻撃魔法で、ミアが神聖魔法の補助魔法を中心にサポートしてくれているから、どうにか持ち堪《こた》えられている。並列思考もフル稼働中だ。

黒衣の男たちもそれが分かっているため俺の背後に回り二人を攻撃しようとするが、俺はそれを阻止するために立ち回る。

そして俺の一振りが、相手の剣を断ち切り、返す刀で黒衣の男の腕を捉え……ようとしたところで、その剣先が止まった。

いや、振り切ることが出来なかったのだ。

それは一瞬の隙で、相手に反撃のチャンスを与えてしまった。

相手は体ごとぶつかってきて、目に火花が散り、俺は後方に弾き飛ばされた。近くで何かが落ちる音がしたような気がする。

尻もちをついた状態で顔を上げると、剣を振り上げる黒衣の男がいた。

俺はすぐに立ち上がり迎え撃とうとしたが体が上手く動かない。

剣は振り下ろされ……そうになった時に、横合いから飛び込んでくる影があった。

黒衣の男は吹き飛ばされそうになったが踏み留まり、飛び込んできた者に攻撃の標的を移した。

飛び込んできた者……クリスはどうにか盾でそれを受け止めようとしたが弾かれ悲鳴を上げた。

俺は追撃をしようとする黒衣の男に倒れるようにタックルを仕掛けた。

だがそれは不発に終わり、蹴りのカウンターを鳩尾《みぞおち》に受けた。

激しい痛みが鳩尾を中心に広がるが、俺は歯を食いしばり体を動かす。

せめて転倒しているクリスの盾になるような位置に回り込む。

顔を上げれば、目の前には再び黒衣の男の姿があった。

まるでデジャブだ。

俺はアイテムボックスから予備の剣を取り出し止めようとしたが、動揺のためか先ほどの一撃が効いているのか、アイテムボックスから取り出した剣を上手く掴《つか》めず落としてしまった。

振り上げられた剣が再び振り下ろされ……金属音が響いた。

◇サイフォン視点・2

「サイフォン？」

突然足を止めた俺に、ジンが眉を顰《ひそ》めた。

確かに急いで走っている時に突然立ち止まれば訝《いぶか》しがられても仕方ない。

「何か嫌な予感がする」

「……例のかい？」

ジンの言葉に俺は頷《うなず》いた。首筋がヒリついていた。

冒険者になって、時々こういう場面に遭遇してきた。

何故《なぜ》そう感じたのか説明は出来ないが、今までそれに従って多くの危険を回避してきたのもまた事実だ。

「嬢ちゃんたちが危ない、気がする」

だが今俺たちはトットを連れて二六階を逆走中だ。

トットが目覚めてくれたら帰還石を渡して一人で戻ってもらうことも考えていたが、余程疲れているのか、今まで一度も目を覚まさなかった。

「……サイフォン、ここは僕たちに任せて、君とオルガで向かってくれないか？」

ジンの提案に思わずユーノを見た。

ここで二手に分かれると危険は倍増する。特にオルガを連れていくということは、三人で戻るということだ。しかもガイツはトットを背負っているから、戦力としては期待出来ない。実質二人で魔物と戦うことになる。

「本当なら彼を捨て置いて全員で行きたいところだけど、それは出来ないだろう？　それにもっと僕たちのことを信頼して頼ってくれてもいいいんだよ」

ジンの言葉に思わず苦笑が漏れた。

別にいつも頼っているんだがな。と心の中で呟《つぶや》き、俺は思考を切り替える。

「なら頼んだ。あとこれは預けておく……ユーノ、二人のことを任せたぞ」

「はい、貴方《あなた》も気を付けて」

俺は頷くとオルガと二人、来た道を戻った。

正直俺一人で行っても良かったが、オルガがいた方が助かる。

俺、あれ苦手だからな。

二七階に到着したらオルガと並走する。

まったく俺だと走りながら追うことは出来ないってのに、オルガはさすがだ。走りながらも正確に痕跡を探している。

「大丈夫そうか？」

俺の問い掛けに、オルガは「問題ないね」と気軽に答えた。

今、俺たちはソラたちが歩いた道を辿《たど》っている。正確には、クリスの嬢ちゃんとルリカの嬢ちゃんに渡したブレスレットを追っているといった方が正しい。

悪いことだとは思ったが、万が一ダンジョンで分断された時用に渡しておいた。

どう渡そうか迷っていたが、ユーノが料理を教わったお礼ということで、ブレスレットを渡すということで仕込んでおいた。もっとも時間の経過と共に効果は弱くなっていくから、いずれ効果はなくなることになる。そうなればただのブレスレットだ。

まさかこんな形ですぐに役に立つとは思わなかったがな。

ただ二八階に到着してからは、追う速度が遅くなった。

どうも痕跡が薄くなっていて、走ると見逃しそうだという話だ。俺たちが使用している魔道具の調子も悪いし、何か異変がこの階で起こっているのかもしれないと思った。

これは気を引き締める必要がある。

それからは通路の分かれ道で立ち止まり、その都度慎重に痕跡を探すことになった。

そして二八階に到着して二日後。通路を曲がった瞬間金属のぶつかる音や魔物の咆哮《ほうこう》が聞こえてきた。

俺はオルガと顔を見合わせ一気に走る速度を上げた。

やがて通路の先で戦う一団が目に入った。

遠目でもそれがソラたちだと分かった。

あの学園の制服は目立つからな。

さらに加速した俺の目に、黒衣の男に今まさに斬りつけられようとしているソラの後ろ姿が見えた。

どうやらソラはクリスの嬢ちゃんを庇《かば》っているようだ。あのフード付きのローブは間違いなく彼女が着ていたものだ。

俺は踏み込む足裏に力を込めて地面を蹴った。

前傾姿勢となった俺の体は一直線に飛ぶように進み、勢いそのまま黒衣の男の剣を弾くと、返す刀で一刀のもと斬り伏せた。

どうにか間に合った。

視界の片隅では、オルガの加勢している姿が映った。

俺は警戒しながら振り向き……、

「大丈夫かソラ！　それに……エルフ様？」

その姿を見て、言葉を失った。

◇◇◇

大きく目を見開き驚くサイフォンが目の前にいた。

だけど驚いたのは俺も同じだ。何故ここに？　トットたちは？

疑念は湧いたがそれを悠長に考える時間はなかった。

別の黒衣の男がサイフォンの背後から襲い掛かってくるのが目に入ったからだ。

「サイフォン後ろ！」

サイフォンはその声に弾かれたように反転すると、振り返り様、黒衣の男を斬り伏せていた。

「ソラ……大丈夫？」

俺はクリスの囁《ささや》くようなその一言に顔に手を当て、仮面がないことに気付いた。

視線を落とすと、地面にそれが転がっているのが見えた。

それと同時に、クリスの顔を見て凍り付いた。

フードは切り裂かれ、捲《めく》れ上がっていた。

幸い顔に傷はないが、髪の毛で隠していたはずの特徴的な耳が見えていた。

この時、先ほど呟いたサイフォンの声が脳裏に蘇《よみがえ》った。

俺の名を呼んだ後に、確かにサイフォンはエルフ様と言った。

ならサイフォンはクリスの秘密を知ったことになる。

「ソラ、大丈夫だから」

クリスの言葉で我に返った俺が見たのは、笑顔を浮かべた優しい表情だった。

どうやら考えが顔に出ていたみたいだ。

「まずはレイラたちのことが先です」

俺はその言葉を受けて、俺が持っていた予備のローブをクリスに渡すと魔物を倒すため動いた。

途中床に落としたミスリルの剣と仮面を回収して。

サイフォンとオルガの参戦は劣勢を跳ね返すほどの勢いがあり、程なくして戦いは終結した。

ただ問題は残った。サイフォンにクリスの秘密を知られたこと。

それを知ったルリカが驚きの行動を起こしたのもある意味衝撃的だった。

突然サイフォンに斬り掛かったのだ。

「ル、ルリカちゃん。やめて！」

クリスが後ろから抱き付いて止めると、今度はルリカが泣き始めてしまいさらに混乱した。

「けど、けど……」

とすすり泣くルリカを慰めながら、

「ごめんなさい」

とクリスは頭を下げていた。

サイフォンは最初困っていたが、すぐに苦笑を浮かべると二人を許していた。

「……何があった？」

「オルガか。それより奴《やつ》らは？」

「すまない。一人逃がした……」

「……追ってくれ。奴の口を封じる必要がある。見られたかもしれないからな」

サイフォンの底冷えするような声が、その場に響いた。

オルガは頷くと、一人通路の先へと消えていった。

「オルガは何処《どこ》に行ったんだ？」

「一人逃げた奴がいたようだ。クリスの嬢ちゃんのことを見られたかもしれん。可能なら口を封じたいから追ってもらった」

「……その口ぶりだと、クリスのことをサイフォンたちは知っていたのか？」

俺の声に、泣いていたルリカが顔を上げた。

「……まあ、詳しい話はあとだ。とりあえず向こうの手助けが先だが……厄介な奴がいるな」

他にも聞きたいことはあるが、今優先すべきはレイラたちを助けることだと、頭を切り替えた。

「あれは……コカトリスですか？」

クリスもその魔物を見て顔を強張《こわば》らせている。

「ああ、交ざっているな。しかも通常個体よりも体が大きいように見える。石化治療薬はあるが、出来るなら奴のブレスは受けたくないな」

話を聞くと、コカトリスは石化の状態異常を起こすブレス攻撃をしてくる嫌な魔物らしい。

サイフォンが言うには、それでもこの状況で戦うのはまだましとのことだ。

「コカトリスは本来、上空から距離をとって攻撃してくるから倒すのが大変なんだ。ただここは閉鎖された空間だから、こっちの攻撃も届きやすい。まあ、逆に相手のブレス攻撃を避《よ》けるのが大変だって問題はあるけどな」

二八階ともなると高さも幅も広くなっているが、羽ばたいても体の大きさがあるから自由に飛ぶのは制限される。二五階とかだったら厄介だと零《こぼ》していた。

「……それならコカトリスは俺に任せてくれないか？」

懐に入れば弱いという話を聞いた俺は、状態異常耐性のレベルを思い出しながら言った。

現在の俺の状態異常耐性のスキルはレベルが7だから、毒、麻痺、石化が無効になっている。

ちなみに7だと魅了、9だと呪いの耐性がつき、8と10でそれぞれ魅了と呪いが無効になる。

「何か手があるんだな？　なら頼むか。俺たちは周囲の魔物を狩る。ルリカの嬢ちゃんはソラが前に出るなら、クリスの嬢ちゃんたちの護衛を頼む。大丈夫だとは思うが、何処から敵が現れるか分からないからな」

こうして俺たちは前方で戦うレイラたちを助けるために、背後から魔物を強襲した。

接近する俺に気付いたコカトリスは、ブレス攻撃をしてきた。

俺はその攻撃を慌てた様子で大きく飛《と》び退《の》いて躱《かわ》すと、向かってくる魔物を斬り倒しながらコカトリスのもとに急いだ。

きっとこの時、コカトリスの目にはブレスを恐れている人間という感じに俺が映ったに違いない。

サイフォンの話では、コカトリスは狡猾《こうかつ》で知能の高い魔物だということだったし。

そして俺がやっとのことで間合いに入ると、コカトリスは飛び立って離れていく。間合いに入らせないつもりだ。飛べる範囲は狭いとはいえ、上空に逃げられたら攻撃する手は限られる。

俺はそうはさせまいと投擲《とうてき》ナイフで攻撃したが、羽ばたきの風圧で落とされてしまった。

ただこれは囮《おとり》だ。

俺は待機させていたトルネードをコカトリスに向けて放った。

いつものように風の刃《やいば》で切り裂くような威力はないが、飛行を妨害する程度の威力はあった。

虚を突かれてバランスを崩したコカトリスが落ちてくる。

俺がその隙に再度接近を試みると、ふとコカトリスと目が合ったような気がした。

その目は怪しく光り、嘴《くちばし》が大きく開かれた。

そこから吐き出されるのは石化効果のあるあの凶悪のブレスだ。

距離も近く全力疾走のため避けることが出来ない。

俺はそのブレスを全身に浴びることになったが、気にせずそのまま前進した。

石化無効の効果で、ブレスを受けても動くことが出来たから。

ブレスを掻《か》き分《わ》け目の前に現れた俺を見た時、コカトリスが明らかに動揺しているのが分かった。

俺はその隙を逃さず、コカトリスの首を斬り落とした。

コカトリスの死で魔物の戦線は崩れ、レイラ側の冒険者たちも守りから攻撃へと転じたためちょうど挟撃するかたちになった。

やがて魔物は狩り尽くされ、俺たちはレイラたちの救出に成功した。

◇レイラ視点・2

迫りくる魔物たちを前に、私は深呼吸をして精神を落ち着かせました。

体の疲れは抜け切れていないし、体調は正直最悪です。

それでもここで退けば待っているのは全滅です。

特に石化して動けない人たちは間違いなく……。

逃げている間も、何度も議論されました。

石化した人たちを見捨てて逃げようという声が上がったのです。

その度にワルトさんたちリーダー格の人たちが説得にあたってくれていたのを知っています。

それに私たちのことを助けに、一人危険な道を選んだトットのこともあります。

彼のことは心配ですが、今は目の前のことに集中です。

私たちは後方で動けない人たちを通路の見えない位置まで下がらせると、魔物の目の前にその身を晒《さら》しました。

視界に私たちが現れると、魔物たちの足が速まりました。

私たちにとって幸運だったのは、この時コカトリスとその周辺にいる魔物が動かなかったことです。

私たちは盾士の方を中心に守り主体で魔物と戦います。

疲労の溜《た》まっている私たちには長期戦は不利ですが、コカトリスの存在が私たちに攻勢に出るのを躊躇《ちゅうちょ》させています。

ただこの時ばかりは、天は私たちの選択に味方しました。

魔物の向こう側で爆発音が鳴り響くと、コカトリスの周囲にいた魔物の殆《ほとん》どが反転して音のする方に向かっていきました。

それを見て体に力が戻ったような気がしましたが、それは私の勘違いでした。

ううん、それを見てペース配分を乱したツケがしばらくして体を襲ってきたのです。

私たちの目の前には確かに無数の魔物の死体が転がっていますが、負傷し後方に下がった人もいます。

それでも戦えたのは、退けない理由があったからだと思います。

けどどんなにその気持ちがあっても、やがて限界はやってきました。

最早《もはや》剣で体を支えるのが精一杯で、動くことも難しい。

まだ戦い続けているワルトさんたちの背中が、とても大きく見えました。

そしてその大きな背中よりもさらに大きなコカトリスが、ゆっくり動き出すのが見えました。

私はその動きを、目でゆっくり追いました。

ただコカトリスは私たちの方ではなく、反対側に向かいました。

その時コカトリスの体で隠れていた向こう側が見え、そこにソラがいるのが見えました。

ううん、ソラだけじゃない。ヒカリちゃんやセラもいます。

ソラは驚くことにコカトリスに正面から立ち向かい、そのブレスを一身に受けました。

ソラはダンジョンに出る魔物のことをよく調べていましたが、もしかしてコカトリスのブレスのことを知らないのかもしれません。そもそもこのダンジョンには出るはずのない魔物ですから……。

そんなことが脳裏を過《よぎ》りましたが、ソラは驚くことに無事でした。

そして呆気《あっけ》なく、コカトリスを倒してしまいました。

それから程なくして魔物は狩り尽くされ、私はその場に座り込みました。

◇◇◇

「大丈夫かレイラ？」

「ソラ……どうしてここにいるのですの？」

「ああ、実は二七階でトットに会って、それでここまで来たんだ。とりあえず治療をするよ」

聞けばポーションが尽きかけているとのことで、俺はミアと手分けして治療に当たった。

傷を治すことは出来たが体力までは回復出来ないため、肩を貸しながら通路の先にいるという負傷者のもとに向かった。

そこにいた人たちはさらに酷《ひど》い状態で、治療というよりもただ休ませているといった有様だった。

トリーシャともう一人、神聖魔法の使い手はいたが、既に魔力がなくなっているため治療することが出来なかったそうだ。

「ミアさん……」

「よく頑張ったね。あとは任せて」

ミアが言葉を掛けると、トリーシャは安心したように眠ったようだ。

聞けば石化した人たちに、定期的にリカバリーをしていたという。

ケーシーをはじめとした四人には、持ってきた石化治療薬が効かず、さらに時間の経過とともに石化の範囲が広がったため、リカバリーでどうにかその進行を止めていたようだ。

「ミアなら治せますの？」

「分からない。だけどやってみるね」

ミアが集中してリカバリーを一人ずつ唱えていく。

すると四人中一人の石化が治った。残りの三人も石化していた範囲が少し小さくなったみたいだったが、完治には至らなかった。

「ごめん。私ではこれが精一杯みたい。早く戻って治療薬を手配するか……司祭様に頼んだ方がいいかも」

ミアは頭を下げて謝ったが、それを責める者は誰一人いない。

それどころか、少しだけだが石化が治っているのを見て感謝すらしている。

けどミアはその結果に悔しさを滲《にじ》ませていた。

「ごめん、レイラ。私の力が及ばなかったから」

だから何度も何度も、ケーシーを治せなかったことをレイラに謝っていた。

「仕方ありませんわ。それに久しぶりですの。ケーシーちゃんがあんな安らかな顔で眠っているのを見るのは。それは間違いなくミアのお陰ですわ」

聞けば石化の状態異常に掛かっていた四人は、碌《ろく》に眠ることも出来ずに苦しんでいたそうだ。

それを考えるとミアのリカバリーが効いたのは、凄《すご》いことだと言った。

俺はそれを聞いて、ダンジョンでミアのレベルが上がって成長したからか、もしくは彼女が聖女だからトリーシャたちが治せなかったものを治せたのかもしれないと思った。

「とりあえず食事をしよう。少し食べやすいやつを作るよ」

俺が料理をしている間、ヒカリとセラが魔物の死体の回収をしてくれた。特にコカトリスやオーガはこのダンジョンでは現れない魔物だし、是非確保したいというのもあった。

料理を食べ終わったレイラたちは、それこそ死んだように眠った。

気を張っていたため、ゆっくり休むことが出来なかったようだ。実際目の下の隈《くま》は酷いものだった。

代わりに俺たちが見張りに立つことになったが、正直俺たちも疲れている。もちろんレイラたちに比べればまだまだ元気だが、かなり急いで移動していたからな。

「……サイフォン、ちょっといいか」

見張りをしていたサイフォンに近付き俺は話し掛けた。

「睨《にら》むな睨むな。クリスの嬢ちゃんのことだろう？　あれには俺も驚かされたが、まあ、少し納得した。それについては戻ってから話そう。ここで話すようなことじゃないからな。それと口外もしない、約束する」

その時のサイフォンの顔は真剣そのもので、その言葉に嘘偽《うそ》りはないと思いそれ以上俺は言うのをやめた。

代わりに気になることを聞くことにした。

「……それよりどうして戻ってきたんだ？」

「説明はちょっと難しいが……まあ、勘のようなものが働いてな。悪いことが起きそうというか……上手《うま》く説明出来ないんだがな」

サイフォンは困ったように頬《ほお》を掻いていた。

「それじゃトットたちはどうしたんだ？」

「トットの意識はまだ戻ってなかったが、そっちはジンたちに任せてきた。なに、三人だけだが俺の自慢の仲間たちだ。大丈夫だ」

そう言い切るサイフォンからは、ジンたちに全幅の信頼を置いていることが伝わってきた。

「そっか……それと遅くなったけどありがとう。助けてくれて」

俺の言葉に、「いいってことよ」と素っ気ない言葉を返したが、ちょっと耳が赤くなっているのを俺は見逃さなかった。

そして俺たちはここで二日間過ごすことになった。

その間、ルリカはクリスにべったりで離れようとはしなかった。

その後移動を開始した俺たちは、最初二七階に戻ろうかと思ったが、二九階への階段の方が近いことが分かりそっちに移動することにした。

途中オルガが戻ってこないけど大丈夫かサイフォンに確認したら、オルガには帰還石を持たせてあるから、それを使って逃がした黒衣の男を追ったんだろうと言っていた。

二九階に着いたのは移動を開始してから三日後になったが、二九階からは帰還石が無事使えることが分かり、俺たちはそれぞれ帰還石を使用してダンジョンから脱出した。

◇◇◇

ダンジョンから帰還してからも忙しかった。

まずは石化の治っていない三人が冒険者ギルドの医療室みたいなところに運ばれた。ギルドで保管してある石化治療薬を使ってくれるみたいで、教会の司祭も念のため手配してくれるとのことだ。

また既にトットたちは無事到着していたらしく、何が起こったかの報告を頼まれたレイラたちは、代表してワルトとレイラが、あとは目撃者ということで俺とサイフォンが呼ばれた。

クリスたちには先に家に戻って休んでいるように言った。

「そのようなことが……」

「襲撃した者たちの遺体はソラ少年が回収してくれています。ただ少年たちの話だと、一人逃がしたということです」

「それはすぐに手配しましょう。人相が分かる人はいますか？」

「俺の方で把握してる」

「ではサイフォンさん。彼に説明をお願いしますか？」

レーゼは二つ隣に座る男を紹介し、サイフォンは男と共に別室に移った。

その後は遺体をギルドに渡し、ワルトたちと二八階で倒した魔物の分配を行った。

ワルトとレイラは助けてもらったからと辞退しようとしたが、コカトリスを俺たちに譲ってもらう以外は普通に分配した。

「ソラ、今回はありがとうですわ。ソラたちがいなかったら、きっと私たちはこうして戻ってくることが出来ませんでしたわ」

「それならトットを労《ねぎら》ってあげるといいよ。彼がいなかったら俺たちも駆けつけることはなかっただろうし」

「ええ、そうですわね」

俺とレイラが並んで受付の方に戻ると、そこにはヒカリとミアの姿があった。

「先に帰ってたんじゃないのか?」

「主待ってた。それからミア姉が……」

「ソラ。もう一度ケーシーたちの様子を見たいの……もう司祭様たちの力で治っているかもだけど」

レイラも様子を見に行くつもりだったらしく、四人で医療室に立ち寄った。

医療室は慌ただしく、石化の治療が済んでいない冒険者の仲間たちが部屋の片隅に集まっているのが見えた。

彼らの話によると、ギルドにあった石化治療薬も司祭によるリカバリーも効果がなかったようだ。

「ケーシーちゃんもだけど、治療出来なかった二人もコカトリスのブレスを大量に受けたのが原因かもですわ」

レイラはケーシーに助けられた時のことを俺たちに話すと、ベッドに横たわる彼女を心配そうに見詰めている。

「ねえ、レイラ。もう一度魔法を試してもいいかな？」

「ミア……」

「結果は変わらないかもだけど……」

ミアの真剣な視線を受けてレイラは戸惑いながらも頷《うなず》いた。

たぶん治療出来なかった時のミアのことを思い、心配したんだと思う。

看病する冒険者たちに断りを入れて、ミアがもう一度リカバリーを唱えていく。

その表情は真剣そのものだが、硬さというか緊張しているのが分かった。

するとどういうことか、二八階では治療できなかった二人の冒険者の石化が治った。

冒険者たちは驚きの声を上げ、感謝の言葉を口々に言ってきた。それはもう、ミアが気圧《けお》されるほどの喜びようだった。

ミアもそれを見て安堵《あんど》の表情を浮かべているから、申し出たのはいいが本当に治るか不安だったのだと思う。

俺がこの時思っていたのは、二八階の環境だった。

二八階では魔法や魔力関係の効果が著しく下がっていた。

だからリカバリーの効力も十分に発揮出来ていなかったのではと思ったのだ。

ミアもそう感じていたから、もしかしたらもう一度試してみたいと言ったのかもしれない。

そしてミアは残る一人……ケーシーにもリカバリーを使った。

呪文と共にミアの手が輝きを放ち、ケーシーの身を包んでいく。

誰もが先ほどと同じような結果が起こると期待し……魔法の光が収まった時、ケーシーの状態は右手全体を覆っていた石化のあとが綺麗《きれい》になくなっていたが、完治することはなかった。

それから何度もミアはリカバリーを唱え続けた。

俺たちが止めても頑《かたく》なに続け、最後には魔力が枯渇したのか倒れてしまった。


「ソラ、ミアには気にしないようにと伝えてください」

「ああ、分かった。俺も錬金術で効果の高い石化治療薬が作れるか探してみるよ」

俺は気を失ったミアを背負い、ヒカリと一緒にギルドを出た。

ギルドを出たところにサイフォンとオルガが立っていて、黒衣の男を取り逃がしたことを教えてもらった。

「すまない」

とオルガは謝ったが、これればかりは仕方ないと諦めていた。

人一人を探すことは、それこそ追跡系のスキルでもないと難しい。そもそもダンジョン内にまだ残っている可能性だってある。

報告を受けて町を封鎖したとのことだが、既に町を抜け出しているかもしれないし、手段を選ばなければ外壁を越えることだって可能だ。

黒衣の男にクリスがエルフだとバレたかは分からないが、その辺りの対策も必要になってくるかもしれない。レイラを狙っていたことを含めて。

「それでソラよ。色々と話したいことがある。早い方がいいと思うが今日は無理そうだから、明日の早い時間にそっちに行かせてもらう」

サイフォンはそう言うとオルガと何事か話しながら町の雑踏へと消えていった。

「主……あれは王国の人間かも」

帰宅途中、不意にヒカリが俺に言ってきた。

「あれってのは、黒衣の男か？」

「うん、なんとなくそんな空気を感じた」

空気？　雰囲気ではなくか？

そうなるとクリスだけでなく俺も危ういのか？　ダンジョン攻略を続けないで移動した方がいいのか？

「主、大丈夫？」

「とりあえず警戒だけしておこう。それに今日すぐに動くことは出来ないからな」

庭の片隅に小屋を造って、そこに影を見張りに立たせておいて、ついでに家全体を結界術のシールドで囲んでおくか？

そんなことを考えていたら、背負っていたミアが意識を取り戻した。

「ソラ？　ここは？」

「ああ、家に帰っている途中だよ」

「そう……なんだ……」

「どうした？」

「……助けられなかった。ケーシーだけ……友達を助けられなかった……」

「……それは仕方ないよ。あれはミアのせいじゃない」

「……分かっているよ。けど……私にもっと力があったら……聖女なんて呼ばれていたけど……結局名前だけの存在だったんだよ。お飾りだったんだよ」

そんなことはない。その一言がどうしても口に出来なかった。

俺を掴《つか》むミアの腕に力が入り、ギュッと抱き締めてきた。

小さな声で、何度も何度も謝っている声が聞こえてきた。

「ミア姉」

その様子をヒカリが心配そうに見ていた。

その隣では、シエルもオロオロしながら俺たちの周囲を飛んでいた。

閑話・5

計画は失敗した。

待ち伏せして襲撃するところまでは計画通りだったのに……。

最初の誤算は、あの冒険者。金に卑しい、無能な男。

それなのに最後に私の計画から逸脱した行動をとりました。

まさかあそこで罠《わな》を発動させるとは思いませんでした。

しかもその罠が最悪で、ダンジョン全体を揺るがし、このダンジョンでは出ないはずの魔物が次々と召喚されました。

その魔物たちに幻術スキルが通用したのは良かったですが、多くの魔物に使ったため体への負担が大きかったようです。魔物たちに見せたのは、私たちが魔物の仲間だと認識させるものでした。

そのお陰で魔物の誘導には成功しましたが、当初の身柄確保の計画は難しくなったと思いました。

次の誤算は、ダンジョン探索者に襲撃されたことです。

背後からの奇襲に虚を突かれたのは否めませんが、まさか学生であれだけの手練《てだ》れがいるとは思っていませんでした。

あれが偶然なんて思いません。確実に私たちを狙っての襲撃です。

魔物の参入で反撃態勢に入れましたが、最終的に追加で現れた冒険者のせいで仲間の多くが倒れ、私も撤退を余儀なくされました。

本来なら失敗は死を意味しますが、この情報を持ち帰ることを優先しました。

間違いありません。あの時、あの場所にいたのは13号です。それにあの顔……破棄された人相書きの異世界人。さらにはエルフもいました。

これを持ち帰り報告すれば、間違いなくこの失敗は不問になるはずです。

追っ手の冒険者を撒《ま》いた私は、とにかくこの町を出ることを優先しました。


「どうにかなりましたね」

戻ってきた時には町は封鎖されていましたが、残念ながら私にそれは通用しません。

もちろん警戒は必要です。油断は出来ません。

そんな私の目の前に、その男が現れました。

私の前に立ち塞がる男は……人間、なのですか？　対峙《たいじ》するだけで最大限の警鐘が鳴っています。

本能がすぐにこの場から離れろと訴えてきますが、体が動きません。

そして目の前の男の体の輪郭が歪《ゆが》みました。そう、歪んだように見えたのです。

次の瞬間、そこに立っていたのは……。

「魔、人？」

そう、魔人です。

頭に生えた二本の角に、背中には羽が見えます。

私は幻術スキルを使って時間を稼ごうとしましたが、失敗に終わりました。

剣に手を伸ばそうとしましたが、一歩魔人が踏み出したと思った時には、既に私の目の前にいました。

何事か呟《つぶや》く声が聞こえ、魔人の腕が私の体を……貫くことはありませんでしたが、意識が朦朧《もうろう》としてきます。

魔人の声が遠くで聞こえ、私の口が意思に反して開きます。

言ってはいけないことを喋《しゃべ》っているような気がしますが止められません。

「ご苦労。もう用はない」

それが私の聞いた最後の言葉でした。

第7章

翌朝、結構早い時間に約束通りサイフォンたちがやってきた。

イロハとエルザたちには大事な話をする旨を伝えたら、買い物とノーマンたちのもとに行くと言って出掛けていった。

現在客間にはヒカリとミアを除くダンジョン攻略のパーティーメンバーが集まっている。

ヒカリとミアがいないのは、ミアの体調がすぐれないからだ。ケーシーを治せなかったことを未《いま》だ引きずっているみたいだ。シエルも心配なのか、昨夜からずっとミアに付きっ切りだ。

ルリカは相変わらず警戒しているようで、態度からそれを隠そうとしない。クリスがちょっと困った表情を浮かべている。

「……あー単刀直入に言うが、実は俺たちエルド共和国の出身なんだ。それで、だ。これをクリスの嬢ちゃんたちに渡そうと思ってな。本当は黙っているつもりだったわけだが、まあ、信頼してもらうためには仕方ないかと思ってな」

そう言ってサイフォンが渡してきたのは、封のされた手紙だった。

それを受け取ったクリスは戸惑いの表情を見せた。

「クリス、どうしたの？」

そんなクリスの様子を見て、ルリカが心配そうに尋ねた。

「あ、うん。この封印。見たことがあるんです。確かお婆ちゃんが受け取っていた手紙にも同じようなものがありました」

クリスは封を切って中を確認すると、それをルリカに渡した。

ルリカはそれを一読し、サイフォンの方を一度見て再び手紙を読み始めた。

「これ……本当なの？」

「あー、すまない。俺はその手紙の内容を知らないんだ」

ルリカはそれを聞いてサイフォンに手紙を返し、それを見たサイフォンは頰《ほお》を引き攣《つ》らせていた。

「ま、まあ、これで。俺たちが味方だということが分かってくれたよな？」

サイフォンの声が裏返っていたが、あの手紙にはなんて書いてあったんだ？

「こほん、それよりも……クリス様。我らゴブリンの嘆き一同。改めて同行することの許可をいただきたいと思います」

サイフォンたちは立ち上がると、跪《ひざまず》いてクリスに頭を下げた。

突然のことにクリスは戸惑い、何故《なぜ》そんな態度を取ったのかサイフォンに聞いたら、サイフォンたちが生まれ育った町にはある種のエルフ信仰があったようで、

「昔から親に、俺たちが生活出来るのはエルフ様のお陰だって話を聞かされて育ったんだ」

とのことらしい。

実際にクリスがエルフの姿になると、ジンなんて祈りを捧《ささ》げ始めてちょっと怖かった。

それからサイフォンに当たり障りない範囲で事情を聞いたところ、元々はクリスたちを見守るのは王国内だけだったそうだ。

エーファ魔導国家の首都で会ったのは本当に偶然で、最初はユーノの知り合いがプレケスにいるため、プレケスのダンジョンに行く予定だったという。

ただプレケスのダンジョンには入場出来ず今後のことを相談していたところ、クリスたちがマジョリカでダンジョン攻略をするから可能な限り守るように指令を受けたそうだ。

その時追尾機能を付けたブレスレットを渡した件も謝ってきた。

「クリスの嬢ちゃんたちが学園に通っているってのは調べたんだがな。ここはなかなかガードが固いし、ひとまずダンジョンに潜りながら接触の機会をうかがおうって話してたんだ。フレッドとクリスの嬢ちゃんたちの知り合いが顔見知りだって知った時は驚いたが、チャンスだとは思ったな。まあ、その知り合いがまさかソラ本人だったのにはさらに驚いたけどよ」

それでフレッドたちがウィルの依頼を受けた時も、サイフォンたちは断って俺たちとダンジョンに行くことを選んだわけか。

「それでやっぱりダンジョン攻略を続けるのか？　俺たちとしてはあまり危険なことは避けてほしいところなんだがな」

「俺としては素材集めってのはあるんだが、ダンジョン攻略をしなきゃならない事情があるんだ」

俺は今起きている状況をサイフォンたちに説明した。

モンスターパレードの知識はサイフォンたちにもあったらしく、ギルドが下層の素材に大金をかけて討伐を推奨している理由にもそれで納得していた。

ただそれでもダンジョンの危険を知っているからか、迷っている様子だった。

「あ、あの、危険なのは私も知っています。ただ、この話はこの町に住む同族の方から頼まれているんです！」

クリスは慌てていたのか、つい口を滑らせてしまった。きっと反対されて、行動を制限されるのに危機感を覚えたからなんだろうけど。

ただその一言はサイフォンたちには効いた。エルフからの願いと聞いて、態度が一変した。

その後は今後の計画を話し合っていたが、その際中、サイフォンが思い出したように言ってきた。

「そうだ。伝えないといけないことがあったんだ。実は今朝ギルドに呼び出しを受けてな。確認を頼まれたんだ」

「確認？」

「ああ、逃げていた黒衣の男の件だ。報告した男に似た死体が発見されたってことで、本人確認を俺とオルガが頼まれた。間違いなく、逃げた男だった」

「ならひとまず安心してても大丈夫ってことか？」

それが本当なら朗報だと言える。

「一応警戒はしておいた方がいいと思う。誰かに報告をした可能性もあるからな。ただ拠点は既に抑えてあるって話で、そこには立ち寄った形跡はないとギルドの人からは聞いたけどな」

ダンジョンについての話が終わったら、それからは別れたあとのことを色々と話した。

思えば俺の正体を告白してから、ゆっくりお互いのことは話していなかった。この時ヒカリに関しては魔物に滅ぼされた村の生き残りという話をし、ミアに関してはセラと一緒に奴隷商から購入したことにした。さすがに聖女であると正直に話すわけにはいかないから。

そうしてサイフォンたちを見送るため家の外に出た時、サイフォンが話し掛けてきた。

「そういえばもう一つ思い出したことがあった。ソラたちのような黒髪は珍しいじゃないか。それで、王国にソラの親戚はいたりするか？」

「いや、いないけど何でだ？」

「ああ、プレケスに向かう途中で王国の馬車を見掛けてな。たまたま窓が開いていて中が見えたんだ。すぐに窓は閉められてしまったんだけどな。そこで黒髪の人を見た気がしたんだ」

ソラと関係ないならいいと言って、サイフォンたちは帰っていった。

俺はその言葉を聞いて、王城で別れた人たちのことを思い出していた。

自分のことで忙しかったというのもあるが、彼らのことをこうして思い出したのはイグニスと話して以来かもしれない。

向こうの世界のことは時々思い出したことはあったんだけどね……料理のこととかで。

待遇は優遇されているから無事であるとは思うが、ヒカリのことを考えるとどんなことをさせられているかは不安になる。


その夜ミアと話したが、やはり元気がなかった。

慰めの言葉よりも、一番なのはケーシーを治すことだ。

俺はステータスを確認しつつ創造で出来ることを探した。


名前「藤宮そら」　職業「スカウト」　種族「異世界人」　レベルなし

ＨＰ520／520　ＭＰ520／520　ＳＰ520／520（＋100）
筋力…510（＋０）　体力…510（＋０）　素早…510（＋100）
魔力…510（＋０）　器用…510（＋０）　幸運…510（＋100）

スキル「ウォーキングＬｖ51」
効果「どんなに歩いても疲れない（一歩歩くごとに経験値１取得）」
経験値カウンター　892406／1100000
スキルポイント　３

習得スキル
【鑑定ＬｖＭＡＸ】【鑑定阻害Ｌｖ５】【身体強化ＬｖＭＡＸ】【魔力操作ＬｖＭＡＸ】【生活魔法ＬｖＭＡＸ】【気配察知ＬｖＭＡＸ】【剣術ＬｖＭＡＸ】【空間魔法ＬｖＭＡＸ】【並列思考ＬｖＭＡＸ】【自然回復向上ＬｖＭＡＸ】【気配遮断ＬｖＭＡＸ】【錬金術ＬｖＭＡＸ】【料理ＬｖＭＡＸ】【投擲《とうてき》・射撃Ｌｖ９】【火魔法ＬｖＭＡＸ】【水魔法Ｌｖ９】【念話Ｌｖ９】【暗視ＬｖＭＡＸ】【剣技Ｌｖ８】【状態異常耐性Ｌｖ７】【土魔法ＬｖＭＡＸ】【風魔法ＬｖＭＡＸ】【偽装Ｌｖ９】【土木・建築Ｌｖ９】【盾術Ｌｖ８】【挑発Ｌｖ９】【罠《わな》Ｌｖ７】【登山Ｌｖ２】

上位スキル

【人物鑑定ＬｖＭＡＸ】【魔力察知ＬｖＭＡＸ】【付与術ＬｖＭＡＸ】【創造Ｌｖ８】【魔力付与Ｌｖ３】【隠密Ｌｖ３】

契約スキル

【神聖魔法Ｌｖ５】

称号

【精霊と契約を交わせし者】

レベルが上がってスキルポイントは増えたが、治療薬を作るなら創造のスキルだろうか？

【カルカトクスの薬】石化の状態異常を治す薬。良薬は口に苦し。塗ることをおススメ。

効果を読む限り石化治療薬っぽいが、どれほど効果があるかは謎だ。

ただギルドが用意した既存の石化治療薬は、品質が高いものであっても治すには至らなかった。

創造で出来るものは普通のアイテムよりも有用なものが多いし、試してみる価値はあると思う。

【カルカトクスの薬】

必要素材――フルポーション。コカトリスの血。コカトリスの毒腺《どくせん》。魔石。

コカトリスの血と毒腺に関しては死体から回収出来るだろう。

問題はフルポーションだ。初めて聞く名前だ。

一つだけならＭＰを消費して作ることは可能だけど、それは最終手段だ。

錬金術でリストを確認するが名前はない。

ということは創造の方か？

確認してみたら創造の中にそれはあった。


【フルポーション】ＨＰ・ＭＰ・ＳＰを回復してくれるポーション。一石三鳥の効果がある優れ物。


ＨＰとかを一括して回復してくれるポーションか。使いどころが難しいな。

俺は魔法でＭＰを、スキルでＳＰの両方を消費することが多いから助かるが、そんな人は稀《まれ》だ。

基本魔法使いは魔法を。攻撃、探索系のスキルを使う人はスキルしか使わないから、どちらか片方の回復薬しか使わなかったりする。まあ、便利であることに変わりはないけど。

【フルポーション】
必要素材——回復ポーション。マナポーション。スタミナポーション。魔石。

材料は簡単に揃《そろ》えることが出来るし、自分用も少し作っておくか。

とりあえずいくつかフルポーションを創造で作ったら、今度はヒカリとルリカのもとを訪れた。

ヒカリはエルザとアルトと一緒にいて、ルリカはちょうどお風呂上《ふろあ》がりだったようで、濡《ぬ》れた髪の毛を拭いているところだった。

「どうしたの？　お風呂なら今クリスが入ってるから、覗《のぞ》くなら責任とってよね？」

そこは覗くなと注意するところだと思うよ？

ただいつもの調子に戻ったようで良かった。

クリスがエルフだとサイフォンたちに知られてからは、かなり剣呑な雰囲気だったからね。エルザとアルトも昨日はちょっとルリカのことを怖がっていた。

「いや、聞きたいことがあって。ルリカたちはコカトリスの解体は出来るか？」

「私はちょっと無理かな。ヒカリちゃんは？」

「やったことない」

そうすると明日サイフォンたちに聞きにいってみるかな？　無理そうならギルドで頼む必要があるかもしれない。

◇◇◇

翌日、ミアを連れて皆で外に出た。行き先はノーマンの家だけど、気分転換に少し町中を歩いて遠回りすることにした。

学生街はマギアス魔法学園の生徒が寮生活をしているから朝は人が少ないはずなのだが、今はダンジョン地区で宿を取れなかった冒険者の多くがこちらに流れてきているから賑《にぎ》わっていたりする。

結局ノーマンの家に到着したのは家を出てから一時間後だった。

ノーマンの家に到着すると、わらわらと子供たちが寄ってきてミアは連れ去られてしまった。人気あるからな、ミアは。面倒見もいいし。聖女だった時も孤児院の表敬訪問みたいなのをやっていたみたいだし。

「今日はどうしたんだ？」

確かに昨日の話し合いで今日は一日フリーにすると言っていたから、俺たちが訪れて驚いているのだろう。

「サイフォンたちに聞きたいことがあったんだ。コカトリスなんだけど、解体出来たりするか？」

俺は錬金術の素材として、コカトリスの血と毒腺を使いたいことを話した。

「ああ、オルガなら出来るはずだ。どうする？　嬢ちゃんたちも見てくか？」

興味を示していたヒカリとルリカは頷《うなず》き、オルガの解体教室が開催された。

俺も一応参加したが、ノーマンたちの中でよく解体する面々も見学に来ていた。

オルガの説明は分かりやすい、んだと思うが、近頃解体を殆《ほとん》どしてなかったからかちょっとついていけない。これからはもう少し頑張ろうかな？

コカトリスの肉は内臓に近い部分は駄目だか、その他の部位は美味《おい》しいようだ。

折角だし後でまた肉祭りかな？　ヒカリは期待に満ちた目で見てくるし、ノーマンたちも悪いと思いつつもチラチラとこちらをうかがっている。

とりあえず血と毒腺を受け取った俺は解体部屋を出ると、作業部屋を一つ借りて創造スキルでカルカトクスの薬を複数作った。毒腺の量が多くないため、半分は残しておいた。他の使い道があるかもしれないからね。

　薬が完成したから少女たちの指導をしているイロハにケーシーのお見舞いに行きたい旨を伝えたら、明日面会出来るように手配してくれるとのことだ。


「ミア、明日ケーシーの見舞いに行く予定だけどどうする？」

　ミアを探して家の中を歩いていると、クリスと一緒だった。

　一緒にいた子供たちは、イロハやエルザたちと作業をするため別れたそうだ。

「ソラ、それに私も同行してもいいですか？」

　クリスの申し出を不思議に思ったが、特に問題ないと思い頷いた。

　その後久しぶりにゆっくりと学園のことを話して過ごし、お昼は皆で食事をして、夜は待望のコカトリスの肉で肉祭りをやった。もちろん他にも肉は用意した。

　ノーマンたちはこんな日がいつまでも続いてくれたらと言いながら、コカトリスのステーキ肉を頬張《ほおば》っていた。

　確かに今は俺たちがいるし、ある程度面倒を見ることが出来ている。

　ただダンジョン攻略が終われば、俺たちも間違いなくこの町を去ることになる。エリスを探すという目的があるから。

　クリスは無理をする必要はないと言うが、それは俺がやりたいと思ったことだし、何よりもっと色々な国を回ってみたいという願望がある。ちょっと不謹慎な動機だけど。

それを考えると、俺たちがいなくなった後のノーマンたちの生活基盤を考える必要がある。

これはエルザとアルトも同じだが、二人に関してはノーマンたちと一緒に住んでもらえばいいと思っている。

「色々考えないとな」

ダンジョンには現在二九階まで到達している。

これからさらに進むのは大変になるかもしれないが、それでも目標の四〇階までかなり近付いたのは確かなのだから。


翌日俺たちはレイラの家に来ていた。

ケーシーがこちらで療養していることを知ったからだ。

部屋に通されるとそこにはトリーシャがいて、定期的にリカバリーで治療しているそうだ。

「放っておくと、ケーシーちゃんの石化が進行してしまうみたいですの。それでトリーシャちゃんに頼んで来てもらっているんですわ」

トリーシャ一人では負担があるため、神聖魔法研究会でリカバリーを使える子にも頼んでいるそうだ。

さすがに教会の司祭は、領主とはいえ気軽に呼んで滞在させることは出来ないみたいだ。

「それでイロハから石化治療薬のことを聞きましたが……」

「ああ、既存のものとは違うからどうなるか分からないが、とりあえず塗っても効くようだから試してもらってもいいか？」

飲ませなくていいか聞かれたので、かなり味が悪いことを伝えた。

確かにポーションもそうだけど、負傷した場所にもよるが飲ませた方が効果は高かったりする。

だがあれはな……俺は試しに一舐《な》めした時のことを思い出し思わず顔を歪《ゆが》めた。あれは最終手段だよな。ドロスの実に負けず劣らずな味だったし。

部屋の外で待つこと数分。なんか騒がしい声が聞こえたと思ったが、部屋から出てきたレイラを一目見て失敗したことがすぐに分かった。

レイラの話によると、一度は石化が完全に治ったそうだ。ただしばらくすると石化の症状が再び現れて、元の状態に戻ってしまったという。

「……レイラさん。少し私たちだけにしてもらってもいいですか？」

それを聞いたクリスがレイラに頼んだ。

突然のクリスの言葉に、レイラが戸惑いの表情を浮かべた。俺もちょっと驚いた。

「私とソラとクリスの三人で、ケーシーの容態を見たいの。他の人たちを部屋から出してもらってもいいかな？」

ミアが説明をすると、クリスは顔を真っ赤にして俯《うつむ》いてしまった。説明が上手《うま》く出来なかったこと、言葉足らずなことに気付いて恥ずかしかったようだ。

レイラはミアを心配そうに見て、一度俺の顔を見てから許可をくれた。いや、俺も何の説明も受けてないから戸惑い中ですよ？

部屋に通され、三人になるとクリスが改めて何をするのか説明してくれた。

「俺とミアの神聖魔法で治す？　けど俺はリカバリーを使えないぞ？」

「はい。正確には私を通して二人の力を繋《つな》げて神聖魔法を強化します。ちょっと言葉では説明するのは難しいです」

クリスの話によると、三人で手を繋いで輪になって、魔力を循環させてミアの神聖魔法を強化するらしい。

それなら俺とミア二人で魔力を流す方法で良さそうだが、三人でないと駄目らしい。

「これは私が考えた方法じゃなくて、シエルが考えたんです」

俺は宙に浮かぶシエルに視線を向けると、まるでどうだとでも言いたげに耳を大きく振った。

人間の仕草で言うと、手で胸を叩《たた》いたって感じか？

「ケーシー、少し苦しいかもだけど移動させるね」

ミアの声に、ケーシーが薄っすらと目を開けて頷いた。

俺はミアに言われるままケーシーを抱えると、椅子に座らせた。

力が入らないのかケーシーがずり落ちそうになったから、体勢を整えるのに苦労した。下手に俺が触ることが出来ないから、その辺りの最後の調整は二人にしてもらったけど。

「それじゃ始めます」

ケーシーを囲むように、俺たち三人は輪になった。

俺の右手をミアが、左手をクリスが握る。ミアとクリスも手を繋いだ。

クリスの魔力の高まりを感じ、俺たちを包み込む。

その時頭の中に声のようなものが聞こえた。

それは囁《ささや》くような声で、聞き取りにくいものだった。

ただその声音に覚えがあった。

俺は宙に浮かぶシエルに視線を向けると、シエルの体が光に包まれていた。

その姿は普段のフワフワしているシエルからは考えられないほど、厳粛でちょっと近寄りがたい雰囲気があった。

声音は徐々に俺の頭の中で大きくなったが、まるで意味のなさない音のように聞こえた。

ただその音はやがて一つにまとまり、頭の中に浮かんだ言葉があった。

「『リカバリー！』」

自然と口からその魔法名が出た。

それは俺とミアが同時に唱え、瞬間さらにシエルの体の光の量が増えた。

その光はやがてケーシーへと伸びて、ケーシーの体を優しく包み体の中へと入っていった。

それと同時にシエルの体から光が消えて、重力に従い落下していった。

俺は慌てて手を離して受け止めたが、視界の片隅にクリスの体が前に倒れていくのが見えた。

俺は手を伸ばして間一髪クリスの体を受け止めたが、その時ちょっと柔らかい感触が腕に触れたのは、不可抗力です。

「ソラ！」

だからミアの突然の叫び声にビクリとしたが、ミアは俺たちではなくケーシーのことを見ていた。

「ケーシー？　大丈夫なの？　痛いところない？」

ミアの呼び掛けに、ケーシーが目を開けて自分の手を見詰めている。

その後自分の手で体をまさぐり、恐る恐るといった感じで立ち上がった。

「だ、大丈夫です。動きます……動けます！」

ケーシーは涙を流しながらそう言葉を発した後に、盛大に咳《せ》き込んだ。

俺は先ほど一度は治ってまた石化状態に戻ったことを聞いていたから、鑑定して状態を確認したが問題なく完治しているようだった。

「とりあえず落ち着いて。一度休もう。ソラ、は……！　クリス、大丈夫なの？」

「魔力を一気に消費した反動みたいだ。レイラを呼ぶついでに休めるところを借りてくるよ」

俺は部屋を出てレイラにケーシーのことを伝えると、レイラたちは慌てて部屋の中に飛び込んでいった。

背後で歓声が上がるのを聞きながら、俺はメイドさんに部屋まで案内してもらった。


クリスの寝顔を眺めながら、俺も何度か倒れた経験があるが、皆にこんな気持ちにさせていたのかなと思っていた。うん、これからは気を付けよう。

シエルも意識を失ったままだから、枕元に一緒に寝かせている。

一人と一匹の様子を眺めていたらノックの音がしたため、ミアがやってきたのかと思ったら、そこにいたのはレイラの父であるウィルだった。

「ああ、そのままでいい。それよりもありがとう。君たちのお陰で大事な親友の娘を助けることが出来た」

そう言えば以前レイラがそんなことを言っていた。

「それはそうとそちらのお嬢さんは大丈夫なのかな？」

「はい、魔力切れを起こしてるだけですから」

「そうか……それとケーシーの件だけでなく、レイラの件も助かったよ。プレケスから人が多く流れてきたタイミングで、間者が紛れ込んでいたとは。警戒はしていたんだがね」

ウィルはあくまで可能性ということで、レイラが狙われた理由を教えてくれた。

領主の娘を襲うことでマジョリカを混乱させる狙いがあったというのもあるが、何よりこの国の上層部……レイラの母親に圧力を掛けようとしたのではないかと言った。

詳しく話を聞くと、レイラの母親はこの国の首都で要職に就いていて政《まつりごと》に関わっているとのことだ。

「一五階の鉱石の件もそうだが、君たちには世話になっているから、何か必要なことがあったら力になるよ。あと今回の襲撃の件だが、ギルドでも釘《くぎ》を刺されたと思うが他言無用で頼む。動揺が広がるのは防ぎたいし、疑心暗鬼になると困るからね」

黒衣の男が黒幕だとは思うが、遺体を確認した人たちの話では襲撃者たちはプレケスから流れてきた冒険者という話だったからな。

ウィルが部屋から出ていくと、代わりにミアが部屋に入ってきた。

ウィルの「力になる」という言葉で頭に浮かんだのはエルザやノーマンたちの顔だが、これは一人で決められることじゃないから相談する必要がある。レイラたちを救えたのは俺だけの力だったわけじゃないから。

特に黒衣の男たちとの戦いでは、はっきり言って役に立ってなかったわけだしね。

「ケーシーの様子はどうだ？」

「うん、しばらく見ていたけど石化の症状が出ることはなかったよ。一応今日は私も残って様子を見ていこうと思うけどソラはどうする？」

俺は迷ったが、クリスを連れて帰ることを選択した。

一応セクトの首飾りの効果で見た目は人間になっているが、意識を失っている状態のクリスをこのままにするのは危険だと思ったからだ。

ミアはケーシーに付きっ切りになるみたいだし、俺が四六時中同じ部屋にいるのも、この家の中では不味《まず》いと思ったというのもある。

俺たちが帰ることを伝えると、レイラたちに止められたがそのまま帰ることにした。

送迎の馬車を用意してくれたから、それは素直に利用させてもらった。

意識を失ったクリスを背負って戻ったら驚かれたため、レイラの家で起きたことを話してケーシーが無事治ったことを伝えるとイロハを含めた全員が喜んでいた。

「それで……シエルちゃんは大丈夫なの？」

ルリカはクリスのことも心配していたが、シエルのことも心配のようだ。

「とりあえずシエルに関しては俺も分からないことだらけだからな。この辺りはクリスが目覚めた時にシエルがまだ目を覚まさなければ相談かな」

だから俺は不用意な言葉を避けて、クリスの部屋にそのままシエルも寝かせて今日は休むことにした。

俺たちの心配をよそに、クリスは翌朝には元気になっていた。

シエルも普通に目を覚まして、いつも以上に食事を要求してきたが、それ以外では特に変わった様子はなかった。

むしろ変化は俺の方にあり、神聖魔法のリカバリーが使えるようになっていた。

あの後クリスに詳しく聞いたのだが、落ち込むミアを見たシエルが、どうにかして助けたいとクリスに相談したことが始まりだったみたいだ。

クリスはそんなシエルとの橋渡しを行い、シエルの予想以上の力に翻弄されて魔力を使い尽くして倒れたと言っていた。

他には学園に行ってセリスにダンジョンのことを質問した。

今回の罠《わな》についてだ。少なくとも俺はダンジョン内で出ないはずの魔物が出現するという罠を知らない。

もちろん未踏破の階に出る魔物の可能性は否めないが、聞かずにはいられなかった。

セリスの答えは、分からない、だった。

ダンジョンは謎が多いため、そういうことが起こっても不思議ではないと言った。強制的にダンジョンの内部構造を変える罠も存在するとも教えてくれた。

今まで罠は全て解除して進んできたが、これからは今以上に注意する必要があると思った。

それを踏まえて次のダンジョン探索の準備を進めていたが、そこであることに気付いた。

それはトットを連れて引き返したジン、ガイツ、ユーノの三人と、黒衣の男を追ったオルガは、二九階の登録がまだだということだ。

そのことをサイフォンに相談したら、

「なに、俺たちだけでダンジョンに行って登録を済ませてくるよ。ソラたちは色々あって疲れてるだろうし、その間ゆっくりしててくれよ」

と簡単そうに言ってきたが、ＭＡＰや隠密のスキルを使える俺がいた方が安全だろうと説得して、俺も一緒に二七階に飛び、六日かけて二九階に辿り着いた。

結論から言うと、一緒に行動して改めてサイフォンたちの凄さを実感したというところか。無駄のない動きで長時間走って移動したり、魔物と遭遇しても手際よく仕留めていた。サイフォンがトットを三人に任せてきたと何の不安もなく言い切った理由がよく分かった。

こうして二九階への登録は完了し、三日間の休息と準備を挟んでダンジョン攻略は再開された。もっと休まなくて大丈夫かとサイフォンに聞いたら、大丈夫だという答えが返ってきたからだ。

二九階は、基本的に二八階と変わらないようだ。

俺たちは罠の影響で知らなかったが、基本的に出るのは二八階にも出たリッチで、その中に交じってエルダーリッチも出現する。

ＭＡＰを見ると、大きな魔力を持つ個体の反応があるから、それがエルダーリッチかもしれない。

それから二八階についてだが、まだ魔力が乱れた状態ということでギルドからは注意喚起が出された。

このダンジョンでは出ない魔物がいるという話が広がり興味を持つ者もいたが、魔物の中にコカトリスがいるという話を聞くと、誰も近寄らなくなった。

下の階を目指していた者たちは足止めを食らう形になったが、無理にそこを通り抜けようと思う者はいなかった。

それを考えると、ダンジョンから帰還する時に二九階側に行くことを選んだのは正解だったと思う。

結局二九階は七日で通り抜け、ボス部屋の前で一日過ごしてそのままボス部屋に挑戦することになった。

一〇階や二〇階と違い到達している人が少なかったことや、それほど疲れていなかったというのもあった。

俺は例によって扉を鑑定する。

【☆オークキング　1・☆オークロード　1・オークジェネラル　3・オークメイジ　12・オークアーチャー　12・オークウォーリアー　30】

資料でオークキングとロードの二体が出るのは知っていたが、どっちがボスなのかと思ったら両方ともボス枠のようだ。

「サイフォン。ボス部屋に出る魔物は……」

俺は扉の鑑定結果で分かった魔物と数を伝えたのだが、最初首を傾《かし》げられた。

だから扉には出る魔物と数が書かれていること。鑑定を使うとそれが読めることを説明した。

「マジか。それって凄《すご》くないか？　この階までは資料があるからどんな魔物が出るか分かってるからいいが、四〇階もボス部屋だったら、初見にもかかわらず対策が出来るわけだしな」

それは確かに大きなアドバンテージになると俺も思っていたことだ。

「それじゃどう戦うか飯を食いながら対策でも立てるか」

その飯を作るのは……女性陣が総出でしてくれるとのことだから、俺はヒカリたちからミスリルの剣を預かって魔力付与をしていく。

魔力付与は出来るだけ余裕がある時に使っていたからそれなりにレベルも上がっていて、一度で使える回数が増えてきた。

それでも一度に全員の武器に魔力付与することは出来ないけど。

「今更だけどサイフォンたちも装備が変わってるよな」

「俺たちも普段は一般の冒険者ってことで活動してるからな。それなりの装備を持ってると目立つからよ」

確かに見た目からしてちょっと派手だ。

実際鑑定するとなかなかの逸品だということが分かる。

その後料理を食べた俺たちだが、この時シエルも一緒に食事をした。

サイフォンたちには俺たちと行動する精霊がいて、食いしん坊な子だと説明してある。

最初突然消える料理に驚いたが、本当に精霊がいると知ると何故《なぜ》か拝んでいた。

エルド共和国は一体どんな国だろうかと思わずにはいられない。

クリス曰《いわ》く、一部の地域だけだと思いますとのことだったけど。

以前よりも俺たちとサイフォンたちの距離が近付いたのは、やはりお互いのことを話したからだと思う。

ちょっとクリスは過保護な扱いを受ける時があるから、それには困っているようだったけど。

三〇階のボス部屋のフィールドは湿原地帯になる。

一見すると草原と変わらないが、地面は濡《ぬ》れてるし踏む場所が悪いと足が沈む。そこが浅いならまだいいが、時々深い場所もあるそうだから慎重にならざるを得ない。

目に見えて分かる大きな水溜《みずた》まりのようなものもあるため、見えているから逆に行動を制限させられたりもした。そっちは確実に進めないわけだからね。

「本来なら魔物を戦いやすい場所まで誘導したいんだがな。オークの上位種は知能が高かったりするからよ」

特に今回はオークキングとロードの二体がいる。

ちなみにどちらが強いか聞いたら基本はキングの方が少し強いそうだ。イメージ的にロードの方が強いと勝手に思っていた。

「結局個体差はあるし、どっちもどっちだ。それに手強《てごわ》いことに変わりないからな」

まずは魔物の出現を待ちながら周辺の探索を開始する。主に戦いやすい場所を探す作業だ。

この時活躍したのは影だが、実は俺も貢献した。

正確には罠のスキルが輝いた。

濡れている場所や、水没するところが罠のスキルを発動しながら歩くと見えてくるのだ。

影も特殊能力で影を伸ばしては、一見すると分からない水に沈む場所を俺たちに教えてくれた。

既に魔物は出現しているが、俺たちはそこには向かわないで戦いやすい場所をじっくり吟味した。

そして準備が整ったら影がオークたちを誘き寄せるために駆けていった。

誘いには乗ってこないかもと思っていたが、どんな挑発をしたのかオークたちは影を追ってきた。

戦いはキングとロードを引き離して戦うことを念頭に置いた戦略で、俺たちとサイフォンたちでそれぞれ一体ずつを受け持つことになった。

最終的な振り分けはサイフォンたちの方にジェネラル二体が向かったため、サイフォンたちが俺たちの二倍以上の魔物と戦うことになった。

魔物が二手に分かれたのは、影が翻弄しているところに、挑発のスキルと遠距離攻撃で撹乱《かくらん》した結果だ。特にクリスの使った精霊魔法は威力が高く、オークたちも混乱したようだった。

何と言っているか分からないが、オークの必死そうな声が確かに聞こえた。

多くのオークと戦うことになったサイフォンたちだったが、装備を変えた彼らに死角はなく、ガイツが使う魔法の盾はオークたちの遠距離攻撃全てを完封し、ユーノの魔法が炸裂《さくれつ》してオーク側の被害を拡大させていく。

やはり装備一つ変わるだけで、かなり戦力が上がる。

オルガも普段は使わない弓を使って前衛二人を援護すると、生き残ったオークたちをサイフォンとジンが距離を詰めて次々と倒していく。

気付いた時には、もうロードとジェネラルしか残っていないほどだった。

俺たちも負けてられないと気合を入れるが、魔力付与したミスリルの武器の威力は高く、前衛三人が次々とオークたちを葬っていく。

俺がしたことといえば、それこそアーチャーとメイジが遠距離攻撃するのを妨害したぐらいだ。

上位種のキングなんて、可哀《かわい》そうになるほど圧倒されていた。セラ強過ぎです。

「セ、セラの嬢ちゃんは強いな。そりゃ姐《あね》さんと呼ばれるわけだ」

ちょっとサイフォンたちの腰が引けていた。

まあ、レベルだけ見るとセラが一番高いし、その上獣人特有の身体能力の高さもあるからね。魔力付与が加わることでさらに強さが増したというのも大きいだろう。

ボス二体を含む全ての魔物の討伐が終わると、宝箱が出現した。

罠がなかったから早速開けてみると、中に入っていたのは拳大のミスリルだけだった。

これでも十分なお宝なのだが、あまり嬉《うれ》しくないのは何故だろう？

「なあサイフォン。オークキングとロードの魔石だが、買い取りたいんだがいいか？」

「別に構わないが、何に使うんだ？　錬金術で使ったりするのか？」

「あー、口で説明するよりもやって見せた方が早いかな。それとついでにミスリルも買い取らせてもらっていいか？」

ミスリルの在庫がないため、そちらも買い取らせてもらった。

出費が嵩《かさ》むな……多分俺たちのパーティーの中で一番お金がないのは俺かもしれない。また薬草とかで稼がないとかな？

そんなことを考えながら作るのはゴーレムコアだ。今回使用する素材は、ゴーレムの魔石。ミスリル（鉱石①）。魔鉄鋼（鉱石②）。オークキングの魔石（魔石①）。オークロードの魔石。

四〇階に向けて強力なゴーレムを作りたかったから貴重な魔石も惜しみなく使った。

【ゴーレムコア・タイプ守り人】


創造によって出来上がったそれを見て、サイフォンたちは驚いていた。

さらに魔力付与をゴーレムコアにすると、そこには大柄の人型タイプのゴーレムが現れた。

「おい、おい。これは……」

「俺のスキルの一つだよ。色々な素材が必要になるが、ゴーレムを作ることが出来るんだ」

「それじゃあれも宝箱から手に入れたんじゃなくて、ソラが作ったってことか？」

サイフォンが影を指差して言うから頷《うなず》いておいた。

「王国の奴《やつ》らに狙われるわけだ、な」

そんな言葉が聞こえてきたが、とりあえず俺は新ゴーレムの動きを確認することにした。

◇◇◇

「そっか～、ついに三〇階を突破したのね～。ん～、私の目に狂いはなかったってことですね～」

シエルと戯れるルリカに視線を向けながら、セリスは大変喜んでいた。

モンスターパレードを防ぐことは町を守ることに繋《つな》がる。セリスにとって、それほどこの町は大切なんだろうということが凄く伝わってきた。

「それで～、次はいつダンジョンに行くのですか～？」

「三一階に行くのは四日後だけど、その前に一〇階と二〇階のボス部屋に挑戦する予定かな？　新しいゴーレムの性能確認もしたいから」

強いとは思うが、三一階に行く前に人目を気にせず経験を積ませたい。

一人で行くのは危険なため、六人で行くことになった。

結論から言うと、ゴーレム・エクス（ヒカリ命名）は影のサポートを必要としないほど強かった。

今のところ特殊能力を使えるかは不明だが、一番大きいのは武器や防具を装備することが出来ることだろう。

見張りもしてもらいたいから、基本装備は槍《やり》と盾にして、接近されたら剣で応戦というのが理想かな？

可能なら弓などの遠距離武器も持たせたい。今後に期待だ。

ちなみにヒカリにどうやって名前を決めているか尋ねたら、何となく直感で命名しているそうだ。

三一階から三四階に関しては、今までのダンジョン攻略での成長のお陰か、特に苦戦することなく進むことが出来た。

ＭＡＰの反応を見ながら影とエクスも召喚して使った。

三三階からは人の反応が一切なくなったから人の目を気にせず使えた。

このことは俺たちのあずかり知らぬところで、かなりの衝撃を与えたようだ。

普通に考えたら多くの上位クランが足踏み状態だったのに、それを学生と冒険者の少人数パーティーが追い抜いていったのだからそれは至極真っ当な反応だったのかもしれない。

そんな周囲の反応をよそに、俺たちの頭の中は次の階のことで一杯だった。

この頃になると【守護の剣】の報告により作られた資料が完成していて、その内容を何度も読み返していた。

三五階に出る魔物のトレントは既に有名だが、他にサイレントキラービーとゴーストが出る。

サイレントキラービーの特徴は羽音を出さないで移動することで、暗殺者とも呼ばれるやっかいな魔物だ。こいつがいるお陰で、四六時中気の休まることがなかったそうだ。

ゴーストは強さ的にはこの階最弱の魔物らしいのだが、その特性故《ゆえ》に倒すのが極めて面倒な魔物のようだ。

ゴーストはアンデッドのカテゴリーに入るが、実体がないため物理攻撃が効かない。これは聖属性を付与した武器でも同じだ。倒し方は神聖魔法か光魔法のどちらかが必要になる。

ただしゴースト自体に攻撃力はないため、無理に倒す必要がなかったりもするが、特殊攻撃があるため無視出来ない存在になっている。

ゴーストの特殊攻撃は憑依《ひょうい》。体を乗っ取り、自由を奪い同士討ちをさせようとする。

これを防ぐには聖属性の魔道具……お守りや神聖魔法の祝福などで身を守る必要がある。聖水で身を清めるのも手段の一つだ。

ここでもミアの負担が増えそうだと思いながら、俺は習得可能スキルのリストに目を落とす。

やはり光魔法はリストの中にはない。何度も確認したから間違いない。

光魔法が使えるようになればミアへの負担を減らすことが出来ると思ったのだが、そもそも覚えることが出来ないのか、それとも条件があるのかすら分からない。

アンデッドなら魔石を無視すれば殴って倒すことが出来たのだが、ゴーストは実体がないからその方法が使えない。

本当に二一階からはミアに頼りっぱなしだな。

そんなことを考えていたらコンコンとドアをノックする音がして、ミアが俺の部屋を訪ねてきた。

「ソラ、ちょっといいかな？　何をしているの？」

「ああ、スキルの熟練度を稼ぐための練習、かな？」

ミアが驚くのは仕方ないかもしれない。

今は水系の魔法を使って水の球体を生み出し、それを複数宙に浮かせてお手玉のようにぐるぐる回している。

何でこんなことをしているかというと、現在水魔法のレベルが、四属性の中で唯一ＭＡＸになっていないからだ。

それでふと思ったのが、もしかしたら四属性の魔法を全てＭＡＸにしたら光魔法が習得スキルのリストの中に現れるかもしれないと思ったからだ。

四属性よりも使うのが難しいと二人が言っていたから、光魔法は上位スキルの部類に入るという考えが浮かんだのがそもそもの始まりだった。

だから暇を見つけては水系の魔法を使っているのだが、この魔法は分類的には生活魔法の水系魔法になるため、普通の水魔法と比べると熟練度の上がりは遅い。

さすがに家や町中で水魔法を放つわけにはいかないからね。

「それでどうしたんだ？」

俺が来訪理由を尋ねたら、聖水を精製するための水が欲しいと言われた。

聖水は普通の水でも作れるが、魔法の水の方が効果も聖水にする成功率も上がるという話だった。

「明日ダンジョンに行くんだけど大丈夫なのか？」

「うん、そんなに無理はしないから。ソラじゃないんだし」

「それを言われると何も言い返せないけど、結構ミアも無茶をしているよな」

「ふふ、それはソラを見習っているから、かな？」

なんて言われてしまった。駄目なところは見習わない方がいいと思う。それと可愛《かわい》く首を傾《かし》げて言うのは反則だと思います。

俺が魔法で作った水を大きな瓶に入れて渡すと、鼻歌交じりに出ていった。

ミアが出ていった後もドアを見ていたら、シエルが俺の目の前にやってきて、耳を大きく振ってきた。

「任せろってことか？」

俺の言葉にコクリと頷くと、シエルはミアを追いかけて部屋を出ていってしまった。

◇◇◇

悪夢の森。それは出てくる魔物が面倒臭いためそう名付けられた。

木に擬態して見分けが難しいトレント。音なく忍び寄るサイレントキラービー。憑依して人を襲うゴースト。ある意味嫌な魔物が勢揃《せいぞろ》いしている。

三五階は複数の森が広がるフィールドで、森の中に時々ぽっかり空いた空間が生まれているそうだ。

ただし【守護の剣】の人たちの証言によると、安全地帯に見えるそここそ一番の危険地帯で、そこで野営をした時はトレントに囲まれたとあった。

あとは全体的に薄暗い。夜ではないが雲に遮られて日の光が地上に届かないし、霧が立ち込めているため視界も悪い。

このためサイレントキラービーとゴーストの脅威度がさらに上がっているのかもしれない。

いつものようにMAPを確認する。

まずは気配察知を使い、次に魔力察知を使う。

魔力察知を使った時に増えたのがゴーストになるのかな？

ただMAPに表示された魔物の数はかなり多い。場所によって魔物の数が少ない場所もあるから、遠回りになるがそっちを回った方がいいかもしれない。

「そうだな……トレントは、というかこの階に出る魔物とは俺たちも戦ったことがないからな。数の少ないところで経験したいところだ」

俺は二体のゴーレムを召喚して、影は最前線に、エクスを最後列に配置して歩を進める。

森は余裕を持って通れるほど木の間隔が開いている場所もあれば、木が密集して重なり、ヒカリならどうにか通れるといった狭い場所があったりと色々だ。

そのため進む方向を選択しているようで、実は誘導されているような錯覚を覚える。

「前方に反応あり！」

俺の言葉に油断なく進んでいた前衛陣が武器を構える。

森の中に入ったことでさらに視界が悪くなっている。

風の魔法で霧を飛ばしてもすぐにまた霧に包まれてしまうが、それでもその一瞬でサイレントキラービーの姿を確認したのか、ヒカリとオルガが霧の中に消え、影も追うように霧の中に飛び込んだ。

周囲を警戒しながら待つこと五分。キラービーの死体を背に乗せた影たちが姿を現した。

「お疲れ様さ」

戻ってきた二人と一体にセラが労《ねぎら》いの言葉を掛ける。

現在いる場所の森は木の間隔が狭く、斧《おの》や剣は武器が長くて戦いにくいため、ヒカリとオルガが中心で戦うことになってしまっている。オルガは器用に色々な武器を使い分けて、そのどれもがかなりの腕前だったりする。本人はただの器用貧乏だなんて言うけど。

「もうしばらく進むと別の反応がある。今のところ動きはないけど、もしかしたらトレントかもしれない」

その言葉にルリカが顔を上げた。

「ルリカちゃん、焦っちゃ駄目だからね」

突然やる気を滾《たぎ》らせたルリカを、クリスが諫《いさ》めている。

ルリカがこんな態度を取るのは、エリアナの瞳——精霊を視ることが出来る魔道具を作るための材料に、トレントの枝と魔石が必要だと知ったからだ。

はい、俺が口を滑らせました。

ちなみにエリアナの瞳を作るのに必要な素材は、

【エリアナの瞳】

必要素材――ギガンテスの瞳。トレントの枝。＊＊＊。ギガンテスの魔石。トレントの魔石。

魔石。


になる。創造のスキルなら素材が一つ足りなくても作ることは可能だが、最後の一つが何なのか凄《すご》く気になっている。


今度は俺と影が先行し、それぞれにシールドを使う。足元に注意しながら盾を構えていると、魔力反応が強まった。

影はその場から退き、俺は盾でそれを防いだ。トレントが枝を伸ばして攻撃してきたのだ。

それが一撃では終わらず、二撃、三撃と複数の枝を同時に使い攻撃してくる。

俺は魔力察知で魔力の流れと枝の鳴らす音を頼りに盾を動かして攻撃を弾《はじ》きながら、剣を振るって枝を断ち切った。

トレントの声らしきものが森の中に反響したが、それは枝を断ち切ったことによる悲鳴なのか、それとも俺に対する怒りの声だったか……。

戦いはすぐには決着が着かず、完全に沈黙したのは一〇分後だった。

トレントはある意味ゴーレムと似ていて、切っても切っても枝を再生してくる。倒し方としては魔力切れを待つ方法と、魔石を破壊する方法がある。

そして魔石を破壊する方法だと、トレントの枝や幹などの素材としての価値もなくなってしまう。

不思議なことに、強度や品質が著しく落ちるのだ。

今回時間がかかったのは枝を切ったからで、胴体部分である幹を攻撃すればもっと早く倒すことが出来たはず。

それをしなかったのは、影に戦闘経験積ませる狙いがあったのと、ここが狭いからだ。

「やっぱ魔物を視認するには、ある程度近付かないと駄目だな」

「そうなると森の中だときついかもね」

「【守護の剣】が空いたスペースで野営をした理由なんだろうな」

ルリカの言葉に、俺は野営場所をどうするか悩んでいたところで、複数の反応がこちらに近付いてきているのを感じた。

それはルリカも同じだったようで、すぐに臨戦態勢に入った。

それを見た他の面々も警戒し始めたところで、地響きのような音が聞こえた。

その地響きは徐々に大きくなってきて、木が倒れる音もした。

クリスが風魔法で音のする方の霧を払えば、そこにはトレントの集団が突撃してくる姿があった。

「あの声は仲間を呼び寄せる声だったのか？」

サイフォンの言葉にＭＡＰを見ると、前からだけでなく右側面からもこちらに向かってくる反応があった。

「魔法使い組は風魔法で視界を確保！　素材のことは考えずにまずは数を減らすぞ！」

サイフォンの言葉にそれぞれが動き出す。

今度は俺に代わってガイツが先頭に立ち盾を構える。ヒカリとオルガは森の中に姿を消して奇襲を狙うようだ。

サイフォンとセラ、ルリカが距離を取って武器を構え、ジンは俺たちの護衛に来てくれた。

これで俺も風魔法で霧を飛ばす作業を手伝える。余裕がある時は水の攻撃魔法も使わせてもらったけど。

戦いは森を破壊する大きなものになったが、どうにか倒しきることが出来た。

多くの木々がなぎ倒されているのはトレントが暴れたためで、ある意味地面がスッキリしたから野営するにはちょうどいいかなと思ったりもした。

討伐したトレントの数は全部で二六体にも及び、うち一八体は魔石を破壊したため薪にするしか用途がないかもしれない。

この戦闘で一番活躍したのは、やはりミアだった。

プロテクションや祝福を使って援護に回っていたが、途中でゴーストが現れたためそちらの対処もしてくれた。

「サイフォン、今日はここで休みたいがいいか？」

俺の言葉に疲れた様子のミアを見たサイフォンも、今日これ以上進むのは無理だと判断したようでこの場で休むことになった。

早い時間帯からの野営にミアは申し訳なさそうにしていたが、実は収穫もあった。

「この木の葉っぱが霧を発生させているのか？」

倒木した一帯のスペースでは、霧が発生しなかったのだ。

それで鑑定した結果。この木の葉っぱが霧を発生させていることが分かった。またこれは光を当てることで霧の発生を抑えることが出来ることも分かった。

魔法なら労力が変わらないと思うかもしれないが、生活魔法でもライトを使った方が長いこと霧の発生を止められることも分かったから俺とクリスは今後ライトを使うことにした。ユーノはまあ、生活魔法が苦手みたいだから……。


「これは便利ね」

「うん、主凄い」

ルリカとヒカリを先頭に森の中を進んでいく。

俺も二人の隣に立ってライトを使いながら歩く。

魔法の使い過ぎだとユーノには心配されたが、魔法発動時には確かにMPは減るが、歩いているとすぐに回復するから問題ない。自然回復向上の恩恵もあることだしね。

「こりゃーギルドに報告したらえらいことになりそうだな。まだここの狩り場を利用出来る奴《やつ》がいないからあれだが、こんなに難易度が下がったらトレントの素材の価値が暴落しそうだ」

視界が晴れるだけで魔物は格段に狩りやすくなったから、サイフォンのその意見には同感だ。

「それは違うよ、サイフォン。こんな方法を使える人はそんなにいないから。何よりそれを使える人員を揃えることが大変だと思うよ」

けどジンはその意見に反対のようで、他の面々もジンに同意するように頷《うなず》いていた。

俺たちはトレント複数に囲まれても普通に戦えるが、それは擬態を見破り不意打ちを阻止出来ているのも大きいとジンは言った。

ヒカリもかなり接近しないと擬態を見分けるのは難しいと言ってきたから、やはりＭＡＰ機能が優秀ということだろう。あとは気配察知よりも、魔力察知の方がトレントを見つけるのに相性が良いみたいだ。

こうして俺たちは三六階への階段に辿《たど》り着《つ》きギルドに戻ると、自分たちで使う分以外の大量の素材を納品し、三五階の情報を伝えてギルドを後にした。

俺たちが使った攻略方法は、今度【守護の剣】に確認してもらうとのことだった。

それから三日後。次のダンジョン探索の準備を進めていた俺たちのもとに、三九階探索中の【守護の剣】パーティー壊滅の一報が届いた。

全滅こそしなかったが、何人かは命を落とし、生き残った人のうち七割が負傷しての帰還だったそうだ。

学園に行くとその話で持ち切りだった。なかでもレイラとヨシュアの様子は酷《ひど》かった。レイラは以前パーティーを組んでいたアッシュがいるし、ヨシュアはそのアッシュを慕っていたから。二人の目の下には隈《くま》が出来ていて、意気消沈する姿は重苦しく話し掛けるのを躊躇《ちゆうちよ》させた。

またこれは学園だけでなく、冒険者ギルドでも起こっていたみたいで、久しぶりに会ったフレッドがその様子を教えてくれた。

「俺たちも昨日ダンジョンから帰ってきてその話を聞いたんだけどよ。ギルドの中は人がいるのに静まり返っていた。活気が全然感じられなかった。これがただの冒険者だったならこうはならなかったと思うんだけどな」

空気が重かったと言って帰っていったフレッドの足取りも、何処《どこ》か重そうに見えた。

第8章

俺は図書館を訪れると、三五階での出来事をセリスに報告していた。

特に霧の消去方法を伝えると驚いたようで、

「そんな方法が？　ちーちゃんに力を借りて無理やり霧を吹き飛ばしていた私の労力は……？」

と何事かブツブツと呟《つぶや》いて遠くを見ていた。

「ま、まあ～、おめでとう～ですよ～。けど～、ソラ君たちはこれからどうするの～？」

「？　頼まれた通り四〇階を目指しますよ」

「……いいんですか～？」

セリスが心配してきたのは【守護の剣】のことがあったからみたいだ。

あれだけ経験豊富な人たちが壊滅したのだ。三九階の難易度は三八階までとは別物と考えた方が……もしくは三九階で初めて出てきたジャイアントガードが強いのかだ。

確か三八階に出る魔物はジャイアントだけで、三九階ではジャイアントとジャイアントガードが出ると資料には書いてあった。

そして【守護の剣】の三九階探索は、今回で確か三回目という話だった。

本来ダンジョンは下に行くほど難易度が上がるし、出てくる魔物も強くなる。

そのため一般的な攻略方法は、複数回に分けて徐々に慣らしながらその階を攻略していくのが主流だ。

俺たちの方法はイレギュラーというか、普通の人では無理だ。

そこには俺のＭＡＰ機能にアイテムボックス、サイフォンたちの経験や、あとはゴーレムの存在が大きい。

あとは何と言ってもメンバーのバランスが良いというのが、もしかしたら一番の理由かもしれない。

なかでもクリスは精霊魔法も扱えるし、ミアは神聖魔法の使い手としては既に一流の仲間入りをしていると思う。効果もこの町一の神聖魔法の使い手である司祭を超えているわけだし。

「セリスさんとしては、【守護の剣】が壊滅した原因は何だと思います？」

ジャイアントの背丈は四メートル近くあり、肩幅も二メートル近いという話だった。

迷宮の通路は確かに広くなっているが、それだけ大柄だと一度に戦える数は限られてくる。実際は武器を振り回すから、横に五体も並ぶことは出来ないはずだ。スクラムでも組んで体当たりするなら別だけど。

「ん～、確か一度に多くの魔物に囲まれたという話でしたし～、部屋があったのかもしれませんね～」

「部屋？」

「あ～、時々あるのですよ～。迷宮型のダンジョンで～、通路とは別に広い空間が生まれることが～。そこを部屋と呼ぶのですよ～」

なら予想外の数の魔物に一斉に襲われたということか？

「けど部屋が広いと分かったなら撤退も出来たと思うけど……それをしなかったのは何故《なぜ》なんだ？」

「もしかしたら襲われるまで気付けなかったのかもですね～。例えば幻術などで通路に見せかけていたのを～、逃げられない場所まで冒険者が到達したら解除されるとかね～。ダンジョンにはそういうところがありますからね～」

今までの階ではそんな大きな空間を見たことはなかったが、運が良かっただけなのか？

とにかく次の探索からはそれに注意しながら進む必要があるということか。

「それじゃ～ソラ君。もし四〇階に到達したら～、一度私のところに来るのですよ～。もちろん戻ってくる度に顔を出してもいいですよ～。絶対ですからね～」


いよいよ明日、ダンジョン探索を再開する。

「いよいよ明日出発かー」

「ふふ、ルリカちゃん緊張しているの？」

「そ、そりゃーねー。クリスだって緊張しているでしょう？」

荷物の確認をしていると、気を紛らわせるためなのかルリカとクリスの殊更明るい声が聞こえる。

見れば二人は話しながらもしっかり荷物の確認を行っている。

その様子を見ると、【守護の剣】壊滅による影響はないように見える。落ち着いている。

「大丈夫さ。皆のことはボクがしっかり守るさ」

「うん、魔物をしっかり見つける」

「ソラも変に無理をしないでね」

「大丈夫だよ。それに危なくなったらすぐ逃げるからね」

他の三人も大丈夫そうだ。

以前預けた帰還石は返してもらってある。

それとは別に、サイフォンたちも帰還石を入手したようだ。今は結構値上がっていたはずだが、聞けばサイフォンたちも密《ひそ》かにボス部屋に通っていたようだ。

サイフォンとは、危なくなったら即使おうとは話してある。

生きてさえいればやり直すことは出来るのだから、と。

「それじゃ今日は早く寝て明日に備えよう」

俺の言葉に五人と一匹が頷いた。

◇◇◇

三六階と三七階に出た魔物は、既存の魔物だったため特に苦労することはなかった。

とりあえず二つの階を攻略したら一度戻って、休息日を設けて三八階に挑戦することになった。

町にいる間は気分転換に学園に顔を出したり、ノーマンたちと時間を過ごしたり、エルザたちに料理を教えたりと色々やった。何かあってもいいように、もちろん歩くのも忘れない。これ大事。

特に学園ではダンジョンの様子を聞きたい生徒が多くいたようで、俺を除く皆がよく囲まれているのを見た。

俺？　俺は行商人と名乗っていたため、一部の人たちを除き荷物持ちという認識をされているから平和だ。寂しくなんてないよ？

「本当は羨ましいんじゃないの～？」

なんてセリスに揶揄《からか》われもした。

けど一番の打撃を受けたのはルリカだ。

自分が図書館に行くと誰かしらついてくるため、シエルと戯れることが出来なくなったのだ。ある意味学園に通っている一番の楽しみを奪われたわけだ。

シエルもシエルで皆で食事が出来なくて寂しそうで、セリスに甘えていた。

そこは俺の方に甘えてくれてもいいのにと思ったのは、まあ、内緒だ。

他には俺たちのダンジョン探索のことを耳にしたのか、【守護の剣】の人たちが家まで訪れてくれて、ジャイアントやジャイアントガードの話をしてくれた。その中にはアッシュの姿もあった。

その時三九階で起こったことも教えてくれた。本当なら思い出すのも嫌なはずなのに、丁寧に説明してくれた。

状況はセリスの語ったように、通路を進んでいたら、通路が突然拡大された空間に変わって気付いたら魔物に囲まれていたそうだ。

突然のことで混乱したのと、帰還石を持っていた者が最初に負傷したのも大きかったそうだ。

「罠《わな》があったわけでもないんだ。もっとも僕たちが見つけられなかっただけかもだけど」

アッシュはそんな言葉を残して帰っていった。

そしてその翌日。俺たちは三八階に降り立っていた。

◇セリス視点

「今頃ソラ君たちはダンジョンの中ですか～」

私は図書館の窓際に立って外を見ます。

眼下には駆け回る子供たちの姿が見えます。

その時です。魔力の軋《きし》みを感じ、次の瞬間大きな揺れに襲われました。

私は立っていることが出来ずに、床にしゃがみ込みました。

バサバサと本が床に落ちる音が連続して耳を打ちます。

揺れが収まった時には、図書館の中は見るも無残な状態になっていました。

本棚が倒れることはありませんでしたが、床に本が散乱しています。

これを片付けることを考えると頭が痛いです。

手伝ってくれる人もいませ……副学長でも呼びましょうかね？

今回の揺れは前回を上回る強さでしたからね。

その時外から生徒たちの声が聞こえてきました。

ノロノロと立ち上がり外を見れば、倒れたまま立ち上がれない子もいるようです。

「そろそろ限界でしょうか～？」

今まではクリスちゃんの協力もあって抑えることが出来ていましたが、それが効かなくなってきたほどダンジョンの力が強まっているのかもしれません。

残された時間はもうあまりないかもしれません。

ただそれがいつ起こるのかは残念ながら私にはわかりません。

明日モンスターパレードが起きるかもしれませんし、まだまだ先になるのかもしれません。

ただ備えは必要です。

場合によってはここの生徒たちも駆り出されることになるかもしれません。

その辺りはウィル君や学長、冒険者ギルドのマスターが話し合って決めることでしょう。

……それとは別に迷っていることがあります。ソラ君たちにボスを任せていいのかを。

あの時はモンスターパレードの件と……少しの私怨《しえん》から倒してほしいと頼みました。

けどソラ君たちと接していくにつれて、本当にそれが正しいことなのか分からなくなってきました。

確かにダンジョンを攻略出来ればモンスターパレードが二度と起こることはなくなります。

それでも私たちが出来なかったことに、まだ若く、この町と関係ない彼らを巻き込んでいいのかという思いが生まれました。

間違いなくあのボスは強い。それは身に染みています。

三九階でこの町最強のクラン【守護の剣】の壊滅の話を聞いたから、余計にそう考えるようになったのかもしれません。

せめて【守護の剣】と一緒に挑めたなら……そう思わずにはいられません。

「あの人は～、助けてくれないでしょうね～」

理由は分かりませんが、ちょうどあの人がこの町にいるようです。

ただあの人が人前に姿を現せば、逆に混乱が起こってしまいますから……。

けど何のためにこの町に長いこと滞在しているのでしょうか?

異世界人のソラ君に興味を持った?

それなら接触をしても良さそうなのにそれもないようですし、分からないことだらけですね。

私はここからは見えないダンジョンの方に目を向けながら、ため息を吐《つ》くのでした。

◇◇◇

三八階の攻略で、ジャイアントと何度か対戦した。

身の丈四メートルを超すから見上げる形になり、振り下ろされる棍棒《こんぼう》は盾で受けてもずっしり重い。高いところから勢いをつけて振り下ろされるというのもあるが、やはり力が強い。

倒し方は一撃で倒すというよりも、まずは機動力である足を潰して、身動きが取れなくなったところを仕留める方法が主流だ。これは主に近接攻撃で倒す場合だ。

遠距離攻撃に関してだが、ジャイアントを含めた巨人族は魔法への耐性が高いようで効きが悪い。顔を直接狙うなど弱点はあるが、それは魔物も分かっているからガードをきっちりしてきた。

「ソラの作ったっていう投擲《とうてき》ナイフが一番有効そうだな」

何度かの戦闘を終えたところで、サイフォンが言った。

魔法を付与した投擲ナイフは素材を確保したい時には不向きだが、その威力は馬鹿にならない。

「あとはヒカリちゃんの短剣ね。麻痺《まひ》させると動きが鈍くなるから助かるね」

ルリカの言葉にヒカリはちょっと嬉《うれ》しそうだった。そのままだと傷を負わせるのは難しいから、短剣に魔力を籠める必要があるけど。

シエルもそんなヒカリを称えるように頬擦《ほおず》りしている。

ある程度戦闘を熟《こな》し形が出来上がったら次は色々なことを想定しながら戦ってみた。

例えば俺やガイツ抜きで戦ったり、俺もミスリルの剣で戦ったりと、誰かが何かしらの理由で戦線離脱しても大丈夫なように訓練をした。

命の懸かった戦いでそれは危険では？　と思うかもしれないが、三九階のことがあったから必要だと思い話し合って決めた。

囲まれれば必ず俺とガイツ二人ではカバーできない場所が生まれるからだ。

今回の戦いで俺も初めて実戦で試したものがあった。

NEW

【盾技Ｌｖ３】

剣技の盾バージョンだと思ってくれればいい。スキルを習得した時に既に使えるスキルがいくつかあり、レベルが上がればさらに追加されるみたいだ。ちなみに習得するのに消費したスキルポイントは1だった。

レベルが上がっているのは模擬戦や、今回の戦闘で上がったからだ。

シールドバッシュで体勢を崩したりする反撃技もあるが、主に守備強化系のスキルを覚えるみたいだ。

ガイツが前回のボス戦で遠距離攻撃を完封していたのも、魔法の盾の効果だけでなくスキルを使用して強化していたということも盾技を覚えて初めて知った。

その後、三九階への階段まで到着し、そのまま下りた。

三九階で最初にやったことはMAPの確認だ。

「どうなの？」

「俺のMAPだと確かに広い空間を見ることが出来るんだが……」

ルリカの言葉に、俺は言葉に困った。

【守護の剣】が襲撃にあった場所のだいたいの位置は聞いているから、まずはそこを中心にMAPを確認した。

そこは確かに通路というよりも部屋といった感じで広くなっている。

ただ他の場所に同じような広がった空間を見つけることが出来なかったのだ。

「もし他にも同じような場所があるなら、MAPでは分からないかもしれない」

俺は現状を説明して、罠などで空間が広がるならその時にならないと分からないと説明した。

通路が広がった時には魔物に囲まれていたという話から、通路とは別、本来なら壁と表示されている場所に魔物の反応や罠の反応があれば、そこが怪しいと思ったかもしれないがそれもない。

「それで皆の疲労状態はどうなんだ？　一度戻るか？」

距離的には三五階まで戻る方が距離はあるが、出る魔物は弱い。

大手クランになると戻るのに帰還石を使ったりするから、下層に進むクランが増えるほど帰還石の値段が高くなっていたわけだけど。

俺はスキルのお陰で疲労を感じないから、皆にどうするかを問い掛けた。

最終的に帰還石もあるからこのまま進もうという話になった。

物資には余裕もあったし、全体的に皆のレベルが上がっているから、体力が増えたのかもしれない。セラ以外は最初にダンジョンに挑戦した頃と比べると、かなりの上昇だ。

ただクリスのレベルだけが他の人と比べると低い。

クリスがダンジョンに初めて入った時はミアよりも高かったことを考えると、もしかしてエルフ種は人種《ひとしゅ》と比べて必要経験値みたいなのが高かったりするのかもしれない。


【名前「ヒカリ」　職業「特殊奴隷」　Lv「49」　種族「人間」　状態「――」】

【名前「ミア」　職業「借金奴隷」　Lv「42」　種族「人間」　状態「緊張」】

【名前「セラ」　職業「借金奴隷」　Lv「70」　種族「獣人」　状態「――」】

【名前「ルリカ」　職業「冒険者」　Lv「47」　種族「人間」　状態「――」】

【名前「クリス」　職業「冒険者」　Lv「36」　種族「ハイエルフ」　状態「緊張」】


これが五人の現在のレベルだ。

サイフォンたちは五人とも五〇台になっていた。

俺たちは十字の隊列を組みながら進むことになった。

ジャイアントガードはジャイアントと比べると少し体が小さいが、あくまでジャイアントと比べてだ。

ただ小さくなった分だけ俊敏になっていて、さらに装備も豪華になっている。

影は余裕で対処出来ているが、エクスは翻弄されている感じがする。

ただ追いかけても駄目だと学習したようで、途中から守り中心のカウンター狙いで戦うようになった。勢いのある攻撃にもビクともしない力強さは、見ていて安心出来る。

「そろそろ例の場所よね？　魔物の強い気配を感じるけどたくさんいるの？」

ルリカが立ち止まり額の汗を拭《ぬぐ》った。

【守護の剣】が襲撃された空間には、一〇体以上の魔物がいることがＭＡＰで分かっている。魔物たちは部屋の中央に集まっているようだ。

「一度影で釣れるか試してみよう」

俺は影に指示を出して走らせる。

影が程なくして部屋の中に突入すると、ＭＡＰ上で魔物たちが動くのが確認出来た。

影はしばらく動きを止めていたようだったが、魔物たちがある程度距離を詰めてきたら引き返してくる。

魔物もそれを追うが、部屋から出る間際になって動きを止めると、通路に出ることなく部屋の中央に引き返した。

影はそれを見て再度突撃したが結果は変わらず、俺の念話による指示で戻ってくると、少ししょんぼりしているようにも見えた。ヒカリとシエルが二人で慰めているが、その仕草も学習した結果なのだろうか？

俺はそれを見ながら苦笑して、皆にＭＡＰ上で見たことを説明した。

「何かしらの決まりがあるのかもしれないな。ちなみに迂回《うかい》して先に進むことは出来るのか？」

「ＭＡＰを見る限り無理かな？」

「なら進むしかないか。既にどんなところか分かっているのは利点だが、問題は追加で魔物が発生しないかどうかだな。魔物は増えたりしたか？」

「それはなかったよ。ただ警戒は必要だと思う」

それからどう戦うかを話し合って進むことにした。

部屋での攻防は、初撃のクリスの精霊魔法が強力過ぎて魔物の集団が半壊し、その後追加で魔物が出現するか警戒しながら戦ったが特に現れることなく、戦闘は終了した。

「情報のお陰、だな」

「うん、囲まれることなく戦えたのは【守護の剣】の皆さんのお陰だと思います」

クリスの言葉に、同意するようにルリカたちも頷《うなず》いている。

その後の探索で、一度だけ通路が突然広がり魔物たちに囲まれるという事態に陥ったが、警戒して進んでいたから対処することが出来た。

俺とガイツ、エクスが後衛組をしっかり守り、その間にセラを中心に確実に一体ずつ魔物の数を減らしていく。魔法使いの二人は攻撃魔法で援護しつつ襲ってくる魔物に牽制《けんせい》の魔法を放ち、ミアはプロテクションなどの補助魔法で援護してくれた。

最初はあまり効果の分からなかったプロテクションも、近頃ははっきり差が分かるようになってきた。

盾で攻撃を受けた時の衝撃が、明らかに変わったからだ。

ただ一番恩恵を受けているのは、どうも影とエクスのゴーレム二体のようだったけど。明らかに耐久力が上がっているのが魔力の消費量からも分かった。

その後久しぶりに宝箱を見つけたりして四〇階に到達した。

俺たちがボス以外から宝箱を見つけられないのは、宝箱の多くが通路の突き当たりにあることが多いからだ。

MAPがあるとわざわざそっちに行こうとは思わないからね。

ただ今回は運良く突き当たりまでの距離がそれほどなく、目視で宝箱を確認出来たから入手することが出来た。

宝箱の中身は……、

「返してあげないとだね」

「うん」

ルリカの言葉に頷くヒカリの手の中には、【守護の剣】の印の入った短剣が握られていた。

宝箱からは色々なものが発見されることがあるが、その中にはダンジョンで命を落とした冒険者の装備もある。

今回開けた宝箱には、冒険者カードを含めた色々なものが入っていたのだ。

「それじゃ扉を確認して今日は戻ろう」

俺はボス部屋の前まで到着すると、鑑定して魔物の確認をした。

【☆ギガンテス　1・ギガンテス　5・ジャイアントガード　10】

ボス部屋に出る魔物の数としては少ないような気がする。

あと気になるのはギガンテスの名が二つに分かれて表示されていること。

とりあえずセリスにも四〇階に到達したら報告するように言われていることだし、このことを含めて伝えればいいかな？

俺はこの時、エリアナの瞳の素材となるギガンテスが出ることに気を取られていたため、それほど深く考えるのをやめていた。


ダンジョンから出てギルドに戻ると、どうもピリピリした空気を感じた。

いつもならもっと人がいてもいいのに、冒険者の数が少ないような気がする。

皆ダンジョンに行っているのだろうか？

俺たちに気付いたギルドの受付嬢が驚いた表情を浮かべて、手を振っている。

「何かあったのか？」

サイフォンが尋ねると、どうも俺たちがダンジョンの中にいる時に大きな地震があったみたいだ。

ダンジョンの中は大丈夫だったのかと聞かれたが、俺たちは揺れを感じることはなかった。

「それで皆さんの今回の探索はどうでしたか？」

「ああ、三九階を通り抜けて四〇階まで到達した。四〇階は今までと同じボス部屋だった」

サイフォンがカードを渡し、それを確認した受付嬢は驚きの声を上げた。

それで注目を浴びた俺たちは、その場にいた人たちに囲まれて祝福を受け、その後は別部屋に通されて報告会を行った。

疲れているようなら後日でもいいとの話だったから、俺とサイフォンが残り三九階の探索結果を話した。宝箱から見つかった【守護の剣】の人たちの遺品はこの時ギルド職員に預けた。

また地震の時の様子を聞いたが、町にも少なくない被害が出ていることと、領主と冒険者ギルドのマスターから警戒態勢を強化するように指示があったことを教えてもらった。

もしかしたらモンスターパレードまで、最早《もはや》それほど時間的余裕はないのかもしれない。

◇◇◇

「そうですか～、ついに四〇階に～」

俺の報告を受けたセリスは、嬉しいような悲しいような、複雑な表情を浮かべていた。

「……明日～、一緒にダンジョンを探索している冒険者を連れてまた来てください～」

「関係者以外、学園には入れないのでは？」

「その辺りは～、私がどうにかしますよ～。ただ～、ちょっとお話をしてもらったりするかもですが～。ダンジョンに関することで重要な話をするので～、絶っ対に連れてきてくださいね～」

口調は相変わらず間延びしていて聞いていると気が抜けそうになるが、有無を言わせぬ雰囲気がこの時のセリスからは感じられた。

俺たちは学園の帰りにノーマンたちの家を訪れてサイフォンたちに学園に来るついでに学生の前で話をしてほしいという事情を伝えたら、物凄《ものすご》く嫌そうな顔をされた。

面倒見の良いサイフォンのことだから二つ返事で了承してくれると思ったが、どうも大人数の前で話すのが嫌だったみたいだ。

「無理だ！」

と騒いでいたサイフォンだったが、クリスに頼まれたら最終的に折れた。

翌日、魔法学園の講堂のような場所でカチンコチンに固まったサイフォンたちがダンジョンの話をして、その後闘技場に移動して戦い方の指導をした。

ダンジョン探索の最前線を行く、今をトキメク有名人だからなのかその人気は絶大だった。

学園の方も歓迎していたからね。特に副学長が張り切っているのを見たけど……まさかね？

その後食事を済ませたサイフォンたちは、俺たちと一緒にセリスに会いに副学長の研究室となっているらしい塔の最上階を訪れた。

図書館だとどんなに規制しても人が来るかもしれないということらしいが、ここなら来ないのか？　もう副学長は泣いていいと思う。

ちなみにセリスに初めて会ったサイフォンたちはその動きを止めた。

ユーノが怒って肘打ちを鳩尾《みぞおち》に食らわせていたが、まあ、それはサイフォンが悪いのか？

それを見たジンたちが気を引き締めていたが、思わずといった感じで見惚《みと》れていたからね。

俺も人のことは言えないから沈黙を守りましたよ。

セリスの話は、自分が体験したという四〇階のボス部屋の話だった。

白一色の室内はまるで神殿みたいで、正面には大きな椅子があったそうだ。

ダンジョンらしかぬ光景――正確には他のダンジョンの最奥の部屋と同じような作りに――目を奪われていたが、魔物の気配を感じて視線を正面に向けると、ボスらしきギガンテスがその椅子に鎮座していた。杖《つえ》を持つその姿は、場所と相まってまるで神官のように見えたとのこと。

セリスはそのギガンテス率いる巨人たちと長時間戦ったそうだ。

「それは……本当のことなの、ですか?」

「ええ~、信じられませんか~?」

サイフォンの問い掛けに、セリスが髪の毛をかき上げると隠れていた耳が見えた。

それを見たサイフォンたちの動きが止まった。緊張した面持ちは、セリスがエルフだということを知ったからだろう。

「ですが~、正直なところ迷っているのですよ~。あの時はソラ君に四〇階のボスを~、ダンジョンを攻略してくれませんか~とお願いしたのですが~……冷静に考えると危険かな~、と」

セリスが言うには、クリスのお陰でモンスターパレードに対する準備をする時間が稼げたから、無理に攻略する必要はないということだった。

「けどボスを倒してダンジョン攻略をすればモンスターパレードを防げるんだよね? しかも今回だけでなく未来永劫《みらいえいごう》」

「それは~、そうですが~……」

俺の言葉に頷くセリスの声は、徐々に小さく弱々しいものになっていた。

たぶん、セリスにとって町は大切だけど、俺たちのことも心配してくれているのだろう。

「……私は、やっぱこのままダンジョンの攻略をしたいかな。ほら、ソラがギガンテスの素材と魔石があると精霊を見ることが出来るエリアナの瞳を作れるって言ってたからさ」

ルリカが心配するセリスに対して、努めて明るく言った。

その言葉にセリスだけでなくサイフォンたちも驚いていた。

実は三九階での【守護の剣】壊滅の話を聞いてから、何度か俺たち六人はダンジョン攻略について話していた。

俺としては皆のこと優先の考えだったから、危なくなったら途中でやめるのも仕方ないと思っていた。特にボス部屋となると、やり直しがきかないから特に慎重になる必要があると思っていた。

だけどルリカ、クリス、セラの三人はモンスターパレードを防げる手段があるなら、それをやり遂げたいと言っていた。これは四〇階に出る魔物がギガンテスだと知る前の話だ。

だからルリカが言った理由は、後付けだった。

「やっぱり町と人に被害が出るのは悲しいですから。我《わ》が儘《まま》言ってごめんなさい」

クリスは二人きりになった時、一度そう謝ってきた。

ふとこの時、ルリカとクリスから以前聞いた話を思い出していた。

それはボースハイル帝国の侵攻で、町を失った彼女たちの話だ。

きっとモンスターパレードで出るかもしれない被害と、過去の自分たちが重なったに違いない。

「俺たちの考えはルリカの言った通りだよ。それとセリスさん、ボスと戦ったって話だけど、もっと詳しく教えてもらっていいかな？」

俺たちの本気度を知ったからなのか、それとも嬉《うれ》しかったのか、セリスは困ったように微笑《ほほえ》みながらボスと戦った時のことをさらに詳しく教えてくれた。

「……そうですね～。なら私が分かっていることを全て話しますね～」

セリスの話によると、四〇階のボスのギガンテスは変異種だという話だ。

外見は色が違うというのと、通常のギガンテスよりも少し小さいということだった。

またギガンテスという魔物についても教えてくれた。実はギルドでギガンテスについて調べたけど、情報が何一つなかったのだ。

ギガンテスは一つ目の巨人で、巨人族特有の高い再生能力を持っているとのことだ。また皮膚は硬く、物理と魔法攻撃両方に高い耐性を持っているとのことだ。これはあくまで他の魔物と比べての感覚みたいだ。それと弱点となるのは光魔法で、何故《なぜ》それを知っているかというと、弱点を看破するスキルを持っていた仲間がいたから分かったということだった。

「厄介なのが～、その変異種のギガンテスが使う特殊能力なのですよ～。強さ的には、最初は通常のギガンテスと同じぐらいの強さだったんですけどね～」

セリスの説明によるとその変異種の特殊能力は四つ。黒い粉による攻撃と、黒い靄《もや》による守り。そして吸収と召喚。

黒い粉は直接的な殺傷能力というよりも、時間をかけて標的を苦しめる効果があるとのことだ。

「黒い粉はね～、触れると状態異常にかかるの～。呪いにかかったことのある仲間の一人が～、それと同じような感じだって言っていたわ～。あとは私が受けた感覚ですが～……魔力が衰退するような感じを受けたかな～？」

その時のことを思い出したのか、セリスはギュッと拳を握りしめていた。

直接的な殺傷能力がないとはいえ、それを一度に大量に受けるのは危険だろうと言った。

本来呪いを受けると、その効果が続く限り同じ呪いにはかからないことが多い。ただこの黒い粉はそれに該当せず、呪いが蓄積されていくとのことだ。

また粉と表現したように、かなり広範囲で小さな粉が舞うため避《よ》けるのも大変らしい。魔法で吹き飛ばすことは可能だけど、その粉は人に触れるか地面に触れるまで消えないとのことだ。

「次に黒い靄ですが〜、これは鎧《よろい》のように纏《まと》うこともありますが〜、回復させる効果もあるみたいなのですよ〜」

それはセリスたちにとって悪夢だったそうだ。

黒い靄は変異種の再生能力を高めるだけでなく、倒したはずの他の魔物を復活させたとのことだ。

それは魔石を砕こうと、体をバラバラに切り裂いても何度も何度も復活したらしい。

さらにその黒い靄にも触れると呪いを付与する効果があるみたいで、守ると同時に攻撃にも使ってくるそうだ。

この二つの特殊能力を無効化する鍵も、光魔法にあるとセリスは言った。

神聖魔法は有効か聞いたら、黒い粉と黒い靄を打ち消すことは出来ないそうだ。

「そして吸収と召喚なのですが〜、私たちもどうにか耐えて反撃して〜、その変異種を追い詰めたと思うのですよ〜」

それでもあと少しで倒せるという感触があったという。

ただそこで変異種が仲間を喰《く》らった。正確に言うと黒い靄に包み、それを体に吸収したそうだ。

吸収後の変異種と戦って思ったことは、強くなっている、だったようだ。

またそれだけでなく、吸収した魔物まで召喚した。

それが何度も何度も繰り返されて、変異種は驚異的な成長を遂げ、最後セリスたちは消耗品も尽きてしまい、仲間の一人が使ったスキルで本来脱出出来ないはずのボス部屋から退避したと言った。

ただそのスキルを使った本人は脱出出来なかったそうだ。

「これが～、私の知っている話です～」


「ちょっと軽く考え過ぎていたのかな……」

家への帰り道、ルリカは天を仰いで言った。

少し重苦しい雰囲気があった。

改めてセリスが俺たちを止めた理由が分かった。

俺に最初ダンジョン攻略の話をした時も、悩んだ末のことだったみたいで、モンスターパレードに対する不安もあってつい頼んでしまったと言っていた。あとはセリスたちをダンジョンから脱出させてくれた仲間と俺が似ているから、つい期待してしまったと内緒で教えてくれた。

ただ……と俺は話を聞いて無理ではないかもしれないと考えていた。

一番はセリスからボスの戦闘スタイルや弱点を聞けたからだ。

光魔法……以前は習得スキルのリストになかったが、実は昨日確認した時に追加されていた。

習得に必要なスキルポイントは2。予想した通り水魔法のレベルがＭＡＸになったからだと思う。

これを覚えて弱点を攻めることで短期決戦を仕掛ける。

あとはゴーレムの運用。ゴーレムには状態異常が効かないから、黒い粉を受けても問題なく行動することは可能だ。懸念があるとすれば魔力の衰退効果だ。

それと吸収と召喚に関してだが、吸収の方は上手《うま》くいけば防げるかもしれないと思っている。これは回復に関しても言えることだ。

「とりあえず準備をしよう。俺はゴーレム主体でボスを倒すのが一番確実だと思うけど、呪いに対する対策も必要だと思っている。ミアは悪いけど聖水の方を頼む。可能ならトリーシャたちにも手伝ってもらえるか聞いてもらっていいか？　ルリカたちは俺の手伝いを頼むよ」

「ソラ、あの話を聞いてもやろうってのか？」

俺の言葉にサイフォンは驚きの声を上げた。もっともそれはサイフォンだけでなく、他の面々も同じだった。

「ああ、可能性はゼロじゃないし……最終的にやめることになっても、準備をするのは自由だろ？」

「はあ、……なら俺たちにやれることはあるか？」

「手伝ってくれるのか？」

「……まあ、このままじゃお前たち六人で突撃しそうだしな。それに……後悔はしたくないからな」

苦笑するサイフォンが見るのはルリカたちだった。

確かに先ほどまで意気消沈していた彼女たちの目には、闘志が蘇《よみがえ》っていた。

「それじゃサイフォンたちには質の良い薬草類を集めてもらっていいか？」

こうして俺たちは四〇階攻略のための準備を改めて開始した。

◇◇◇

NEW
【光魔法Lv1】

光の属性魔法を使えるようになるスキルだ。スキルのレベルを上げる必要はあるが、きっと役に立つはずだと思ったが、どうやらこれは他の属性魔法と同じように武器に付与することが可能だということも分かった。

それと光魔法を覚えた時、新しい職業も追加された。

それは魔導士。魔術士の上位職業みたいなので、今回そちらに職業を変えておいた。

「とりあえずここを拠点にして、ミアやサイフォンたちが合流するまでエクスを鍛えよう」

俺たちが現在いるのは四〇階のボス部屋前の待機所だ。

ギガンテスはジャイアントガードと同じような体格らしいので、三九階で経験を積ませて少しでも強くしようという魂胆だ。これは影も同様だ。

あとはルリカたち自身のレベルの底上げも狙いだ。本当はミアも連れてきたいところだけど、消耗品の聖水確保を優先してもらった。

短期決戦で決着をつけるなら必要ないかもしれないが、何が起こるか分からないからそのための備えだ。

それから三日間。とにかく時間が許す限り戦った。エクスと影中心の戦いになったが、俺たちも効率のいい倒し方を模索した。ボス部屋にはジャイアントガードも出るわけだから。

「けど精霊魔法ってやっぱ強いね。セリスさんも使えるんでしょう？　一緒に戦ってくれたら心強かったかもね」

ルリカの言葉に、セリスの申し訳なさそうな顔が浮かんだ。

本人も出来れば一緒に戦いたかったようだけど、何故かセリスたちは四〇階のボス部屋には入れないと言っていた。

実は一度、帰還してから自分たちを鍛え直して再度ボスに挑戦しようとしたことがあったらしい。けどボス部屋に入ることは出来ず、結局それが叶《かな》わなかったと言っていた。

三日経《た》つとミアが合流したからさらに連携を強化し、その二日後にはサイフォンたちも合流した。

サイフォンたちから受け取った薬草類でフルポーションを可能な限り作り、その間は俺抜きで三九階で狩りをするみたいだった。

明日の本番を前にいいのかと尋ねたら、

「体が鈍《なま》っているからな。そのための準備運動だ」

とのことだった。

その後帰ってきたサイフォンは、

「あれエクスだよな？　なんか凄《すご》く装備が豪華になってたぞ」

と驚いていた。

今のエクスは大剣を装備し、フルフェイスの兜《かぶと》にフルプレートの鎧を着込んでいる。

一見すると素早く動けなそうだが、エクスはフルプレートを装備していてもいなくても動きは変わらない。その姿を見ると、普通の騎士にしか見えない。背が高過ぎることを除けばだけど。

「それじゃ最終確認だけど……」

料理を食べながら明日のボス戦について話し、食事が済むと雑談をした。

主に地上はどんな感じかという内容だが、モンスターパレードに備えて騎士たちが配備され、下層で活動していた冒険者の多くも引き返して防衛に当たっているそうだ。

「それでこの使い方なんだがよ」

「それは身に付けているだけで効果があるよ。ただそれで何処《どこ》まで耐えられるか分からないから、それだけは注意しておいてほしい」

【フェエルの加護】呪いから身を守ってくれる。耐久値がなくなると破損する。耐久値100。

> 【フェエルの加護】
> 必要素材——聖水×10。魔水晶。リッチの魔石。魔石。

これは呪いを防げる役立つアイテムがないか探していた時に偶然見つけたものだ。

ミアが持ってきてくれた聖水の殆《ほとん》どを使ってしまったが、どうにか人数分作ることが出来た。本当にミアやトリーシャたちに感謝だ。

これであとはボスを倒し、このモンスターパレードを止めて念願のギガンテスの素材を確保出来れば言うことなしだ。

◇◇◇

翌日。俺たちは四〇階に入場した。

四〇階に入ってまず浮かんだのは、セリスの言った神殿みたいなという言葉だった。

白一色で統一された室内は、等間隔に柱が立っていて天井まで伸びている。高さは一〇メートルもないような気がする。

広さも他のボス部屋と違いサッカー場ぐらいと狭い。

正面には大きな椅子のオブジェがあり、確かあの椅子にボスが現れ、取り巻きはその前方に出現するんだったな。

「予定通り変異種と他の魔物を引き離す作戦で！」

俺たちは魔物が出現する前にある程度距離を詰めると一度立ち止まった。

その間俺はゴーレムを召喚し、迂回《うかい》させて椅子に近付けさせた。一番近い柱のところまで到着すると、そこで時が来るまで待機するように命じた。

そしていよいよボスが現れた。

そのボスはセリスの言う通り一つ目の巨人で、肌は赤黒い。取り巻きは腰蓑《こしみの》一枚という出立ちだが、そいつだけは上質のローブのようなものを纏っていた。筋骨隆々だからちょっとキツキツな感じだったけど。

椅子に座った変異種が錫杖《しゃくじょう》を掲げると、雄叫《おたけ》びを上げた。

空気がビリビリと震えたような気がした。凄い存在感だ。変異種でボスというのもあるのだろうが、それにしても周囲のギガンテスとは比べ物にならない。

だからだろうか。俺は鑑定で魔物を視た。

【名前「――」 職業「――」 Lv「78」 種族「亜神」 状態「歓喜」】

取り巻きのギガンテスのレベルは52だった。しかし変異種のレベルは78。ボスとはいえレベル差が開きすぎている。それと種族が巨人ではなく亜神となっている。

セリスの話では最初は同じぐらいの強さだと言っていて、吸収してから強さが増していったという話だったが……。

まさか前回のセリスたちとの戦いの状態を継承しているとか？

「ソラ！　来るぞ」

つい考え込んでいた。

サイフォンの叫び声で我に返った俺が顔を上げると、ジャイアントガードとギガンテスがこちらに駆けてくるのが分かった。

一歩一歩が大きいから、すぐにでも辿《たど》り着《つ》くだろう。

だけどこれは好都合だ。

本当は挑発などを使って誘《おび》き寄せる予定だったからだ。

俺たちは後退しながら、変異種と出来るだけ距離を離すように努めた。

後衛陣が先行して下がり、俺とガイツは盾で攻撃を受けながら少しずつ下がる。

いつしか魔物の陰になって変異種の姿が見えなくなったが、気配察知で感じる反応から動いていないことだけは分かった。

「ソラ、黒い粉が！」

ミアが指摘するように、突然頭上に黒い雲のようなものが浮かび上がった。

これが例の黒い粉なのだろう。ゆっくりと落ちてくるのが見えた。

「クリスとユーノは魔法で時間稼ぎを！　可能なら誰もいない方に吹き飛ばしてくれ」

クリスとユーノは風魔法で黒い粉を吹き飛ばすが、次々と生み出されるため追い付かない。

少なくない数の黒い粉が俺たちに降り掛かり、その粉が体に触れる。

しかしフェエルの加護のお陰か、体に異常は何もない。実際鑑定しても、皆の状態は「――」のままで呪い表示はされていない。ただアイテムを鑑定すると耐久値が減っていた。

俺は念話でゴーレムたちに指示を出し、変異種に攻撃を仕掛けさせた。

影は爪に、エクスには大剣にそれぞれ光属性を付与してある。ただの武器よりも効くはずだ。

変異種は影たちに任せ、その間に俺たちは残りを倒していく。

三九階での成果もあり、倒すのに苦戦することはなかった。

ただ、ここで予想外のことが起きた。

「！　復活します⁉」

クリスの言う通り、倒したジャイアントガードの近くに黒い靄《もや》が出現すると、魔物を包み込み回復させてしまった。

「おいおい、近付かないと無理じゃなかったのか」

サイフォンの言う通りだ。これでは話が違う。

それは想定外のことだったが、俺が考える作戦が決まれば関係ない。

「ガイツ、守りを頼みます。ルリカたちは引き気味に戦ってくれ。セラは俺と一緒に確実に殺して行くぞ！」

これは昨日の話し合いで何度も確認した。その際、ギガンテスに関しては可能なら魔石を破壊しないで倒すように頼んである。

「とりあえず端のギガンテスから倒すぞ」

セラが素早く足を切り裂き動きを止めると、光属性が付与された剣にソードスラッシュを乗せて一息に倒した。

ギガンテスが倒れると大きな音がフロアに響き、まるでそれに反応したのか黒い靄が近くに出現した。

「オーラシールド！」

俺は黒い靄とギガンテスの間に滑り込み、黒い靄からギガンテスを守るように盾技のスキルを発動させた。

オーラシールドは軸となる盾を中心にドーム状のシールドを展開し、広範囲を防御するスキルだ。主に後方に控える仲間を、範囲攻撃から守るためのものだ。

　黒い靄はオーラシールドに衝突してもなお前進してきたが、俺はそこにライトアロー……金色に輝く矢を放つと消滅した。

　俺はそれを確認すると、素早くギガンテスの死体のもとに近寄りそれを収納した。

「セラ、この調子で数を減らしていくぞ」

　俺たちは一体ずつ魔物を仕留めると、それをアイテムボックスの中に入れることで復活を防いだ。あとは召喚されなければいいが、今のところ気配察知には数が増えたという反応はない。

　その後はサイフォンたちが倒した魔物に関しては再生を許したが、俺たちが倒した魔物はその都度アイテムボックスに回収していった。黒い靄も一度に複数使うことは無理だったみたいだ。

　そして数が減っていけば視界が開けて、先ほどまでは魔物によって遮られて見えることが出来なかった影たちと変異種の戦いの様子を目視することが出来た。

　レベルが高くて心配だったが、どうも弱点属性の攻撃は有効なようで、戦線を維持している。

　ただ椅子から立ち上がった変異種は、攻撃を受けながらこちらに向かってきているようにも見える。

　吸収を考えているかどうかは別として、接触して成長のチャンスを与えるわけにはいかない。何より黒い靄で離れていても回復することは出来たのに今接近しようとしているのは、その場で吸収が出来ないからだと思った。

　継続して黒い粉は今も発生しているが、それはクリスとユーノのお陰で被害は最小限に防げていると思う。

「主様、ギガンテスは全ていなくなったし、残りはジャイアントガードが三体さ。黒い靄の方はこの斧《おの》や光魔法を付与した武器でも消すことが出来るみたいだし、影たちの援護に行くといいさ」

セラの言葉に頷《うなず》いた俺は、出現した黒い靄をライトアローで消し去ると変異種のもとに急いだ。

背後で戦っている音を聞きながら到着したそこは、暴風雨にでも襲われたかのような様相を呈していた。

見事な柱はその途中で砕かれ、その残骸《ざんがい》がそこここに散らばっている。これだけ激しい戦闘が繰り広げられているのに、音すら聞こえなかったのはそれだけ自分たちの戦闘に集中していたからかもしれない。

影とエクスが今も無事なのは、二体による連携の賜物だろう。

影は変異種を翻弄するため動き回り、エクスも基本足止めをしつつ隙あらば一撃入れるという俺の指令通りに動いている。

ただ懸念していた通り、黒い粉を受けてか魔力の減りが早いように感じられる。それはエクスの装備した鎧《よろい》に破壊の跡がないことから推測出来た。鎧はエクスの体の一部じゃないから、破損しても修復されることはない。壊れたままだ。

それが無事だということは、エクスは直接のダメージを受けてないから再生で魔力が消費されていないということになる。稼働時間から魔力の消費量を考えると、その原因はやはり黒い粉の影響だろう。実際に影も魔力を消費しているが、エクスに比べて影の消耗が少ないのは、たぶんその動きで黒い粉を避けながら戦っているからに違いない。

変異種は接近した俺に気付くと、再び雄叫びを上げた。

近くなった分、先ほど以上の圧を感じたが、分かっていれば耐えることが出来る。グッとお腹《なか》に力を入れた。

『影、エクス。一気に畳み掛けるぞ！』

長期戦は奴《やつ》を有利にする。

俺が挑発で変異種を引き付けて、その攻撃を盾で受け止めた。

その衝撃と重さは、間違いなく過去一の威力だったに違いない。

もしかしたら盾技がなかったら危なかったかもしれない。

俺が現在使っているのは盾技の一つ、パリィだ。

さらにそのまま盾技のシールドバッシュで錫杖を弾《はじ》けば、変異種の体が流れたところに影とエクスが襲い掛かる。特にエクスは背後からの襲撃だ。

影の攻撃よりもエクスの大剣の攻撃を脅威と理解しているのか、変異種がそれを防ごうとする。

たぶん今まで戦っていたから咄嗟《とっさ》に、もしくは無意識にその行動を取ったのだろう。

俺の目の前に無防備な変異種の背中が見える。

俺は剣を両手に構えると、魔力察知で魔石の位置を捉《とら》えながらそれを狙った。

変異種もそれに気付き背後に黒い靄を使って攻撃を防ごうとしたようだ。

だが残念ながらそれは光属性を付与した俺の剣には通用しない。

俺の剣は黒い靄を突き破り、さらに魔力も籠めてあるミスリルの剣は変異種の硬い皮膚をも貫くと、勢いそのまま魔石を砕いた。

変異種は勢いに押されて前に倒れ、そのまま動かなくなった。

変異株であるボスを倒したら、サイフォンたちが戦っていた残りのジャイアントガードは塵《ちり》となって消えたそうだ。

「主、大丈夫だった？」

「ああ、影とエクスのお陰でむしろ簡単に倒せたかもしれない」

「そっか。影偉い」

ヒカリが手招きすると、影はトコトコと近寄ってきた。

なんかもう本当にペットって感じだな。

逆にエクスの方にはルリカとセラが近寄ってコンコンと鎧を叩《たた》いている。どうやら労《ねぎら》っているみたいだ。

俺が変異種の死体をアイテムボックスに収納すると、その傍らには宝箱があった。

鑑定すると罠《わな》がないようなので、いつものようにヒカリが宝箱を開けた。

宝箱の中に入っていたのは、帰還石にマジック袋。白紙スクロールにひび割れたミスリルの剣と、一冊の手帳のようなものだった。

「とりあえず分配は帰ってからでいいだろう。それよりこれで俺たちもダンジョン攻略者……」

サイフォンの言葉を遮るように、突然大きな音を立ててボスが出現する時に座っていたあの大きな椅子が崩れ落ちた。

そして椅子があった場所には、体の大きなギガンテスが余裕で通れるほどの扉があった。

俺たちは思わず顔を見合わせて、扉の前まで移動した。

「なあ、もしかしてまだ先があるとか？」

俺の言葉に、答えることが出来る者は誰もいない。

俺はふと振り返り、入ってきた方の壁を見た。

そこは相変わらずただの壁になっていて、向こう側から出ることは出来そうにない。

「進むしかないかな？」

皆も俺の視線を追ったようで、静かに頷いた。

「それじゃ……行くか？」

俺がその扉に触れると、ゆっくり扉が開いていく。

「あっ」

その時クリスが小さな声を上げ、

「わあー」

続いて誰の声か分からないが、感嘆の声が上がった。

扉の先に広がっていたのは、もう一つの部屋だった。

真《ま》っ直《す》ぐ延びる道は、白いタイルが敷き詰められている。広さ的にはボス部屋よりも少し狭いか？　遠くに建物のような建造物も見える。

道なりに進むと、色とりどりの花が道に沿って咲いている。その花の周囲には蝶々《ちょうちょう》のようなものが飛び回っているが、ダンジョンでは魔物以外の生物を見たことがなかったから、普通に驚いた。

ただ不思議なことに気配察知や魔力察知を使っても反応がなく、思わず手を伸ばして触ろうとした

ら、スーッと俺の手を擦り抜けていってしまった。

また空には雲ではなく、岩のようなものがプカプカと浮いていた。残念ながら一〇メートル以上上空に浮かんでいるから、触ることは無理そうだ。浮遊石？　なんて言葉がそれを見て思い浮かんだ。

「まるで巨人の家だな」

近付いて分かったが、その建造物の高さは七メートルほどあった。それは二階建てでなくどうも平屋建てだ。その家を注意して見れば、壁などに破壊の跡がある。

またそれは全て石で出来ているようだった。

「人の気配もないいし、少し調べてみないか？」

俺の言葉に、反対する者はいなかった。やはりそこはサイフォンたちも冒険者なのだろう。何処《どこ》か子供のように目を輝かせていた。

ただ一人で探索するのは危険ということで、二手に分かれて探索することにした。

「そういえば、さっき声を上げたみたいだけど、何かあったのか？」

家の中に入ろうとしたところで、ふと先ほどのことが気になりクリスに尋ねたら、

「……ソラが扉に触れた瞬間強い魔力の動きを感じたの。断言は出来ないけど……ダンジョンに溜《た》まっていた悪い魔力が消えたような気がするの」

と言ってきた。

「それって、モンスターパレードを防げたってことか？」

俺の問い掛けに、クリスは自信なさげに小さく頷いた。

その後の家の探索は、とにかく家具も大きく調べるのが大変だった。時に錬金術で踏み台を作ったり、エクスに手伝ってもらったりもした。

家の中を調べて分かったのは、全ての家具が家と同じように石で作られていたことと、巨人が……それこそギガンテスとかが生活するのにちょうど良さそうな大きさだということだ。あのベッドなんて、俺たち六人が並んで寝てもまだ余裕があるほどだった。

ただ収穫……というか家の中の探索で不思議な鉱石を見つけた。

それは七色に輝く綺麗《きれい》な石で、鑑定すると【虹色鉱石】というものだと分かった。それが複数個あった。

それ以外には、残念ながら使えそうなものはなかった。

その後合流した俺たちは、さらに先を進むと見慣れた台座を発見した。登録台だ。

そしてその登録台の先にあったのは、さらに下へと続く階段だった。

閑話・6

「イグニス様、お帰りになられるとは本当ですか？」

「ああ、ここでの用事は全て済んだからな」

私はギルドを抜け出してイグニス様に会いにやってきました。この町から去るという連絡をもらったからです。

ほんの数日前までは厳戒態勢だったため、このように自由に動くことは出来ませんでした。

それはモンスターパレードに備えていたからです。

ギルドにはダンジョンの活性度合いを測定出来る計測機器があります。それが一年ほど前から魔力を示す数値が異常なまでに上昇していくのを検知していました。

理由は分かりませんが一度安定を取り戻しましたが、またここ最近不安定になっていました。

それは最早《もはや》いつモンスターパレードが発生してもおかしくないといったところまできていました。

それが先日。嘘《うそ》のように活性化が収まったのです。

その時何か大きなことが起こったかというと、考えられるのは四〇階のボス撃破でしょう。

俄《にわ》かには信じられませんが、実際にダンジョンカードで何度も確認したそうなので間違いありません。証拠となる魔物の死体もありましたから。

それからもう一つ。まだダンジョンに先があることが分かりました。

それは新たな素材の入手の可能性を私たちに示しました。

とはいえ、攻略の最前線にいた【守護の剣】でさえ三九階で壊滅したのです。すぐには無理でしょう。

四〇階の攻略を成功させたソラ君たちが行ってくれれば別ですがどうでしょうか？

それはそうとやはりどうしても聞きたいことがあったので、私は勇気を持って聞くことにしました。

「イグニス様……差し出がましいこととは思いますが。何故《なぜ》この町に長いこと滞在されていたのですか？」

私の問い掛けにイグニス様は考える素振りをしましたが答えてくれました。

「異世界人の少年の様子が気になったというのもあるが……重要度としてはハイエルフの少女の方が上だな。確認したいこともあった」

ハイエルフ……それで思い浮かぶことは今代の魔王様のこと。

私は直接会ったことはありませんが、今代の魔王様は歴代の中でも魔力はトップクラスとの話ですし、強力な精霊と契約しているとも聞いています。

ただある感情……意志が欠落しているとも聞いています。

「例の賊の件も関係あるのでしょうか？」

「……ああ。あの国は腐っているからな」

その時のその声には、明確な怒りが籠もっていました。

その時のイグニス様の様子には背筋が凍る思いでしたが、真実を知る者の一人としてそれは十分理解出来ます。

むしろ私の方でもっと警戒するべきでした。私の目なら何者かを視ることが出来たのですから。

「まあ、来て良かった。少し不安ではあったが、無事目的を遂げたようだったからな。本来なら止めるべきだったかもしれないが……」

最後の方の言葉は聞き取りにくかったですが、「何かあったら顔向け出来なかった」なんてことを言っていたような気がします。

「それではまた何かあったら連絡を頼んだ。私は少し友人に会ってから帰ることになるから、急ぎの用だった場合は別の者が来るかもしれないがな」

そう言ってイグニス様は帰られました。

古い友人……イグニス様の口ぶりからして考えられるのは竜王様でしょうか？

エピローグ

目の前ではセリスが膝をつき、祈りを捧《ささ》げている。

俺たちは今、マギアス魔法学園の敷地内にあるとある場所にいた。

そこは学園内の湖の中に浮かぶ小島の一つ……セリスのかつての仲間たちが眠る場所だそうだ。

島の中央に石碑が立ち、その周囲には色とりどりの花が咲いている。どこか二五階の浮島に似ているようにも見えた。

その石碑の前に、セリスがひび割れたミスリルの剣を置いた。それは四〇階のボス部屋の宝箱から出たアイテムだった。

サイフォンたちとのアイテム分配で、俺たちは白紙スクロールとひび割れたミスリルの剣と、一冊の手帳をもらった。

それは鑑定して分かったのだが、そのどれもがセリスの仲間であった人の遺品だったからだ。

俺たちはそれをセリスに渡しに来たら、ここに連れてこられたというわけだ。

「ソラ君。これはあなたが使ってくださいな〜」

帰り際セリスから渡されたのは白紙のスクロールだった。

実はこれ、一見すると白紙だが俺には文字が書かれているのが分かった。

それは異世界人がかつて使っていたスキル【転移】を習得出来る、スキルスクロールだった。

そのことはセリスにも伝えたが、旅の役に立ててほしいとこれだけは返された。

「それでこれからは～、どうするのですか～？」

ひとまずモンスターパレードの発生を防ぐことは出来たわけだから、この町での俺たちの目的は達成されたことになる。

報酬に関しては辞退した。これはミアたちと話し合って決めた。

俺個人としてはスキルスクロールを手に入れられたし、四〇階のボス部屋ではギガンテスの瞳と魔石を手に入れることも出来た。残念ながら変異種の魔石は砕けてしまったが、その前にアイテムボックスに回収したギガンテスたちの素材は無事だったからだ。

また巨人の家だと思われるあの場所で見つけた虹色鉱石だが、あれがエリアナの瞳を創造するための最後の素材だった。

ギガンテスの素材を入手した時点で虹色鉱石はなくてもＭＰを消費してエリアナの瞳を作ることは可能になったが、虹色鉱石を活用すればギガンテスの素材の消費を抑えてエリアナの瞳を複数作れることは嬉しかった。今後のことを考えて、貴重なギガンテスの素材も全て消費しないでとっておきたいと思っていたからだ。

だから瞳と魔石に関しては、サイフォンたちにお金を払って買い取らせてもらった。

セリスの依頼を受けていなければこれらの素材は手に入らず、きっとエリアナの瞳も作れなかったに違いない。

ちなみに虹色鉱石の記述は、図書館で調べたがどこにも記載されていなかった。もしかして貴重なものかもしれない。サイフォンたちにもそのことは伝えたが、俺たちで使ってくれと言われた。

この成果を一番喜んだのはやはりルリカだった。先だってエリアナの瞳を作って渡したら、近頃暇を見つけてはずっとシエルと一緒にいる。ちなみに形状を選ぶことが出来るため、アクセサリータイプのものにしてある。

シエルも構ってもらえて嬉《うれ》しいのか、凄《すご》く喜んでいる。今もルリカの頭にちょこんと乗って、目をトロンとさせて転寝《うたたね》している。

ただルリカからシエルに触れることが出来ないため、それを残念がっている。

「シエルちゃんに触れられるようになる魔道具はないの？」

とルリカに聞かれたほどだ。

他の面々も色々と得るものが多かったからそれで満足しているみたいだ。

「予定としてはルフレ竜王国かな？　ただやることがあるから、それが終わってからになると思う」

ルフレ竜王国を選んだ一番の理由は、エリスを探すためだ。四〇階であんな景色を見せられたらその先が気になるが、それはエリスを見つけたあとでも可能だからね。

そのため近々借家を引き払って、ノーマンたちの住む家の方に移り住む予定だが、それも俺たちの旅の準備が終わるまでだろう。

その間にどうにか彼らの生活基盤を作っておいてやりたい。そのための相談をウィルとする予定だ。

「そうですか～、寂しくなりますが仕方ありませんね～。けど～、それを知ったらウィル君や冒険者ギルド、商業ギルドの人たちは残念がるかもしれませんね～」

四〇階が終わりではなく、さらにダンジョンが続くというのは、新たな可能性……貴重な素材の入手などが期待出来るから、町全体が賑《にぎ》わうとのことだ。

「また来ますよ！　エルザちゃんたちのことも心配ですし」

「うん、美味《おい》しい食べ物持ってくる」

「そうさ。今度は遊びにくるさ」

「はい、その時はまた色々なことを教えてください」

「そうです、また来ますよ。シエルちゃんもまた来たいよね」

ミアをはじめ、ヒカリ、セラ、クリスにルリカと次々と言葉を口にした。

突然名前を呼ばれたシエルは驚いたのか、動いた反動でルリカの頭から転げ落ちた。

地面をコロコロ転がったシエルは、止まると慌てた様子でキョロキョロしている。寝惚《ねぼ》けているのか何が起こったか分かっていないみたいだ。

その様子を見ていた俺たちは思わず笑った。

セリスも地面に落下したシエルを拾って抱きかかえると、可笑《おか》しそうに笑いながらシエルの頭を優しく撫《な》でていた。

ここまでのステータス

藤宮そら Sora Fujimiya

【職業】魔導士　【種族】異世界人　【レベル】なし

【HP】560/560　【MP】560/560(+200)　【SP】560/560
【筋力】550(+0)　【体力】550(+0)　【素早】550(+0)
【魔力】550(+200)　【器用】550(+0)　【幸運】550(+0)

【スキル】ウォーキング　Lv55

効果:どんなに歩いても疲れない(一歩歩くごとに経験値1取得)
経験値カウンター:341822/1310000
累積経験値:22096822
スキルポイント:4

習得スキル

【鑑定LvMAX】【鑑定阻害Lv5】【身体強化LvMAX】
【魔力操作LvMAX】【生活魔法LvMAX】【気配察知LvMAX】
【剣術LvMAX】【空間魔法LvMAX】【並列思考LvMAX】
【自然回復向上LvMAX】【気配遮断LvMAX】【錬金術LvMAX】
【料理LvMAX】【投擲・射撃Lv9】【火魔法LvMAX】
【水魔法LvMAX】【念話Lv9】【暗視LvMAX】【剣技Lv9】
【状態異常耐性Lv8】【土魔法LvMAX】【風魔法LvMAX】
【偽装Lv9】【土木・建築Lv9】【盾術Lv9】【挑発LvMAX】
【罠Lv7】【登山Lv2】【盾技Lv5】

上位スキル

【人物鑑定LvMAX】【魔力察知LvMAX】【付与術LvMAX】
【創造Lv9】【魔力付与Lv5】【隠密Lv5】【光魔法Lv4】

契約スキル

【神聖魔法Lv6】

称号

【精霊と契約を交わせし者】

あとがき

はじめまして、もしくはお久しぶりです。あるくひとです。

この度は『異世界ウォーキング４　～エーファ魔導国家・攻略編～』を手に取っていただき、誠にありがとうございます。


いつもよりあとがきのページ数が多いということで何を書くか迷いましたが……。

本巻の執筆を開始したのは十二月の半ばで、一段落したのが二月頭になります。

基本話が行き詰まったら歩きながら考えをまとめたりしているのですが、ちょうど年末に足を痛めてあまり歩けないという状況になってしまい、新たな気分転換を模索することになりました。

そこで今回お世話になったのがＹｏｕＴｕｂｅ（ＶＴｕｂｅｒさん）です。

実は去年の十一月頃に初めて見たというほど時代に取り残されていたわけですが、人気と噂《うわさ》のＦＰＳのゲームを見て……五分で酔ってしまいました。あれをプレイしている人もそうですが、視聴出来る人は凄いですよね。カクヨムのコメントで紹介された某ゲームもこの時視聴しましたが、視点の切り替わりが早過ぎて酔いました。

結局執筆中は時々音楽や作業用配信を流しながら、息抜きは雑談配信やルールを知らないまま麻雀《マージャン》の配信を足踏み用の健康器具を使いながら見ていた気がします。配信者さん同士が会話しながら打つ鳴き強制麻雀とか面白かったですね。

難点は時間を忘れてつい見てしまいそうになることでしたが……スマホのアラーム機能が良い仕事をしてくれていました。


さて、話が大きく逸《そ》れてしまいましたが、今回の4巻は3巻に引き続きエーファ魔導国家での話になっています。

3巻はマジョリカの町での散策をメインにしたのに対し、4巻ではサブタイトル通りダンジョンをメインとした話になっています。

執筆で一番悩んだところは、やはりソラたちのパーティーメンバーの数です。ルリカとクリスの二人が新たに加わったとしても六人。ソラをはじめとした仲間たちは突出した能力を持っているとはいえ、現在最前線で戦っている【守護の剣】と比べても人数が少な過ぎるということで、ダンジョン攻略にあたり懐かしいあの人たちが登場し仲間になってくれています。

それでも人数が少ないことは変わらないので、あとは努力と根性で！　という流れではなく。そこはソラのスキルを活かして、ダンジョンを攻略出来るように考えて話を作りました。

この辺りはWEB版のエーファ魔導国家編を書き終わったあとに、ダンジョン攻略する時にこれがあったら良かったのに！　と気付いたアイデアを追加しています。

お陰でWEB版の名残は最早《もはや》少しだけしか残っていないため、WEB版の方を知っている人の中には向こうの方が良かったなんて意見もあるかもしれませんが、是非こちらも好きになってもらえればと思っています。

今回も一つここで宣伝を。

本書が刊行されている頃には、『マガジンポケット』様で連載されているコミカライズ版『異世界ウォーキング』（漫画・小川慧《おがわけい》先生）の1巻が発売されていると思います。コミック用にSSを書かせてもらっています。そちらもどうかよろしくお願いします。

それでは最後に。今回も本書執筆にあたり忙しいなか色々と相談・提案していただき、時には鋭い指摘でより良い作品になるように導いてくれた担当のO氏。魅力的なキャラクターやイラストを描いて下さったゆーにっとさん。誤字脱字など、表記ミスや疑問点をご指摘してくれた校正の皆さん、本当にありがとうございます。

今回も無事本書が世に出るのは、皆様に支えられているからです。

そして本書を手に取り最後まで読んで下さった読者様、いつもWEB版を読んで下さる方々、本当にありがとうございます。頑張って執筆を続けられるのは皆さまのお陰です。ご縁があれば、続刊でまた会えればと思います。

あるくひと

カドカワBOOKS

異世界《いせかい》ウォーキング 4
～エーファ魔導国家《まどうこっか》・攻略編《こうりゃくへん》～

2023年 4 月10日　初版発行

著者／あるくひと
発行者／山下直久
発行／株式会社KADOKAWA
〒102-8177
東京都千代田区富士見2-13-3
電話／0570-002-301（ナビダイヤル）
編集／カドカワBOOKS編集部
印刷所／大日本印刷
製本所／大日本印刷

Printed in Japan
ISBN 978-4-04-074930-3 C0093

新文芸宣言

かつて「知」と「美」は特権階級の所有物でした。

15世紀、グーテンベルクが発明した活版印刷技術は、特権階級から「知」と「美」を解放し、ルネサンスや宗教改革を導きました。市民革命や産業革命も、大衆に「知」と「美」が広まらなければ起こりえませんでした。人間は、本を読むことにより、自由と平等を獲得していったのです。

21世紀、インターネット技術により、第二の「知」と「美」の解放が起こりました。一部の選ばれた才能を持つ者だけが文章や絵、映像を発表できる時代は終わり、誰もがネット上で自己表現を出来る時代がやってきました。

UGC（ユーザージェネレイテッドコンテンツ）の波は、今世界を席巻しています。UGCから生まれた小説は、一般大衆からの批評を取り込みながら内容を充実させて行きます。受け手と送り手の情報の交換によって、UGCは量的な評価を獲得し、爆発的にその数を増やしているのです。

こうしたUGCから生まれた小説群を、私たちは「新文芸」と名付けました。

新文芸は、インターネットによる新しい「知」と「美」の形です。

2015年10月10日
井上伸一郎